U0670883

黄雀计划

鸣蝉的杀意

鬼庖丁 著

中国友谊出版公司

图书在版编目（ＣＩＰ）数据

黄雀计划／鬼庖丁著． —— 北京：中国友谊出版公司，2021.2

ISBN 978-7-5057-5109-5

Ⅰ．①黄… Ⅱ．①鬼… Ⅲ．①侦探小说－中国－当代 Ⅳ．①I247.5

中国版本图书馆CIP数据核字(2021)第015093号

书名	黄雀计划
作者	鬼庖丁
出版	中国友谊出版公司
发行	中国友谊出版公司
经销	新华书店
印刷	唐山富达印务有限公司
规格	889×1194毫米　32开
	8.75印张　210千字
版次	2021年10月第1版
印次	2021年10月第1次印刷
书号	ISBN 978-7-5057-5109-5
定价	42.00元
地址	北京市朝阳区西坝河南里17号楼
邮编	100028
电话	(010) 64678009

电话 (010) 59799930-601

目录

自 序	I
第一章	1
第二章	5
第三章	12
第四章	19
第五章	28
第六章	35
第七章	44
第八章	51
第九章	55
第十章	65
第十一章	72
第十二章	80
第十三章	88
第十四章	98
第十五章	103
第十六章	108
第十七章	116
第十八章	124
尾声（上）	133
尾声（下）	145
番外：星月篇	164

自序

　　本书刚开始连载的时候，没有想过还有付梓的可能。所以一开始写得非常肆意。

　　当时只是为了满足自己的一点恶趣味才动笔写这个故事，但也由于自己的写作怪癖，写着写着就会不自觉地开始考证。刑侦离我这种老百姓的生活太远，只能靠看书弥补，所以按照公安大学的指定教材挨个买了一遍，从法医学到现场侦查到办案流程再到物证的采集与保管，乃至警队行政管理，都粗略看了一遍。

　　好在后来认识了一位刑警，可以随时去问。这位刑警朋友看完《黄雀计划》之后对我说："你是所有写行政文的外行里面看起来最内行的！"

　　……过奖过奖，承让承让！

　　我对于犯罪推理题材的喜好，更偏爱社会派而非本格派，因此在写作时力求真实，少在杀人手法与动机上玩奇技淫巧的花活儿。连环杀人这个题材，这些年已经被各种影视剧小说漫画玩得过于透彻，以至于有些难以为继了。

　　因此，"猎奇感"，也是我在写作这个题材时，对自己最大的警惕。与之相反的是，我更希望在这个罕见的案子里，注入一些能引起读者共鸣的日常感。

这本书从签约到出版，个中过程也实属曲折。感谢编辑为此书付出的诸多辛劳，也感谢家人能够分担家务，让新时代的"弗吉尼亚·伍尔芙"在没钱又没自己房间的情况下，还能写完一本小说。

最后感谢读者，不离不弃，王宝钏一般等这本书等了四年。

第一章

加班一周之后终于迎来了一个轮休。肖沂回家狠狠地睡了一觉，整整十个小时。醒来天色尚早，他洗了个热水澡，换了干净的衬衫，仔细地刮了脸，又出门去买了一堆早点，才回到局里。

一进门，张荔先闻到味道，欢呼了一声跑上来接他手里大袋小袋的吃食，一边叫道："王大傻，早饭来啦！"大会议室里有人迷迷糊糊地回应了一声，一个头发蓬乱的青年揉着眼睛走了出来。

此时刚熬过一个通宵，大会议室角落里有人强撑着疲倦的双眼在看文件，有人把两张椅子拼在一起闭眼打盹，也有人趴桌上睡觉。张荔在桌子上铺开一层层报纸，被叫作"王大傻"的王新平举着一个肉烧饼，挨个凑到睡得人事不知的脑袋前晃悠。

那肉烧饼是他们分局旁边一个著名的小吃摊的手艺，乃是现在少见的土炉烘烤，老板是山东人。肉馅十分讲究，除了肉以外，还要调和鸡蛋糕、木耳、海米、葱白，并用花椒水泡过。这肉烧饼外皮酥脆，上面的黑芝麻一个个都透着油光，里头的肉馅六分瘦四分肥，经过土炉一烘，油滋滋地往外冒香。熬了一宿的人哪里经得住这般诱惑，纷纷抽着鼻子醒了过来。

"老王肉火烧？"张友全干脆上去就是一口，咬掉半张，嘴里一

1

边打哈欠一边含混不清地说，"有豆腐脑没？"

"有，"肖沂回答，"刚出锅的，还热乎着，快点来吃。哎，李局呢？"

"在办公室呢。我给他盛一碗去。"

"不用，你们吃，我去送。"肖沂说着，自己动手盛了一碗豆腐脑，又拿了两张肉烧饼、一个素包子，端着往局长办公室走去。

刚走到门口，发现李其华的办公室有人，卷帘都拉着，里面传来谈话声。他没有进去，又原样端了回来。

"李局办公室是谁呀？"他挑了个头菜香菇馅儿的包子，咬了一口。味道不错。

"说是公安部推荐的犯罪心理学家，挺厉害的。这个案子上头重视嘛，这么大动静，媒体早就收到消息了，就是一直压着不让见报。厅里和市里都盯着呢。"张荔一边吃一边叹气，"我看哪，也压不了多久，连环杀人案，多新鲜热辣的题材啊！咱们现在是在和时间赛跑，早点在媒体曝光前破案才好。"

刚睡起来吃饭的张友全立刻抗议道："我的姐，咱能好好吃个饭吗？先别说案子成嘛？"

一直闷头喝粥的董伟发话了："全儿啊，不是你哥说你，就看了个现场，你这心理素质还干刑警？"

一说现场这俩字，张友全一股恶心又泛上来。其他人见他脸色铁青，纷纷开始打趣他。张友全反倒牛脾气上来，就着一口豆汁儿把泛上来的胃酸又给咽了下去，报复性地把肉烧饼在嘴里吧唧吧唧嚼得直响。反倒是最年轻的小路受不了，干呕一声，捂着嘴飞奔了出去。

"得嘞，省下张肉烧饼。"几个老刑警开始没心没肺地笑。

"我应该买油条的。"肖沂有点歉疚。

"年轻人就该历练历练。"董伟稀里呼噜喝着粥，"谁不是这条道上过来的？看几个现场就吃不下饭，怎么干这一行？"

那个现场，并不是这样轻描淡写的一句话。

肖沂心里这么想，但是并没有说出来。

只是在心里过了这么一瞬，那个现场却仿佛不请自来的客人般强行闯入他的脑海。喷溅得四处都是的血液，干结在沙发人造皮革的表面，炎热的空气使得整个屋子里弥漫着血腥气，又带有一股酸腐的臭味；尸体在沙发上摊开，身下仿佛以躯干为圆心画出了一朵血之花，那具苍白而赤裸的尸身就像这朵花结出的恶之果实，坐落其上；断肢上渗出的组织液、骨茬儿、血肉；那颗头颅带血的凝视……

左手的食指不自觉地抽搐了一下。

肖沂赶紧咬了一口肉烧饼，把冲动压制下去。

李局和来客谈了一早上，直到中午才出来。

然后，客人出现在了他们的例会上。

会上李局对他做了一个简短的介绍：犯罪心理学家丁一惟，执业精神科医师，在美国取得博士学位，曾经在匡提科担任顾问侧写师，回国后在 C 大学任教。

"公安部对这件案子极为重视，在资源上给了我们极大支持，希望大家都明白这其中的意义。丁教授受部里委托，担任这次案子的顾问，来对我们提一些专业意见，希望大家踊跃发言。破案是当前的主要导向，凡是对本案能有帮助的线索，我们一个都不能放过。"李其华这人一向言简意赅，但是中心思想确实传达到了。

会议室里一时沉默，老刑警大多眼观鼻鼻观心，新人们看着他们，没有人传递出哪怕一丁点儿不友好的信号，用意却十分明显。仿佛整个屋子里的人在合力制造一种表面张力过于强大的空气，好把丁一惟从这团空气中排挤出去似的。

丁一惟却开口了。

他笑了一下才出声："我来，不是争功，不是掣肘。所谓'顾问'，就是顾得上就问问，顾不上就不问。"

这话说得幽默，然而仍然没有人吭声。会议室里只有空调口喷出的冷风在呼呼作响。好像有几个人连面前的笔记本都合上了。

丁一惟仿佛完全没有被这尴尬的气氛影响到，自顾自地说了下去："我在匡提科担任顾问的时候，有一个非常重要的认知，那就是刑侦这个行当，术业有专攻。比方说，痕迹鉴定学家、法医、一线刑侦人员，思考问题的方式截然不同。一起案件发生之后，从线索逆推凶手，可谓是盲人摸象。然而，俗话说得好，三个臭皮匠顶一个诸葛亮。只要参与的'盲人'多到一定数量，而彼此交流又通畅，那么拼凑出大象的样子，不仅可能，而且有可能极为迅速。"

他停了一会儿，打开面前的矿泉水瓶喝了一口，接着说："我之前听李局大致介绍了一下案情，以及你们专案组的人员构成。可以说，无论是法医还是刑警，这个案子里的'盲人'们已经全员到位。如果说有什么缺憾，大概就是犯罪心理学家。也许一般的谋杀案并不需要我们这种故弄玄虚的家伙在场，但大家都是经验丰富的，能明白这起案子并不是'一般的谋杀案'。我不敢说自己能锦上添花，更不敢说自己雪中送炭，但起码不会釜底抽薪。我只希望，能提供一些思路，给大家的工作多一些方向。毕竟，现在最重要的，还是破案。"

语气不卑不亢，但话已经说得足够诚意。

肖沂看了看李其华的脸色，决定做第一个吃螃蟹的人。"这件案子，现在已经知道的是，这是一件连环杀人案。与之前的六起谋杀案有相同的手法。"他拖过面前的笔记本电脑，打开投影仪。

张荔起身，关掉了会议室里的灯光。

第二章

案发现场在西郊的一处小区，虽然是老小区，位置也不太好，但房租并不便宜。

第一发现人是死者的同屋，她刚从老家回来，由于门廊灯光昏暗，她一手拖着箱子，一手在硕大的皮包里翻找自己房间的钥匙，脚下一滑，在地上摔了个结结实实的跟头。就在她一边骂骂咧咧一边试图爬起来的时候，才注意到浓烈的血腥味。这时她才发现令自己滑倒的那些东西究竟是什么。

看清楚客厅的景象，这个年轻女孩自然而然地开始尖叫。然而尖叫之后，她的第一反应并不是报警，而是掏出了手机，开始录像。110赶到现场的时候，这位兼职网络女主播的平面模特，已经靠这段长度不到五分钟的血腥视频在某社交平台上狂涨了两万粉。

她的账号当然被封了，然而视频火速在网络流传，如同一株幽暗而有毒的植物，以人们的窥私欲与八卦欲为养分疯狂滋生，几乎删不胜删。

视频中的客厅里，尸块散落，受害者的头被端正地放在电视柜上，仿佛凶手有意让它俯瞰整个现场。那些尸块无一不被斑斑血迹和组织液所覆盖，只有那颗头颅被仔细清洁过，妆容整洁，头发梳得一丝不苟，在脑后挽起发髻，宛如活人。

之所以说"宛如"，是因为头颅的双眼被牙签强迫撑开，眼睑均被牙签尖端穿透。

在网络上被称为"环翠小区肢解案"的杀人事件，在公安局的档案里，只是被冷淡地叫作"5·12"大案。然而网民们所不知道的是，在"5·12"案的调查过程中，凶手对尸体所做的怪异举动引起了警方的注意，专案组查阅大量旧档案，发现与之前的六起案件手法相同，因此被定性为连环杀人案。

把七桩案件摆在一起看，其中的相似性令人触目惊心。

死者全都是年轻漂亮的女孩，都在正当职业之外做着皮肉生意。年代比较久远的那几个案子里的死者都是暗娼，而"5·12"案的死者是所谓的平面模特，也就是如今俗称"外围"的群体之一。

现场就在死者所租的公寓当中，门锁完好，也没有激烈的搏斗痕迹。

然而，之前的六起案件，死者都是被正面、徒手扼颈导致窒息而死，也就是被掐死，但没有出现肢解这样过激的行为。死者都有死后被性侵的痕迹，但是现场未能找到任何精斑。

案件虽然骇人，但留给警察的线索并不多。侦破过程举步维艰。首先，现场几乎收集不到任何血迹、毛发、精斑、纤维，导致痕迹鉴定学家苦笑着打趣，说这人大概是个秃子，赤身裸体进了屋。

唯一有价值的线索，是在"5·12"案中，由于现场遍布血迹，凶手留下了非常清晰的脚印，尺寸42码，鞋子是一双磨得很旧的Timberland牌登山鞋。根据对现场血迹进行复原和鉴定，从墙上飞溅的血滴推断，凶手身高在1.71—1.75米之间。

作案时间推定为周六上午十一点到下午四点之间，距离被发现只有不到三十小时。

环翠小区周边的监控录像，从地铁站到路口违章的记录仪，从小区进出口到电梯监控，专案组也看了七八十遍，由于人流量太大，符合特征的嫌疑犯没有一千也有八百。

整个案子一筹莫展，网络上的传言却甚嚣尘上。自媒体时代，已经不像过去那样，只需要通过新闻出版署向各大报社打个招呼就能把案子压下来，网络传言愈演愈烈，刑侦部门所承受的压力也越来越大。当公安部介入的时候，专案组里有几个人都已经忍不住开起玩笑，盼望赶紧有哪个明星出个轨离个婚，好把这件事的风头盖过去。

好在，目前正端坐在会议桌一隅认真记笔记的人，只是公安部派来的顾问，说明公安部对此案还是相当克制的。

几个骨干人员讲完案情，丁一惟犹豫了一下才开口："依照目前的线索，要做完整的侧写为时尚早……"

有几个人唇边不自觉地浮现出一抹讥讽的笑容，而肖沂却因为这句话对他增加了几分好感。谨慎向来是他极为看重的品质之一，尤其是在这种案子上。如果这人听完就开始神棍一样判断凶手的年龄身高长相，反而很不可靠。

作为一名心理学家，丁一惟对这种气氛不可能没有察觉。他轻咳一声，说："我希望能调阅到完整的卷宗，给我一张办公桌就可以了，我保证很安静，不会打扰各位办案。"

专案组占据了分局最大的一间会议室，在案子办结之前，这里就是专案组专用的办公室。现在会议室被清空，档案被整箱整箱搬过来摞在地板上，涂写板上写着每个人的名字和当日工作。专案组成员是从各个分局抽调上来的骨干人员，由市局刑警支队大队长肖沂统一分配每天的工作。肖沂让人在会议室隔壁的一个小隔间里放了一张折叠桌，又放了把椅子，权作丁一惟的"书斋"。

丁一惟从此就一头扎入了这个小隔间，一连两天，把自己关在里面足不出户。

那天肖沂没有出外勤，到了午饭的点儿，突然想起什么，问道："那位丁教授都在哪儿吃饭？"

一句话把几个人都问住了，大家面面相觑，谁都答不上来。

"这个，"张荔犹犹豫豫地说，"我没见他下去吃过饭。"

肖沂当然理解他们的想法。这位丁教授，在这里并不是一位多么受欢迎的客人。

近年来，随着各种案件频发，公安部也曾经想过是否应该学习美国联邦调查局成立一个类似于BAU的部门。然而几次尝试下来，或许是因为水土不服，基本上除了添乱，没起过什么正面作用。其中最过分的一个，参与了一起案件，力没出多少，案件结束后却火速出了一本书，虽不敢明目张胆地点出案件原貌，却藏头露尾地强调由真实案件改编。里面把公安人员描写得愚蠢又迂腐，又有位堪比波洛转世、福尔摩斯再生的心理学家，单枪匹马独破大案，结果功劳全被办案的警察抢走。气得肖沂七窍生烟，向上级投诉，最后却也只能不了了之。一来二去大家都烦了，只盼望这种搅屎棍越少出现越好。谁管丁一惟吃饭不吃饭，最好饿他几天自己滚蛋。

然而，再怎么样，人家也是公安部直接指派的专家。肖沂皱了皱眉，挥挥手："你们先下去吧，我请丁教授吃个饭。"

大家答应了一声，三三两两结伴下楼去食堂了。

肖沂走到小隔间门口，一打开门，一股热浪扑面而来。小隔间里没有空调也没有通风口，逼仄的空间里热得活像个蒸笼。

丁一惟高大的身躯蜷缩在简易折叠桌前，西装衬衫袖子挽到肘部，后背被浸出一个大大的V字形汗渍。听见门响，他茫然地从卷宗上抬起头来，面孔被热得通红，额头上亮晶晶的全都是汗水。

肖沂退开一步，避开那股热气，问道："丁教授，去吃饭吧？"

丁一惟仿佛需要咀嚼一下才能消化那句话似的，愣了一会儿才说，"啊，不用了，我带了午饭。"说着，从身边的公文包里掏出一个皱巴巴的赛百味纸包。

"你这两天就吃这个啊？"肖沂有点惊讶。

"是啊，我家楼下有家赛百味，我每天早上都去打包两个。"

肖沂这时忍不住开始同情他了："别吃这个了，我请你出去吃吧。"

"不用不用，"丁一惟连忙摆手，"我听张书记说你们办公经费很紧张，不用请我吃饭。"

肖沂简直啼笑皆非："你是说张继来张书记？你都认识张书记了，我再让你窝在这里啃三明治是不是就太不给面子了？走吧，不出去吃，吃食堂总行吧。"

丁一惟这才站起来，有点不好意思地笑了一下："那麻烦你了。"

两人一起下楼梯时，肖沂忍不住多打量了他几眼。

丁一惟身高接近一米九，虽然被热出一身透汗，却仅仅是把袖子卷起、解开衬衫上方两枚扣子而已。此时，他被热得发红的面孔，已经不像第一次见面时那样保持着一种礼貌而疏离的微笑，而是心不在焉地盯着面前的地板，只有一双眼睛，在镜片后面闪着一种宗教狂热般兴奋的光芒。

两人一路无话，到了食堂，肖沂指了一下窗口，说："这边打饭，那边结账，刷我的饭卡就行。"

丁一惟浑浑噩噩地答应了一声。

这时已经过了午餐正点，大多数窗口的不锈钢菜盘子都空了，餐厅里也只有三三两两的几个人。等肖沂打完饭，却看见丁一惟还站在食堂的窗口前，面前的盘子上空空如也。

"怎么，丁教授，菜不合胃口？"他从背后凑上去，问道。

"啊，不是，"丁一惟面露尴尬，"我是素食主义者，你们这儿好像没有全素的菜。"

肖沂伸头看了一眼，他面前是一盆肉片炒菜花。

也许是怕肖沂嫌他事多，丁一惟迅速地做了决定："就要这个好了。"

肖沂用自己的饭卡结完账，两人端着盘子找了个空位坐下。

丁一惟用筷子扒拉着面前的菜，把肉片一片片都挑出去，一边挑一边解释："不是出于宗教信仰，就是不爱吃肉。"

"抱歉，我们都是体力工作者，食堂做菜要是不放肉，这帮人能掀桌子。"

丁一惟对他这句缓和气氛的玩笑话置若罔闻，只是味同嚼蜡地吃着面前的食物，脸颊机械地一鼓一鼓，仿佛是在完成什么既定的工作一样。

肖沂看他半天，感觉自己也胃口全无，终于忍不住，把面前的盘子一推，问道："丁教授，之前听介绍说，你在匡提科还做了好几年的客座顾问，不至于看这么件案子就没胃口了吧？"

丁一惟抬起头来，有几分惊讶，笑着说："吓到你了吗？我不是没胃口，我工作起来就这样，以前的同事都说我只要一接触到案件，就会像着了魔一样，食不甘味，寝无安眠。"说着，他深吸了一口气，用手向后捋起被汗濡湿的额发。

"你知道吗？张荔他们一直认为你应该翻完卷宗，就该开始推理凶手的身高年龄习惯，干哪一行住哪一区，脚多大码腰围多少尺，有什么童年阴影了。"

丁一惟苦笑起来："被电影和美剧误导太多了。犯罪心理学又不是请乩仙，大仙儿一附体就能自动写结案报告。事实上，我对这个学科了解得越深，就越发现我们对于人的心理所知甚少。"

他仿佛有一刻出神，慢慢地说："我们人类，对于心理学的所知，就像我们对海洋的研究，目前只能探测得到 10971 米，而世界上最深的马里亚纳海沟足有 11043 米。我们只能凭借那些被偶然冲刷到海滩上的深海生物遗骸，推断深海里的情景，而想要深入那片漆黑无光的海域，人力还远远未能达到。"

　　说罢，他笑了笑，仿佛把神魂拢回到现实，说："就我目前看完的卷宗，我只能肯定一件事，那就是，凶手所犯下的案子，绝不止这七件。"

　　"为什么这么说？"

　　"首先是……因为作案时间。"丁一惟垂下眼睛。

　　"这七件案子，最早的一件是三年前。从月份上看，分别是七月和八月，其中，除了今年的一起以外，其他六起都集中在七八两个月份，几乎是全年最热的月份。时间跨度如此之大，月份却如此集中，这说明这个表面看起来是快乐型的凶手，内在的行为逻辑有可能是偏向强迫型的。"他看了一眼肖沂，解释道，"快乐型和强迫型是说……"

　　"我知道，杀人纯为取乐的类型和感觉自己不得不去杀人的类型。"

　　"事实上，这两种类型的分界并不是那么明显。"丁一惟接着说道，"混合型的凶手，分辨他在这两者之间细微的心理变化，是给出心理侧写的一个重要成因。"

　　他略有些疲惫地搓了一把脸，沉默片刻，突然说："我想去案发现场看看。"

　　肖沂说："可以，下午大小刘没事，我可以安排……"

　　"不，"丁一惟立刻打断了他，"我想让你带我去。只有你和我两个人。可以吗？"

　　肖沂怔了一下，说："好。"

第三章

今年热得太早，六月份已经热得像要下火一样。肖沂的车是一辆陆地巡洋舰，因为年份久了，空调出风不是太好，又加上在没有荫凉的停车场停太久，一进去活像蒸笼一样，皮坐垫活活能烫熟人的屁股。

丁一惟体质好像不太耐热。一路上，肖沂开车，丁一惟眯着眼睛在副驾驶东倒西歪，昏昏欲睡，直到目的地附近才突然醒过来，好像刚才的睡意被橡皮突然擦去一样，非常清醒地说："停在这附近好吗？"

肖沂找了个地方停车，两人走出车子。

"这边离环翠小区还有一段距离，要走过去吗？"

丁一惟点了点头。

肖沂发现，丁一惟的神情已经变了。

他们站在环翠小区附近的一个街口，马路对面就是离环翠小区最近的一个地铁出口。此时不是高峰期，行人三三两两地走出地铁口，步入炽烈的阳光中。

丁一惟不再是第一次见面时那种知识分子的礼貌斯文，也不是看资料时那种呆头呆脑、心不在焉。他站在街边树下的浓荫里，看着二十米开外的地铁口，更像非洲草原上的一只豹子，隐匿在阴影之中，挑拣着自己的猎物，专注、谨慎，又有一丝不自觉的兴奋。

"他是从哪里来的呢？他是坐地铁来的吗？还是开车？这里最近的地铁口就是这里了。他是从这个地铁口出站的吗？"

他自顾自地喃喃自语，听起来不像问肖沂，而是在问自己。因此肖沂并没有回答。

丁一惟站在距离环翠小区尚有两个街口的路边，抬头凝望着路灯。这个街口四个方向均无监控。

"他来的时候就知道今天会发生什么，他做了准备。如果他提前踩过点，那么他会避开监控最多的路口，那么就是这里了。"

说罢，丁一惟拔脚就走，步伐很快。肖沂赶紧追了上去，快到门口时他问："为什么不是开车来的？"

"因为这个小区车辆进出口有监控，"丁一惟抬起下巴，示意肖沂看向一辆正在进入小区的车，"从位置来看，刚好能拍到司机的脸。他不会冒这个险。在'5·12'案之前，他已经做了起码六起这样的案件，不是新手了。"

丁一惟在环翠小区周围绕了一个大圈，找到了一个入口。

这个小区隔壁有一家幼儿园，是由该小区开发商建的，入园儿童大多是小区住户。这也是这个小区的卖点之一。

正因为如此，毗邻幼儿园的一侧，专门为接送孩子的家长开了一个小门，进去后就是一个小型的儿童游乐场。这个入口原本要刷卡才能进入，但为了孩子出入方便，铁门处被一块砖头挡住，以至于任何人都可以自由出入。

这片区域没有任何监控。

此时正是下午，还不到幼儿园放学的时间，小区里只有寥寥几个老人在健身器材旁晒自家的被子。

"我想你们大概询问过当天在这里带孩子玩的家长了？"

"问过了。"肖沂叹了口气，"带孩子的家长，基本两眼不离自家孩子，没有什么有用的信息。"

丁一惟点点头，没有说什么，顺着这条路一直走向案发现场的六号楼。

"六号楼门厅里有监控，但只是比较原始的定格监控，画面每三秒钟停留一次。"肖沂补充似的解释道，指了一下天花板上的监视镜头。

"问题不在于画面停留的速度，而在于要确定看哪一时段的监控录像，这就过于困难。"丁一惟说，"死亡时间虽然有大致推定，但他何时进入这里没人知道。如果是我，我甚至会提前三四个小时进入这栋大楼，然后在哪个楼梯间消磨一下时间再进房间。"

……和我想的一样。肖沂略有点自嘲地想。

他们顺楼梯走到七楼的705室。丁一惟走得很慢，他的目光在楼梯间里细细地搜寻着什么。

"没有烟头，如果这是你想找的东西。"肖沂忍不住开口，"因为很少有人通过楼梯上楼，楼道里不脏，保洁员没有清扫过。为保险起见我还特地翻了当天保洁员清理出来的垃圾，一个烟头、饮料瓶都没有。"

"如果我是热月杀手，到猎物家之前，我是不会抽烟的。"丁一惟看也不看他，专注地搜寻着楼道，"我会很谨慎，不留下任何DNA证据，这是其一。其二是，有更大的乐子触手可及，我不会用这种低等的刺激来分散我的注意力。我耐心地等待，慢慢积累我的欲望，一丝一毫都不要提前释放。"

肖沂飞速地抬起眼来，目光扫过他的后背，但是没有说话。

作为一名大学教授，丁一惟似乎保持了健身的习惯，爬到七楼，气息丝毫不见凌乱。

705室的房门并不像美国大片里那样被警用胶带封死，只是贴了一张告示。

肖沂拿出鞋套、手套、口罩和发罩递给丁一惟，掏出钥匙打开了房门，然后闪到了一边，把入口留给了丁一惟。

　　丁一惟在门口站了很长一段时间，双眼空茫地盯着房门里光线昏暗的过道，然后慢慢地走了进去。

　　这是一间两室一厅的小户型，由于设计的问题，一进门是一条狭长的走廊，往里走个两米才能看见客厅。客厅西边是浴室和厨房，东南角是两个并排的房间，两名租客各占一间。

　　705室基本保持了被发现时的原貌。110接到报警后，辖区派出所的两名民警赶到现场，只看一眼就明白了案件的严重性，立刻封锁现场。多亏这两名警察的一再提示，此后到达的刑警和法医一开始就保持了足够的谨慎，才使得现场最大程度得以保留。

　　但是丁一惟最先去看的，并不是客厅。

　　他走进705室的姿态，与其说像刑侦人员，不如说像个不请自来的客人。

　　他舍弃了案发现场的客厅，径直走进被害者的卧室。

　　被害者名叫杨玲，殁年二十一岁，是一家模特经纪公司的平面模特。她十八岁时来到C市，在一家民办学校上学，但是交了半学期的钱后就不再上课了，转而混迹于各大车展。她在社交平台上有黄V认证，认证内容是"演员，平面模特"，在某家著名模特经纪网站上也有账号。

　　然而，看她的房间，她生前的职业应该是网络女主播。她的卧室摆设并不复杂：一个老式木质大衣橱，旁边还有两架简易的钢管衣架，全都挂满了衣服；一个六层抽斗柜，上面乱糟糟地摆满了化妆品。

　　与衣物和化妆品的凌乱相比，床铺有些过于整洁干净。床品是淡紫色小碎花的，被褥整齐地叠着，还摆了七八个毛绒玩偶，玩偶前小后大，像照毕业照一样整齐排列。床边铺着浅灰色的短绒地毯，放着一把吉他。靠床头的一侧窗口，挂着白色纱帘，上面层层叠叠地垂着星星形状的 LED 装饰灯。也算是网络女主播的常见布置了。

正对着这一切的，是一张电脑桌。桌上满满地摆着东西，三架简易摄影灯、话筒，还有一个摄像头。

丁一惟拉开了抽斗柜的每一个抽屉，掏出西装口袋里的一根钢笔，一一拨动着里面的内容；他翻检了女主人的衣服，甚至把鼻子凑上去嗅探衣服的味道；他趴在床边，观察床上的每一条褶皱，然后对着电脑桌皱了皱眉头。

"电脑是你们拿走的吗？"他对着电脑桌上那个不容忽视的大块空缺问道。桌子上遍布灰尘，不乏烟灰，唯独有块方形的空白。

"不是，我猜是凶手带走了。从形状判断是个笔记本电脑。"

"这上面的东西呢？"他用钢笔轻轻碰了一下桌上一个手机支架。上面并没有手机。

"现场没有发现死者的手机和电脑。"

丁一惟站起身来，走进浴室。

浴室空间不大，其凌乱程度比起主人的房间有过之无不及。丁一惟挨个察看了已结了一层灰垢的洗手台、洗手台上横七竖八的瓶瓶罐罐。这间浴室里最干净的地方，大概是淋浴头下面的下水道口和马桶旁边的卫生纸篓，因为毛发和纸团都已经被鉴定科打包带走了。

他盯着浴室镜子和水龙头上碳粉取指纹留下的痕迹，说："真有意思，浴室里一枚指纹也提取不到。如此大费周章地擦掉了浴室的指纹，客厅却任由它乱成那个样子。"

"整个现场只提取到一枚非常模糊的掌纹。"肖沂说。

丁一惟走出浴室，又同样仔细地观察了厨房，路过杨玲舍友卢晓娟的房间时，推了一把门，门开了。

"卢晓娟的房间一直是锁着的吗？"

"是的，据卢晓娟说，只要她离开，就会锁门。"

此时房间并没有锁，丁一惟走进去，转了一圈，又出来了。

他隔着手套搓了搓手，带着一种小孩子唱完生日歌、吹灭蜡烛后的兴奋劲儿，盯着客厅，仿佛那是一块香甜无比的奶油蛋糕。

客厅的陈设也不复杂。人造革沙发、茶几、电视柜，都是房东留下来的旧家具，两名租客并没有新添置什么——除了血迹以外。

丁一惟从沙发开始看起。他保持着站立的姿势，在维持平衡的同时努力把上半身倾向沙发，审视着沙发上的斑斑血痕，如同一只秃鹫。那些血迹已经开始发黑发臭了，六月闷热的天气里，上面落了一层细小的果蝇，随着他的动作飞起又落下。

看完沙发之后，他又看了茶几，仿佛终于打破了某种"不直接接触现场"的自我规则，抬头问肖沂："我可以把茶几移开吗？"

肖沂做了个"请便"的手势。

丁一惟小心地搬起茶几，挪到一个空位处放下。

茶几移走后，能看见白瓷地砖上横七竖八的血迹，仿佛一块恢复如初的完整拼图，呈现在面前。

"碎尸时，为了获取更大的空间，他搬开了茶几。碎尸之后，又把茶几搬了回来。断手是在这里发现的？"

"是，"肖沂回答，"尸体躯干完整，只有双掌被肢解，摆在茶几上，头部放置在电视柜上，躯干、腿部均保持完整，放置在沙发正对电视的位置。"

"碎尸工具找到了吗？"

"找到了，是一把锯子，就在茶几上。"

"锯子是谁的？"

"是杨玲她们的。她们租完房子，买了一个工具箱。工具箱放在电视柜里。"

肖沂抬手指了一下，丁一惟顺着他手指的方向看过去，看到电视柜下面的格子里，有一处在灰尘中显得有点突兀的空白，大小刚好是一个工具箱的尺寸。

那个电视柜是老式的组合式，下面有个突出的平台用以摆放电视，贴墙是一面展览柜式的格子柜。头颅被放置在格子从上面数第二层。

丁一惟站在电视柜上，双手高举，做了一个摆放的动作，然后又俯下身去，仔细观察用来摆放电视的那个平台，平台上有两枚清晰的脚印。

"我觉得你们对凶手的身高推断并不准确。"他突然开口。这是他介入案件以来第一个评价。

"何以见得？"

"你来，"丁一惟示意肖沂站到他的位置，"现在想象你自己是凶手，然后把头颅捧到那个位置。"

肖沂依言行动。就在他把手放到头颅所在那一格的一瞬间，他呆住了。

这个位置，在他胸前，大约与他胸口齐平。他跳下电视柜，又站在地面上，重新做了一下那个动作。

肖沂身高一米七八，按照他的身高，想把一个头颅放在电视柜第二格上，并不需要踩着电视柜。

死者头颅眼皮被牙签撑开，凶手想要死者"观赏"自己被肢解的过程这一目的非常清楚，如果他身高真有 1.71—1.75 米，凶手本应将头颅摆放在电视柜最高一格。

现场的腐臭、阳光映照在不锈钢窗子上的白光，仿佛一瞬间被无限放大，瞬间淹没了他。肖沂左手食指不由自主地抽搐起来。

"我想再看一下遗体。"

丁一惟的声音在背后响起。

冷静得如同炎夏当中的一块冰。

第四章

开车到刑事科学技术鉴定中心的路上，刚好遇上晚高峰，车子在立交桥上堵得叫天天不应叫地地不灵。好不容易到了目的地，两个人刚进大楼，就听见一阵高跟鞋急促的响声传来。

"唐姐！"肖沂叫道。

一位四十出头的女性闻言停住了脚步。她面色不悦，看到肖沂快步走过来，带着点愤愤说："肖队长，你这迟到是不是有点过啊？这都几点了？"

"这不是堵车嘛。耽误你下班啦？"

"可不是！"唐姐把包换了一个肩膀，"今天小封有点新发现，我们俩讨论了一下午，越说越兴奋，差点儿忘了时间。哎！我说肖沂，这是？"

"这是公安部委派的专家，侧写师，丁一惟丁教授。丁教授，这位是法医病理科主任唐丹。"

唐丹看着丁一惟，伸出手去，说："丁教授，您好！"

丁一惟和她握了手："唐主任，您好！"

唐丹扫了他两眼，就失去了兴趣，转头又对肖沂说："我跟你说，小封今天下午的发现确实挺有意思的，我觉得他的思路搞不好能对你们产生很大的帮助。但是呢，他的论断还不足以成为一个有效的证据。不管如何你还是得听听的，很有意思。"

她抬腕看了一眼手表，有点着急的样子："再说就话长了，你们进去找小封。我晚点了，这会儿走还能趴培训班教室玻璃上看我们丫丫跳会芭蕾，再晚了就只能赶上孩子放学了。我得走了！你们赶紧进去吧！拜拜！"

话音未落，人已走远，只听见高跟鞋嗒嗒的声音一路消失在门外。

肖沂一边往里走，一边对丁一惟解释道："'5·12'案的法医鉴定基本是由唐姐的团队……"

话音还没落，就听见里面娇滴滴地叫了一声："肖哥你怎么才来，我都……"

说着，里面花蝴蝶一样扑出来一个人影，身上虽然穿着一件普通得不能再普通的白大褂，腰肢却扭得妖娆，见到肖沂身后还跟着一个人，话还没说完硬生生咽回半截，僵在原地动弹不得。

肖沂忍着笑意，对他说："这是鉴定中心的法医封烨，小封，这位是公安部委派给'5·12'案的犯罪心理专家，丁一惟丁教授。"

丁一惟不由得仔细地看了小封两眼。这个人长了一张干净俊俏的娃娃脸，身高勉强一米七左右，看起来说是个高中生都有人相信。

封烨呆了半晌，故作矜持地伸出手去，说："丁教授，您好！"

封烨领着他俩走进验尸间，肖沂说："实际上，发现'5·12'案与前面六起凶案有联系的，就是小封。我觉得一会儿可以让他给你讲讲这几起案子的联系，这也是非常重要的线索，我觉得你应该听听。"

来到门口，封烨用手撑住门让丁一惟先走了进去，回头对肖沂做了个夸张的鬼脸，不出声地做了个"So hot"的口型。

尸检化验室是一间略显空旷的办公室，气温比外面低很多，一进去就被一股带着淡淡消毒水味的冷空气所包围，如果仔细分辨，这味道中还有一丝难以掩盖的腐臭。头顶的日光灯在每一个金属棱面上投下惨白的反光，使得肖沂总有一种错觉，觉得这是一个被白光所包围的空间。

化验室正中是呈品字形放置的三架不锈钢解剖台，三台都空置着。靠墙是一面巨大的柜子，类似超市存包柜的特大号版，这就是冷冻柜了。

封烨走到冷冻柜前面，抓住不锈钢柜门上的把手，用力一拉，拉出了一个抽屉。

这里面放置的，就是"5·12"案的死者，杨玲。

"肖哥搭把手。"

封烨推过来一张移动担架，两人合力将蓝色尸袋抬到担架上，又将尸袋运到解剖台上。

封烨拉开尸袋，又调整了一下头顶无影灯的位置，使得光线能够更加集中地投射在尸体身上。

这时，丁一惟才得以仔细地审视这具遗体。

这是一具年轻而美丽的身体，成熟丰腴，身高 1.62 米，生前体重约五十七公斤，皮肤光滑而紧致，小腹平坦，双腿修长，想必生前得到了主人的悉心保养。

尸体体表，除了前胸法医解剖留下的 Y 字型伤口和肢解时造成的断口，几乎没有外伤。

此时，她的断头与断掌如同生前那样，被放置在应有的位置。

封烨用一根激光笔指着头颅的颈部，说："尸体的颈部两侧均分布着多个卵圆形皮下出血，从分布来看，符合双手扼颈所致。解剖发现舌骨骨折、心内膜点状出血和肺叶间出血，即 Tardieu 氏斑，印证了扼颈致机械性窒息的判断。但是伤口周围的皮肤上未能检测到有效指纹，客体原因。尸体阴部检查到了性行为造成的细小裂痕，但是没有生理反应，没有阴道分泌物，而且阴道口没有回缩，应该是死后肌肉无力所致，因此可以推断是死后遭受性侵。"

丁一惟突然插嘴道："从断肢的伤口来看，你认为他对切割尸体熟悉吗？"

封烨摇了摇头："不熟悉。从伤口来看，他是先锯了左手，他下锯的位置不对，正锯到关节上，靠近关节的位置附着肌腱多，过多的软组织塞进锯齿里，就锯不动了。所以又换了个位置，这次直接锯开了腕骨，才使得肢体顺利分离。他锯右手的时候，感觉下锯时更犹豫一些，找了好几次方向才找到腕关节。"

丁一惟点了点头，没有再说话。

"现场发现的那个掌纹，也没什么用。一是没提取到任何有效的 DNA，二来那个掌纹实在过于模糊了。倒是在掌纹上发现了一些粉末，应该是乳胶手套留下的。"

肖沂说："小封，你给丁教授讲讲你是如何发现'5·12'案和其他六起案子的联系的。"

封烨挠了挠耳下，有点不好意思。

"这就说来话长了……我最早是在西二区支队，后来西二区和西郊行政区合并才到这个分局的。2015 年的时候吧，当时送来一具女尸，是在一个日租房里发现的，那具尸体是我处理的，法医意见是徒手扼杀，但有死后遭受性侵的迹象。当时办案的刑警判定应该是个站街女，和嫖客起了纠纷被杀，总之案子线索很少，至今没有破。当时我就觉得，那具尸体有点奇怪，说不上来是哪里怪，总之有什么地方不对劲。因为无人认领，一直保管在殡仪馆，现在这具尸体也领回来了，就在那边。"

他走到冷冻柜前，又拉出一个抽屉，里面躺着另外一具尸体。

封烨用手里的激光笔点着尸体的脸部，说："就是这具了。你们没觉得她的妆有点不一样吗？"

两人同时看向这具遗体的面孔。

死者脸上化着十分精致的妆容。

丁一惟皱眉看了半天，说："我确实没看出什么不一样的地方，性工作者一般不都是化着妆的吗？"

封烨垂下眼脸，轻声说："当时办理这件案子的警察也是这么说的。但是，她们在夜间活动时，为了突出自己的脸部，一般妆都很浓。这种精致的淡妆，女白领在格子间里化是很正常的，但是在暗巷的路灯下，根本看不出来。"

他解释似的指着尸体的眼皮："这种眼影是哑光的，这种浅咖啡色搭配叫大地色，腮红也是略带一点点珠光的淡粉红，是非常适合上班族日常的妆面。大多数站街女用的彩妆，大都带有大量的闪粉……你们明白什么叫闪粉吧？就是看起来 biling bling 的那种亮片片。总之，这个妆面和她的职业不太相符。还有一点，她用的粉，实在过于细腻了。"

丁一惟一头雾水地看着他。

"嗯……我该怎么解释才好……"封烨咬了咬下唇，"这么说吧，无论是眼影、粉还是腮红，只要是彩妆，都是越细腻越贵，廉价的那种就粗，颗粒感特别强。这种站街的暗娼一般是没什么钱买好化妆品的，但是你看她的粉，特别细。"

丁一惟和肖沂都不由自主地看向死者的面孔。由于在冷柜冻得太久，尸体体表呈现出一种铁灰与铁青混合的颜色，实在难以看出什么"细腻的粉"。

"然后，'5·12'案的死者，也是这样。"封烨关上冷柜抽屉，又将二人引向解剖台。

无影灯下，死者脸庞上的妆容看起来细腻而自然。

"2015 年那具尸体，脸上没有伤。但是这一具，这里，"封烨用激光笔上小小的红点指着脸颊上一处非常小的擦伤，"这个伤口是死后造成的，然而被粉遮住了，这说明，妆是死后化上的。发现这一点后，我特地用棉签擦掉了一部分彩妆，然后将内容物化验了一下，发现其中并没有任何鲸脂之类的油脂物。"

丁一惟忍不住问："这能说明什么？"

"油脂是面霜最常见的成分之一。如果死者生前有擦任何护肤品，检测不可能没有发现，这说明彩妆是直接化上去的。"

"所以呢？能说明什么？"

封烨几乎控制不住地翻了个白眼，声音也不自觉地尖了起来："哪有人会不上底妆直接上彩妆的啊！会浮妆的！"

说完他才发现自己微微的失态，立刻收敛了声音，说："总之，这很反常。我对 2015 年的那具尸体也做了相同的检测，结果一样。谋杀对象都是暗娼，手法是掐死，死后给尸体化妆、死后性侵，这其中的关联就很明显了。"

肖沂接过去说："小封将这个结果报告给了唐丹，唐丹认为这条线索很有价值，于是上报给了刑警支队。我们调取了本市几年来所有对象是性工作者的谋杀案，尤其是未侦破的那些，除了 2015 年的这起，还有五起具有相同的手法。"

他缓了一下，又说："但是，由于年代比较久远，只有两具尸体无人认领，从殡仪馆领了回来。其他四具已经由死者家属领走了，均已火化，只有现场照片留了下来。经过详细检查，确认小封的推断是正确的。我们得以推断出，这七起案件的凶手是同一个人，他只对暗娼下手，徒手掐死后，给尸体化妆，然后对死者实施性侵。"

"但是这起案子里他肢解了死者，MO 已经发生变化了……"丁一惟喃喃自语道，"连环杀手的 MO 一般很少发生变化，是什么使他的行为升级了呢……"

"MO？"封烨问。

"Methods of operation，犯案手法。"肖沂代为回答。

封烨想了想，说："其实在'5·12'案死者身上，我还发现了一样东西。"

说着，他从解剖台旁边的移动柜里拿出了一样东西，递给肖沂。

这是一个小号的证物袋，透明塑胶袋里乍看好像什么都没有，肖沂将它举起来对着灯光，才发现里面有一根纤细的毛发。

"这是什么？"

"这是从'5·12'案死者的睫毛上取下的，因为和睫毛黏在了一起，一开始没有发现。"封烨解释道，"我觉得这应该是化妆刷的毛。准确地说，这应该是一根纤维毛刷的毛。"

"这有什么特别的意义吗？"两人几乎同时开口发问。

封烨又挠了挠耳后，苦笑了一下。

"你要说意义嘛……我跟唐姐讨论了一下午加半晚上，结论是可能没有，也可能有。这么说吧，如果我没猜错，我觉得这两具女尸，她俩脸上的彩妆，算上眉粉、眼影、睫毛膏、修容粉、腮红、粉底、唇膏……价钱加起来不可能低于两万。"

丁一惟吹了声口哨。

"我曾经想做个鉴定，但是彩妆这东西成分都差不多，所以鉴定意义不大。但我的直觉告诉我，这个眼影是 Suqqu 的。"

"Suqqu 又是什么？"

封烨叹了口气："是个保值能力比股票高得多的眼影，一个盘开价四百多元人民币，黄牛一炒能到六七百，而且如今的绝版盘价格已经翻了好几番。"

"……眼影而已啊！"肖沂忍不住说。

"好看的东西当然值这个价格！何况……"封烨抬高了声音大声反驳，看了一眼丁一惟，又及时住嘴，轻咳了一声说，"这么说吧，用 Suqqu 的人，居然会用纤维毛刷，而不是动物毛刷，实在是有点奇怪。"

肖沂忍不住开始揉搓眉心："等等，你这些术语我完全听不懂，你要么详细解释一下，要么直接说结论。"

封烨扳起手指头，一副教育小学生的口吻："化妆刷呢，分两种，一种是人造纤维毛，最贵也就几十块一把；还有一种是用动物毛，毛质细腻，上脸效果好，当然就贵啦，竹宝堂啊白凤堂啊，三四百一把的都有。彩妆都这么贵了，居然用纤维毛刷，也太糟蹋东西了，简直就是明珠暗投啊！"

肖沂看着他，似笑非笑地说："你这个线索写到报告里了吗？唐姐同意给你签字了吗？"

封烨那股嚣张的气焰顿时矮了三分，颓然道："没有……唐姐说，彩妆成分无法靠化验鉴定，化妆刷的毛只有一根也没有鉴定价值，所以无法当作可靠证据写进报告，就只是我的臆测而已……"

但是他马上振奋起来，一挺胸，自豪地说："但是唐姐说我的这个想法非常有价值！"

肖沂笑道："……行吧。"

两人在法医办公室待了足有三个小时，准备离开时，外面天色已经全黑了。

离开前丁一惟要去洗手间，封烨给他指了路，看着他的背影渐渐没入光线黯淡的走廊里，拉了拉肖沂的袖子，感叹道："肖哥，这也太帅了吧！"

肖沂啼笑皆非，斜眼看着他："你加班加晕头了是吧？这可是公安部委派的专家，兔子还不吃窝边草呢。再说了，人家怎么想你知道？就这么上心了？"

此时周围无人，封烨完全不加掩饰，捂着胸口，弱柳扶风，堪比西子捧心，矫揉造作地说："一击命中……"

肖沂笑骂道："性饥渴啊，你？"

封烨瞪起眼睛，捏起兰花指就戳他胸口："废话，还不是你们这个案子搞的？我们整个科室给你们加了多少班？一屋子人都上有老下有小的，就我一个光棍，天天留下来值班，还好意思说！"

"得得得，等结案了我请你喝酒，成了吧？"

封烨刚才那副泼妇嘴脸瞬间收了回去，满眼放光："你要是约丁教授一起我就去！"

第五章

　　离开鉴定中心，肖沂发动车子，调整了一下安全带，问副驾驶座上的丁一惟："丁教授，晚上一起吃饭？我请你。"

　　丁一惟搓了把脸，说："不用了，我现在完全不饿。"

　　"那我送你回家吧。你家住哪儿？"

　　"你先别忙，我有话跟你讲，就在车里讲就好。关于这个案子的凶手，我已经有了一个大致的侧写……"

　　肖沂看他深吸了一口气，脸色严肃起来，连忙说："如果你要做完整侧写，是不是明天在例会上说比较好？让大家都听听。"

　　丁一惟转头看着他，脸上浮起一丝苦笑，说："肖队，你就不要揣着明白装糊涂了。你的手下对侧写师的态度——闻歌弦而知雅意，我又不是傻子。有些话我只跟你说，你去跟专案组的各位说，也不要说是我讲的。你的话比我的可信度要大。"

　　他沉默了一下，咬了咬下唇，低声说："是谁的功劳无所谓，但是这个凶手必须抓到。我认为我已经掌握了一些你们所不知道的信息，而这些信息对你们的案情有重大帮助，所以请你一定要听我讲完。"

　　他的语气中有一丝破釜沉舟般的不容拒绝，使得肖沂也被感染，不由自主地坐直了身子，说："好，你讲。"

丁一惟摘下眼镜，从口袋里掏出一条丝质手绢，擦了擦镜片重新戴上。

"就像我在食堂里对你说的，我认为这个凶手所犯下的案子绝不止七起。当初我对你说的时候，还只是我的直觉，当时我认为我的判断也许过多依赖于直觉，因此要求去看现场、看尸体，但是现在，我认为这个判断是准确的。"

"首先，他的MO过于熟练。在七起案件当中，被害者都是性工作者，其中几名还是从业多年的老手，几次扫黄都有被捕记录。这样的女性，对于顾客是有强烈警惕心的。我看这七起案子的卷宗时发现，如果以时间排序，最早两起，法医鉴定报告中写了死者有被氯仿麻醉过的迹象。而后面的几起则没有，而受害人均未出现过激烈反抗，毒理检验报告也没有显示麻醉剂的使用迹象，这说明凶手对于如何兵不血刃地杀死受害者异常熟练。因此我有了个猜测。

"那就是，最初凶手对如何制服一个成年女性并没有太大把握，在最早的两起案件中，他麻醉了受害人才敢下手，而后来，他磨炼了技巧，已经不需要氯仿或者其他麻醉剂就能下手了。在匡提科，我曾经接触过大量连环杀手的案例，这些案例显示，连环杀手也有所谓的'学徒期'。比如著名的绿河杀手，在犯下大量谋杀案之前，他曾经袭击过一个妓女，用头套蒙了她的头，因为对方反抗过于激烈而罢手。所以，热月杀手也不应该例外……"

"热月杀手？"肖沂奇道，"之前我就想问了，这是什么意思？"

"啊，"丁一惟那张过于端正的脸上显现出一丝羞涩的微笑，"对不起，虽然你们都叫'5·12'案，但是我发现凶手犯案的时间规律后，心里就在想，如果是在匡提科，他大概就会被起个'热月杀手'的外号了吧。听起来有点像法国大革命时期专门屠杀革命党人的屠夫呢……抱歉，一点个人恶癖。"

"没事，挺有想象力的，你接着说。"

"我认为，这七起案件只是热月杀手在学徒期结束，MO 日趋稳定之后的作品。虽然这么说可能会增加你们的工作量，但是我认为，你们对旧案例的回溯，应该再往前找一点，不要拘泥于凶杀，针对性工作者的袭击案件也应该查看，这种案件因为有活口留下，所以是得到嫌疑人外形特征最好的途径。"

肖沂苦笑了起来。

虽然他没有丁一惟分析得这么深入，但"针对性工作者的未遂袭击"这一点堪称英雄所见略同。一旦确认了连环杀人案的侦破方向，肖沂就一直希望找出是否有从"5·12"案凶手手下逃生的流莺。然而，这种案子简直多如牛毛，暗娼出没的地段，一个派出所每个月接警的就不下数百，报案人往往不会透露自己的身份，辨别其是否为暗娼要花一番功夫，辨别是否属于"5·12"案的杀人手法又要花一番功夫。哪怕他们真能凭借有限的人手梳理出这样的案件，如何再找回这名暗娼，简直是大海捞针。这属于流动人口中追查、监控起来最难的群体之一，尤其是从外省来 C 市"从业"的女性，赚够了钱、老家要盖房子、夏天收麦子、和小姐妹吵架、和男朋友分手、觉得南方的钱更好挣，随便一件什么事都能成为她们离开这个城市，消失于茫茫人海的缘由。

也许是看出了肖沂的想法，丁一惟补充道："你们可以只看每年七八月份的。"

……这倒是个好主意。

丁一惟接着说："前面六起案件，犯案手法惊人地一致，唯一不同的是，现场非常分散，在本市各个辖区。我认为，凶手对刑侦程序有一定的研究。首先，一件凶杀案，如果死者只有一人，按属地归分局刑警队管辖；如果死者有两人以上，则被提给市局刑警队。他在各个辖区分别作案，就是希望减少案件被提交给市局刑警队、从而被发现手法一致性的概率。但是，在做第七起案子时，他的行为模式出现了重大变化。

"第一，杀人手法的变化。以往六起案件，他的杀人方式都是徒手掐死。勒死和掐死，在连环杀手的模式当中，一般可以被看作一种对控制感的渴求；而在'5·12'案中出现的肢解，心理诱因则更加复杂。

"第二，杀人对象、时间和地点的变化。他以往选择的对象，大多是便宜的站街女，他和她们谈好生意后，去站街女自己做生意的日租房，杀人之后，弃尸当场。从时间来看，六起案件不但集中在七八月份，全年最热的月份，而且都发生在深夜的周末。然而今年5月12日则是周五，案子发生在五月的白天。

"从对象来看，前面六起案件，他选择的都是站街女。针对她们下手说明他对目标没有感情，可以推测，他在日常生活中无法和女性建立正常感情。而在'5·12'案中，他的选择是一名俗称'外围女'的模特，年轻漂亮的程度与他一贯的目标不符，价格也可以想见要贵些。而且，他去了受害人的家里。在家，和在日租房，则有感情上的微妙不同。同时，如果没有这起案件，我会认为凶手的工作稳定，工作日白天不具备作案条件。而这件案子则大为不同，这是为什么？

"第三，犯案工具的变化。在'5·12'案中，他虽然一样是徒手掐死了受害者，但他肢解尸体，用到了一把锯子，这把锯子就放在电视柜下方的柜子里。那么，肢解尸体是他临时起意吗？为什么只锯下了头颅和双掌就离开了呢？

"肢解这一行为，哪怕在连环杀人案当中，也是一种十分过激的行为。你知道，肢解其实是一件非常吃力不讨好的活儿。把人体切割开，并没有想象中那么容易。从侦查和反侦查的角度来说，在肢解过程中，凶手留下痕迹和线索的可能性远大于搬运尸体。尤其在这个案子中，凶手对尸体的肢解并不彻底，也没有搬走。可见，并不是因为运尸的便利才肢解的。那么，他到底为什么要肢解尸体？这是一个非常关键的问题，解开这个谜，基本就能了解他的犯罪心理产生嬗变的根本原因。

"当我们把这七起案子放在一个时间线上去看，可以说，他前期的手法冷静、平稳、自律，经过了深思熟虑和长期磨炼，而最后一起'5·12'案，则与这种风格完全背道而驰。'5·12'案是混乱的、无序的、狂躁的，充满了大量未经仔细思考的细节。我认为，使得他行为出现升级的，一定来自某种重大刺激。"

丁一惟深深吸了一口气，又缓缓吐了出来，脸上有一种无法抑制的倦怠。

"综合以上推论，热月杀手，身高在 1.65 米左右，体态灵活。从犯罪历史追溯，年龄在三十五岁到四十岁之间。他难以和女性正常交流交往，无法和女性建立正常的恋爱或者婚姻关系，但是能进行正常的性行为。他智商和情商都很高，工作稳定，从事的工作需要极大的控制能力，收入不低。他对自己的冷静与自律十分自傲，也可以说，这也是他赖以维持日常生活正常运转的资本之一。但是在'5·12'案之前，这个资本消失了，他的生活出现了一种极大的失序感，他无力排解这种失序，造成了这样一件残破的作品。现在我只希望……"

丁一惟的声音渐渐低了下去，最后一句几乎是耳语般的声音。

"……只希望这是他最后一件作品。"

肖沂转头看去，却发现丁一惟居然睡着了。他试探性地叫了一声："丁教授？"却没有得到回应。丁一惟睡得很沉，几乎瞬间就进入了深度睡眠。

肖沂叹了口气，解开安全带，向副驾驶座凑了过去。他摸了摸丁一惟的西装口袋，掏出皮夹。皮夹子里有现钞若干、地铁卡、赛百味的收据，还有身份证件和一张门卡，两者均显示了同一个住址，艳粉胡同永善小区三号楼。

这个地址让肖沂愣了一下，但还是给丁一惟系好安全带，把汽车座椅放平。

六月初的白天虽然炎热，晚上却有一丝凉意。他看着丁一惟在放平的副驾驶座上瑟缩了一下，又脱下自己的外套盖在他身上，然后发动了车子。

夜色渐深，车子在路上奔驰。

等红灯的时候，他忍不住侧头去看丁一惟的脸。

这男人的长相，带有一种过时的英俊感，活像二十年前荧幕上流行的硬派小生。然而现在来看，他已经不再年轻，但些许的皱纹只给他的脸庞增加了一种成熟的魅力，甚至使他那显而易见的俊美减少了些许攻击性。昏黄的灯光从车窗外照射进来，柔和地洒在他沉睡的容颜上，长长的睫毛在镜片后闭合着，有如雕塑一般恬然。

肖沂不由得轻笑一声。

丁一惟一直睡到肖沂开到他家楼下，才被肖沂推醒，懵懵懂懂地坐直身体。

"怎么？到了吗？"他有点不好意思，"抱歉，我这几天没怎么睡好，刚才突然觉得非常放松，就困了……"

他擦了一下嘴角："我没流口水吧？"

"没有，"肖沂回答，"也没有打呼噜或者说梦话，睡得非常安静。回去好好休息一下吧，丁教授，今天真是谢谢您了。"

"应该的。"丁一惟解开安全带，打开车门，突然想起什么似的，停住了动作，说，"我其实很想找机会和你好好聊聊，我……我和你……"

他欲言又止，嗫嚅半天，最后还是放弃了说下去的念头，微笑着摇了摇头："现在大概不是个好机会，等结案吧。肖队，很高兴认识你。"

肖沂握住他伸过来的手。

"等结案，我请你吃饭。"

送走丁一惟，肖沂绕了一圈，驱车缓缓驶过二号楼，抬头看看熟悉的那个窗口，仍然亮着灯。

他在黑暗中微笑了，下车，掏出手机拨出一个号码。

一个带着浓浓倦意的声音响了起来。

"哥？"

"还没睡哪？"

"写论文哪……等等，你怎么知道的？"

"我在你家楼下，你窗口灯还亮着呢。"

窗帘抖动了一下，一个小小的黑色人影出现在窗边，打开窗子，向他挥手。肖沂靠在车边，也向她挥手。

"你怎么这么晚来？"

"送一个人，和你住同一个小区。"

"你不上来坐坐吗？"

"不了，都这么晚了。楠楠睡了吗？"

"睡了，他爸陪着他睡呢，爷俩跟小猪似的，我在书房都能听到他们俩打呼噜。"

"你也早点睡吧，别搞太晚了。"

"好。你什么时候忙完这个案子啊？"

"我哪里知道。忙完我给你打电话。"

"楠楠前几天还说想舅舅了。"

"……你就扯吧，楠楠才一岁半，我就不信他语言天赋神奇到这个程度。"

肖零在电话另一头吃吃笑起来。

第六章

肖沂开车回到环翠小区。

他进了游乐场。此时正是半夜，圆月高挂，一片静寂当中，月光淡淡地在健身器材上洒下一片银白。

他顺着游乐场走到六号楼，从楼梯间上了七楼。

他用钥匙打开 705 室的门，没有开灯。

黑暗中，小区对面的商业街霓虹灯仍然未熄，店面上争奇斗艳的 LED 灯在窗外流淌着红红绿绿的光芒，在屋里投下光怪陆离的光影，只有被血迹所覆盖的地方，仍是一片浓黑。

肖沂走到沙发前，缓缓躺倒下去。

他的脸正对着电视柜的那个空格，在昏暗的光线中，那个格子里的黑暗仿佛能吞噬一切。

他想象着那深不见底的黑暗中有一双眼睛，眼皮被牙签撑起，眼眶滴血，正无声地注视着他。

肖沂摊开四肢，就用杨玲被发现时的姿势，躺在她被发现时的位置上。

霓虹灯五彩斑斓的光芒充满这个房间，在天花板上闪烁，就像从海底仰视海面一样。肖沂想象自己在光芒中沉入黑暗的海底。

他就这么睡着了。

梦境如期而至，这次他自己就是主角。

他梦见一个像万花筒般颠来倒去的世界，各种颜色、各种响声如同被放在洗衣机的滚筒里颠来倒去，他只能紧紧地抓住一点东西，仿佛那是风暴来袭的海面上仅有的一段浮木，必须紧紧抱住才能保持一下平衡。

他逐渐站稳，赤裸的双足在海面上被海浪打湿。他看看自己抓住的东西，是一截人腿。

雪白的、丰腴的、修长的、女人的腿。

他顺着腿往上看去，一具身体逐渐显现，只有面容像被笼罩在云雾当中。

隐约中，他好像看见了杨玲的脸，又似乎不是。

女子全身赤裸，对他俯下身来，轻柔地吻着他的额头，然后与他在起伏的海面上交媾。

然而，肖沂只觉得难以呼吸，性欲与痛苦同时冲刷着身体。女子雪白的躯体跨坐在他身上，仿佛一座山一样沉重，压得他无法动弹，只能向深海沉去。

海底……海底……海底……

肖沂望向波光粼粼的水面，女子的身影被摇曳的海水晃得一片散乱。她什么也没做，只是低头看着他渐渐沉入海底。

光线逐渐模糊，他漂浮在水中。

海底……海底……海底……

周身涌动的海水突然变成一片血红，腥甜而腐臭的味道涌入口中。

他忍不住挣扎起来，开始手脚并用地向海面游去。

水面似乎无限遥远，就在他觉得最后一丝氧气就要耗光的时候，他冲出了水面。

整片海洋掀起了血红色的巨浪。

他重新开始载沉载浮，然而水里伸出无数苍白的手臂，将他重新拖下水去。

他徒劳无功地挣扎，就在再次沉入水下的一瞬间，一双手拉住了他。

那个苍白赤裸的女子将他捞了起来，他不得不抬头与她对视。

那双被牙签撑开的眼睛中满是温柔的爱意。

他在睡梦中大吼，却听不见自己的声音。

他看见了705室浴室的镜子，他看见一条仔仔细细擦拭指纹的毛巾。

他看见电视柜下的锯子，他看到自己因为摸到那把锯子而兴奋到颤抖的双手。

他看见来开门的杨玲，他看见杨玲微笑着抱住自己的肩膀。

他看见自己坐在血泊当中。

他看见杨玲被牙签撑开的双眼。

他看见一滴血缓缓滑过杨玲的大腿。

他看见自己在无声地恸哭。

他看见杨玲被牙签撑开的双眼。

他听到一个小男孩的哭泣。

他看见杨玲被牙签撑开的双眼。

他感受到盛夏溽暑的燥热，汗水慢慢滑下皮肤。

他看见杨玲被牙签撑开的双眼。

他看见杨玲被牙签撑开的双眼。

他看见杨玲被牙签撑开的双眼。

……

"我叫你看着！！你给我看着！！"

有人在遥远的地方声嘶力竭地大吼，听不清是男是女。

血滴淌下眼睑，牙签刺破眼皮。

但是眼眸黑白分明，满是温柔的爱意与怜悯。

肖沂醒来的时候浑身是汗。

他躺在原地一动不动，试图记住梦里的每一个细节，无论它多么荒谬无理，就像拾取水中的一点墨渍、风里的一缕花香。

他呆了片刻，才站起身来。

肖沂给卢晓娟打了个电话。

卢晓娟并没有接第一个电话，但是肖沂很有耐心，又拨了一遍。

第二遍电话响了很久才被接起。听得出卢晓娟的声音经过了极大克制，但仍然传达出了浓浓的怀疑和敌意。

"肖警官，我没什么其他要补充的了！前几天在你们警队，我该交代的就交代完了。"

"不是，卢小姐，我有个不情之请。咱们能私下见一面吗？我确实有些问题想问你，但是不在警队，可以吗？就我们两个人。"

"……"

听筒被捂了起来，有些遥远的回响，几乎让肖沂想起他昨晚的那个梦。

他能猜得出，卢晓娟正在和某个人商量这件事。如果没有意外，应该是她男朋友。

"卢小姐，"肖沂说，"你听我说，我很想抓住这个凶手。我有些线索，只能向你确认。你是她的朋友，对吗？我知道，你也希望早点抓住那个凶手的。你想想看，杨玲一个人在外地打拼，能帮她的，只有你了。如果你不管她，难道就让她一直这么含冤下去吗？"

电话里安静了一阵子。

“好吧，你来民华路的永和豆浆。”

民华路的永和豆浆是个二层建筑，肖沂买了两份豆浆油条，端着上了二楼。

时间太早，仅有的几个顾客都是在楼下等打包的上班族，二楼空无一人。

他等了没多久，卢晓娟就来了。她一落座，就把一个特别大的挎包紧紧地捂在胸口。从肢体语言来看，她戒心很重。

“要问什么，问吧。”卢晓娟垂着眼睛，不去看他。

肖沂想了想，说：“我就开门见山地说吧。杨玲并不是个外围，对不对？”

卢晓娟听了，头愈发低了下去，最后居然把脸埋进了手里，肩膀抖动了起来。

肖沂继续说：“你们那个卫生间，实在太乱了。不是我说你啊，两个女孩子家家的，平时也不注意搞搞卫生？但是，如果你们俩真是做那种生意的，卫生间就不会那么乱。杨玲先前做模特，后来发现干女主播这一行好像更赚钱。她那间屋子，摄像头正对着的地方都仔细收拾过了。她连卫生间都不愿意收拾，肯定不愿意每天再收拾床。我觉得那张床就是摆个样子的，她平时睡哪里？客厅？”

“她、她有时跟我一张床睡……有时就在地毯上睡一晚……”卢晓娟一边抽抽搭搭地说，一边从包里掏出一包纸巾揩鼻子。

她没有化妆，这个哭得眼睛通红的女孩子，在清晨的光线下，看起来也不过二十出头的样子。

“玲玲她、她真不是出来卖的……你都不知道网、网上怎么说我们俩……”

说着说着她又哭了起来，哭得上气不接下气。

“我昨天去现场，有一种奇怪的感觉：那间屋子，当时的情况似乎并不像外围接客的。我一直在试图想象凶手是怎么来到你们住的地方的。我有一种感觉，是杨玲自己邀请他去的。"

"玲玲……没有男朋友。"卢晓娟吸了一口气，总算止住了抽泣，"我在警察局就说过了，她其实人际关系挺简单的。"

她低着头，用力揉搓着手里的纸巾，声音很小。

"我们俩2014年就认识了，当时在一个车展上，我脚后跟被鞋子磨破了，她给了我一支专门防磨后跟的胶水……肖警官，你不知道车模这个行业，有时候回家一看，鞋子里全是血，哪怕这样，在台上也得抬头挺胸站着，一站一天。我当时就特别感激，收工以后我请她吃饭，发现这姑娘特爽朗特活泼……"

她继续慢慢地回忆道："我们俩交换了微信……后来，如果有工作，我们俩也会互相介绍一下。有时候……"她咬了咬下唇，"你知道，做我们这个行业的，这样互相介绍来介绍去，难免会有人叫你去陪酒陪玩什么的。玲玲她，如果只是饭局，她就去；再有点别的，她就不干了。这种事儿吧，挺难掌握的，但是玲玲就能办得特圆滑特漂亮，还不落人埋怨。今年二月份吧，我上一个租的房子到期了，想换个好点儿的房子，玲玲正好也要搬出来，我们俩就合租了环翠小区。我本来想和男朋友住的，玲玲跟我说，咱们这种北漂女孩子，干这个工作，和男朋友住时间长了，心气儿就没了，迟早回老家结婚。"

"这些话，我没在你们局里说过。"卢晓娟突然抬起头来，被泪水冲刷得亮晶晶的眼睛直直地瞪着肖沂，"我不信任你们那边的警察，尤其是那个女警。她虽然没说，但是我能感觉出来，她看不起我们。她觉得我们俩都是鸡。你都不知道网上怎么骂我们俩的……我以后要怎么做人……"她又呜呜咽咽地哭了起来。

"视频是你自己发到网上的啊。"肖沂看着她，有点无奈，"我们技术人员想了各种办法都没能阻止它传播。"

"因为、因为……"卢晓娟用力地擤鼻涕,"我怕你们警察不认真查……我们、我们这个职业……我想着搞大一点,有传播量了,就不会不了了之。"

说着,她又低声抽泣起来。

看她的纸巾都用完了,肖沂拿了自己餐盘里的纸巾递给她,说:"那么杨玲就一直没有男朋友吗?"

"没有。"卢晓娟斩钉截铁地说,但随后又犹豫起来,"但是,前一阵子……"

她犹豫了半天,举棋不定,吞吞吐吐地说:"前一阵子,我老觉得她好像恋爱了似的。老是挂在网上,对着电脑屏幕嘿嘿傻笑。大半夜的还不睡,缩在被窝里举着手机打字。问她,她又不说。我觉得挺奇怪的,但是……"

"但是什么?"

她苦笑道:"要真是男朋友,我觉得她也不会藏着掖着的。所以我觉得不是。"

"她这个状态,是什么时候开始的?"

"从三月份开始吧。"

肖沂沉思了一下,又问:"她在哪个直播网站当女主播来着?"

肖沂送走卢晓娟,下楼结账时,看到一个人正走出早餐店,关门前的一瞬间匆匆一瞥,只能看见那人似乎穿着一身铁灰色的西装。肖沂愣了一下。

下午,肖沂回到警局,先去李其华的办公室做了汇报,又回到大会议室。

他特地召集了全员。

大会议室的灯光一关闭,就只有投影幕布前一块亮光。肖沂站在亮光前面,光与影投射在他面前,在背后映出一个人形的黑斑。

他在光与影之中踱步，屏幕上的东西就如同水流一般涓涓冲刷过他的身体，无论是冰冷的文字还是尸体的遗照，在这一刻反倒有一种异样的温柔。

昏暗的光线中，肖沂开口了。

"我们之前的调查有一个严重的疏忽，这还是丁一惟丁教授发现的。"虽然丁一惟说过不要出现他的名字，但肖沂没有遵守这一点，"在现场发现的头颅，被置于电视柜的这个格子上。"

他退开一步，用激光笔的红点指着现场拍摄的照片。

"在电视柜的下层，我们提取到了两枚非常清晰的脚印照片。这说明凶手当时是踩着这里，才把头颅放在这一格。尸体眼皮被牙签撑开，凶手有意要让死者'观赏'她自己的尸体被肢解的整个过程，所以他当时必然会选择一个高点。大家看一下这个身高距离。可以说，凶手如果有 1.71—1.75 米，他必然会把头颅放置在电视柜的最高层，而非第二层。他既然放在了第二层，那么说明他的身高应该仅有 1.65 米左右。

"'5·12'案凶手在前六起案子中，显现出了一种手法上惊人的一致性。他犯案过程冷静克制，能够看得出一种强大的自控，留下的证据非常少，警方几乎没有破案的切入点。而'5·12'案中，他的作案风格大为改变，非常激进，且不提激化他的原因究竟在哪里。这次，他给我们留下了更多的线索，也增加了我们破案的机会，但是——"

肖沂竖起一根手指："这也说明，他的心理状况极不稳定，他开始控制不住自己的杀欲，他再次作案的可能性也很高。我希望，我们能在他再次作案之前，把他抓捕归案。

"针对周边调取的监控录像，我希望大家能再捋一遍，这次着重看身高在 1.65 米左右的小个子男人。大刘、小刘，你们俩负责这个。

"还有，我希望能找一下本市各个分局的档案，看有没有往年在七月、八月袭击站街女的案子。张友全、程海峰，你俩负责这个。

"张荔，我需要你再去一趟环翠小区的案发现场，检查打包杨玲的所有彩妆，对比一下彩妆的价格，而且仔细检查她的化妆刷。把这些都打包作为证物带回来。"

······

各项工作安排得差不多了，肖沂又转头问王新平："之前说去调杨玲的社交网络记录，怎么还没调回来？"

王新平唰的一下站起来，说："其他的都调回来了，微信、QQ、手机通话和短信记录都已经梳理完毕了。只有那家叫钓虾的直播网站不肯给，说领导出差没回来，没办法签字。"

肖沂冷笑了一下，说："没事，我去要。"

开完会，张荔顺手打了王新平一下："你傻了是不是？怎么刚才突然站起来，跟被老师点名儿了似的。"

王新平挨了一下子，龇牙咧嘴地说，"哎呀今天肖队气势太足了，不知怎么的，一被点到名字，就情不自禁地站起来了！以前在分局只听说过，平时菩萨，一有案子就神魔附体，没亲眼见过，今天见到，算是服了。"

张荔市局出身，忍不住有点得意，微笑着说："我们肖队，那是当然！"

第七章

事实证明，要一家视频直播网站交出资料，网信办的电话管用得多。一直推诿敷衍的钓虾，乖乖交出了服务器的后台权限。

肖沂把剩下的人手都召集起来，开始看杨玲在钓虾上的直播视频。

说真的，杨玲的主持风格并没有特别出格的地方，抱吉他唱歌、吃东西，甚至躺床上睡觉，偶尔跳支舞，虽然是短衣短裙，但也没有特别暴露。

大概也是因为这样的原因，她的打赏也不高，扣除网站抽成，每个月最多三四千。

肖沂看了一阵子就看烦了，开始看她的打赏记录。

其中有两个 ID 出现得过于频繁，引起了他的注意。

其中一个叫作"红颜如爱 1979"，另一个叫作"hjf575845"，这两个 ID 从去年就开始频繁打赏杨玲，几乎每次直播都是打赏榜的前两位。但是根据聊天记录，这两个 ID 的聊天风格倒是迥然不同。

一句话形容，"红颜如爱 1979"的表现就四个字，精虫上脑。他和杨玲的聊天记录导出来存为 txt 格式，足有 6.2MB，基本上都是非常套路的撩妹记录：晨昏定省，寒暄不到两句就直奔下三路，软硬皆施要求见面开房。杨玲倒也不生气，也软硬皆施、长袖善舞地应对回去，既不答应见面，也不翻脸，各种"么么哒"吊着对方。倒也不见他打赏量下降。

而"hjf575845"就简单多了。他和杨玲的对话，一开始大多是杨玲主动，感谢送这个感谢送那个，而hjf575845只是简单的几句话就结束了。越到后面两人对话越少，三月以后几乎就没有了。

视频和聊天记录看了一下午，晚上出外勤的几个人也都回来了，肖沂把人拢了拢，开始开会。

负责盘问周边居民的一组人没有任何收获。他们梳理了环翠小区所有要送孩子去幼儿园的家庭，挨门挨户询问了是否有注意到过"身高在1.65米左右、身材瘦小灵活的陌生人"。然而，由于大多数送孩子上幼儿园的都是老人，两只眼睛只顾盯着自家孩子，对其他人几乎毫无印象。

而负责过滤周边监控视频的一组也没能提取更有价值的信息，但是他们把符合条件的人都做了视频截图，并且分门别类地整理出了卷宗。

张荔倒是略有收获，她收集了杨玲家中所有的化妆品，证物袋在桌子上摆成一圈。

肖沂拿起几个看了一下，牌子完全不认识，说："你给总结一下。"

张荔说："杨玲家中能找到的口红共十三支，粉底五个，眼影八盘，鼻影和修容共四个，腮红七个，眼线笔和睫毛膏加起来六支。她所有的护肤品和彩妆用品我粗略估计了一下，护肤品档次比较高，但是彩妆的价格就便宜多了，口红中最贵的只有一支Tom Ford，其他都是Kiko、Max Factor这种普通品牌，不会超过一百五十元。粉底的平均价格在三百元左右，眼线笔和睫毛膏全是Kiss Me的，单品价格在百元左右，眼影、鼻影、修容和腮红基本都是 Kate 和 Canmake 的，单品价格也不会超过一百三十元。"

一桌老爷们大眼瞪小眼，肖沂问："这在彩妆品牌里算贵的还是便宜的？"

"便宜的，"张荔说，"基本算是大学生常用款。从女人的角度而言，我觉得她还挺节俭的。说实话，我没想到她这种职业居然这么不舍得往彩妆上花钱。我还找了她的化妆刷，全是纤维毛，在屈臣氏就能买到的那种牌子，四件套加起来七十五元。"

说着，她从一堆证物袋里挑出几个，展示给肖沂。

肖沂凑在灯光下仔细看着，刷毛是棕色的，倒是和封烨在尸体睫毛上发现的那根非常相似。

他咬了咬下唇。

"小王，聊天记录看得如何？"

王新平往前拉了一下椅子，说："她的 QQ 聊天记录和微信聊天记录全看完了，如果说要找的是和她态度暧昧的男人，光是私下约她见面的那些，怎么讲，有点太多了……"

会议室里响起了零零落落的笑声。肖沂没有笑，追问道："她有给过谁环翠小区的地址吗？"

"完全没有。短信里更少，也没有给过地址。"

"那么电话呢？"

王新平递过一份卷宗："在这儿。我想到过她是通过电话与凶手联系的，这里是我按照通话时长和频率整理出来的名单的前十位，这十个电话我都打过了，没有符合特征的嫌疑人。"

肖沂拿过卷宗翻了一下，王新平在每个电话后面还备注了个人信息，其中五个是女的，剩下五个之中，一个是钓虾的经纪人，两个是她模特公司的经纪人和经理，一个是她在老家的父亲，还有一个是卢晓娟的男朋友。

肖沂用手抚弄着卷宗的一角，一边思索一边说："凶手带走了现场的笔记本……按理说，他应该知道，所有的聊天平台都会留下记录，而警方调取这些记录也是很容易的事情，那么他拿走笔记本是为什么呢……大家头脑风暴一下吧。"

在场的人开始七嘴八舌地探讨，有的说是想卖钱，有的说是为了误导警方的调查方向，但总体来说都不靠谱。

这些人当中，资历最浅的是路鹏。他坐在自己的位置上一直沉默不语，突然露出欲言又止的神情，却正好被别人的发言打断，又闭了嘴。

这转瞬即逝的表情被肖沂捕捉到了，他开口鼓励道："路鹏，有什么想法就和大家分享一下，说错了也没关系。"

路鹏犹犹豫豫地开了口："我在想，会不会是因为他们聊天的工具比较少见……比如说 QQ 啊微信啊这些社交平台，太常见了，如果出事肯定会先找这上面的聊天记录。如果我是凶手，我想我不会用这么常见的聊天工具的。"

所有人都愣了一下，开始仔细思索这个可能性。

"现在还有什么比较流行的聊天软件？"肖沂问。

"除了微信和 QQ？MSN 和 Skype 早就不流行了……"王新平说，"杨玲一个 90 后，如果让她装这个，她搞不好都不知道怎么用……我去查查杨玲的手机号和邮箱还注册过什么聊天软件。"

"也算个方向。"肖沂说，"但是钓虾也别放松。能不能直接看到在钓虾上给她打赏的人的个人信息？"

"能，数据库里应该有。"

"按打赏量排序，依次找出注册资料，外勤组也来一起看钓虾的视频和对话记录。大家晚上加把劲，我给你们订点儿好吃的。"

本想叫外卖，但订单一下就被取消了，打电话一问居然是因为人手不够无法配送。但牛皮已经吹出去了，好在也不远，肖沂开车自己去取餐。

等他提着大包小包回来，一进门，王新平就迎了上来。

"肖队！这俩人都是用微信号注册的，已经查到了！"

"干得好！"要不是手上还拎着一堆塑料袋，肖沂非拍他后背不可。

在桌上放下东西，他就迫不及待地凑到王新平的电脑屏幕前。

"喏，这个红颜如爱，是用手机注册的微信，然后用微信登录钓虾的。这个字母 ID，是直接用微信，而且微信一直在用！"

"这两个人在微信上和杨玲聊过天吗？"

"都没有过。"

肖沂沉思了一下："重点查那个字母！那个红颜如爱是个色狼，色狼胆儿都不大。"

饭还没吃完，字母 ID 的微信调查就已经有反馈了，结果令他们大跌眼镜。

字母 ID 的微信聊天记录非常清晰地指向了一个结果：这个微信账号的持有者，是个小学生。

肖沂看着聊天记录里那些"今天语文课的作业你做了吗，给我抄抄"，巨大的荒谬感令他忍不住苦笑起来。

"现在的小学生都在干吗啊……"他一声长叹。

张荔也在苦笑："他用这个账号给女主播打赏了接近三万块钱，等他妈发现，搞不好要上社会新闻版了。"

"查红颜如爱吧。"肖沂烦躁地一挥手。

红颜如爱的微信号倒是收获颇丰。这人和肖沂说的一样，是一名色狼。

他的微信聊天记录百分之八十不是在约炮就是在撩骚，加了少说有十个同城微信群，微信支付记录里有大量的酒店房费。

绑定过银行卡，这倒好办了。

早上银行上班，肖沂火速去开了调查令，直奔银行，调取了这人的开户资料。

开户资料显示这人留的地址是某个公司，有名有姓，出生年份是1979，几乎可以肯定就是"红颜如爱1979"。

肖沂又去开了调查令，赶在下班前直扑这家公司。

见到"红颜如爱1979"真人的一瞬间，肖沂就知道，这条线索废了。

这人身高一米八几，体重目测公斤数过百，虚胖得好像一坨年糕，走两步路就呼哧呼哧直喘，身上有股浓浓的烟臭，脸色晦暗，带有长期酒色过度的典型特征。基本上和丁一惟的侧写南辕北辙。

"红颜如爱1979"见到警察，有种诚惶诚恐的心虚，却没有警方预期中的恐惧。

周林凯把人带回警局问了没多大一会儿，他几乎把三年之内所有的约炮历史都交代了个底儿掉。

但是，5月12日那天，他却有非常完备的不在场证明：那天是工作日，他在公司上班，有打卡记录和监控录像可以证明。

放走了"红颜如爱1979"，一帮人坐在屋子里沉默不语。

好不容易发现的突破口，结果是个方向性错误。有种一记重拳打下去，却扑了个空的无力感，所有人多少都有点心灰意冷。

肖沂叹了口气，说："要不然大家今晚先都回去，好好休息一晚上，说不定睡一觉，明天就有灵感了。"

一帮人没日没夜地加了好几天的班，组长既然发了话，纷纷收拾东西走人。

肖沂开车回到环翠小区。

此时正是傍晚，小区里人口比平时稠密得多。有晚归的上班族提着超市购物袋走向各自的居民楼，有已经吃过晚饭的老年人准备去跳广场舞，也有小孩子在小区空地上追逐打闹。骄阳欲坠，天边只剩一线余晖，把居民楼的玻璃照得好像一张张"燃烧起来的扑克牌"——以前并没有感觉，但时至今日，他才读懂了聂鲁达这句诗里隐藏起来的东西，一种辉煌的美丽下平静的恐怖感。

不知道热月杀手是否也曾经目睹这一切。

不知道他在看着这一切的时候，是怎样的心情。

肖沂左手的手指又开始不自觉地抽搐起来。他低下头看着自己的左手，不得不抬起右手握住了它。

偏偏在这时……

他咬住下唇，控制着自己越来越混乱的心弦。

就在这时，他的后背被人轻轻一拍，吓得他浑身一个激灵。

第八章

肖沂回头一看，居然是丁一惟。

"丁教授？"

丁一惟对他微微一笑："我给你们办公室打电话，值班的警察说你出去了。我有种感觉你大概是来了这里，就来看看，没想到你真在这儿。这叫什么？心有灵犀一点通，还是英雄所见略同？"

肖沂努力牵动了一下嘴角，避开他的视线，勉强笑了笑："嗯，想再来现场看看。临到门口，却不想进去了……也许，因为案子没破，没脸再见杨玲吧。"

话到嘴边，仿佛是不经思索般就出去了。连肖沂自己都惊疑不已，自己怎么能在一个只见了几次面的人面前，如此轻易地就把心里话说了出来。

丁一惟定定地看着他的脸，说："肖队，要不要吃点东西？你脸色很糟糕。"

"我不太有胃口。"直截了当地拒绝后，肖沂觉得有点生硬，又找补了句，"天太热了。"

"这样吧，我还没吃晚饭，就当陪我吃。你没胃口就看我吃好了。"丁一惟遥遥指了一下，"那边有个不错的湘菜小馆子，土豆粉做得不错，我好久没吃辣的了。"

肖沂鬼使神差地被他带到那家湘菜馆，店里客人不多，两人找了个幽静的角落坐下。丁一惟点了菜，还要了一壶冰镇酸梅汤，也没有问，直接动手给肖沂倒了一杯。

"案子断头了？"

肖沂手指在冰凉的杯口处画着圈，用指尖把杯身上凝结的水滴扒拉下来，没有说话。

丁一惟有点憋不住想笑："肖警官，肖队长，我是公安部委派的侧写师，在委派指令下来之前，祖宗三代已经被政审了个遍，你居然还怀疑我啊？你不信任我也总该信任组织吧？"

这话说得肖沂也笑了，举起杯子做了个抱歉的手势，轻轻抿了一口，说："抱歉。案子确实是断头了。从杨玲的聊天记录里推断出了两个嫌疑人，但是查下去发现，两个人都不具备作案条件。一个是小学生，另一个案发当日在上班，而且和侧写几乎是南辕北辙。我在想……"

他长叹一声。

"我在想我的直觉是不是错了。"

"你的直觉？"

这时第一道菜上来，他们的对话被打断了一瞬。

土豆粉腾腾的热气中，肖沂幽幽地说："我的直觉是，'5·12'案的杨玲，并不是随机被选中的对象。"

丁一惟搅着土豆粉，说："热月杀手之前的六个对象，都是随机选择的。"

"没错，但是我觉得，在动手之前，凶手观察杨玲观察了很久。通过什么方式呢？杨玲是自由职业者，她上下班没有固定时间，也没有固定路线，更没有固定的职业场所。如果是通过跟踪，这难度太大。但她是个网络主播。所以我认为，凶手是通过观看她的直播来观察她的。"

"所以你调取了她在视频网站上的数据？"

"这要说到我的另一个直觉了。"肖沂又喝了一口汽水，"如果说'5·12'案凶手对杨玲有特殊感情，我觉得，杨玲对凶手，未必就没有。这也是一种，怎么讲，奇怪的直觉吧……"

他叹了口气："杨玲十八岁就孤身到外地，做这样一种职业，又是这么漂亮的一个女孩子，她就完全不需要感情寄托吗？我看了她八十多页的各种聊天记录，她对生活中出现的异性都抱着一种警惕的态度，但是为什么就能允许凶手进入她家？"

"你怎么知道热月杀手是被允许进入的？"

"门锁没有外力破坏的迹象，杨玲在被扼死之前没有激烈挣扎的痕迹。我甚至怀疑，他进入705室后，杨玲搞不好还给他倒过杯水什么的，但是现场没发现杯子，所以也只是我的一种臆测罢了。"

丁一惟本来准备去夹土豆粉，闻言停住了筷子，从镜片后定定地看着他。肖沂被他看得有点发毛，问："怎么了？"

"这，真不知该说是心有灵犀一点通还是英雄所见略同了。"丁一惟没有笑意，"我也有这种感觉。"

"你也有？"肖沂扬起一边眉毛。

"倒不是通过看她的聊天记录……我在看卢晓娟的询问笔录时觉得，杨玲的生活，在看似混乱下有一种极为严格的自律，不光是在男女关系方面。如果她是我的患者，我会说她把自己的社交关系简化为只有职业性的往来，以此来应对内心的惶惑和不安，平衡外界给她带来的巨大混乱感。但是，她独自一个人这么多年，这些惶惑和不安不会消失，甚至不会减少，反而会随着她的年纪和阅历越发增大，而她又没有成熟到能独自消化这些情绪的年纪。这些情绪难道不需要一个出口吗？"

丁一惟又把筷子伸了出去，搅拌着碗里热气腾腾的土豆粉，最后夹起一筷子，细嚼慢咽地吃了下去。"这儿的粉做得真不错，肖队你也尝尝——人始终是社会性的动物，人在工作之外，需要家人、需要伴侣、需要朋友、需要交流、需要有人并肩作战的团队感。她身边只有一个卢晓娟，我觉得，似乎没办法给予她这么多。那么她是从哪里获取的？热月杀手，是不是就是她这些情绪的一个出口？"

"朋友、伴侣……交流……并肩作战的团队感……"肖沂突然抬起头来，两眼放光，把杯子里剩余的酸梅汤一饮而尽，"这顿饭我请，丁教授，我现在突然有个想法，我先走了！"说着，一把抽走椅子上搭着的外套，跑了出去。

"可……"

丁一惟坐在椅子上愣愣地看着门口处消失的背影。

"可你还没结账呢……"

随着肖沂的背影最终在门外消失不见，丁一惟仿佛胃口才来，慢条斯理、有条不紊地把剩下的东西吃了个干净。

他掏出自己的手帕慢慢擦拭嘴角的时候，嘴边露出一抹玩味的微笑。

第九章

　　跑回警队，肖沂叫醒了值班的路鹏，两个人开始连夜回溯杨玲的主播视频。杨玲的主播账号从去年就开了，早期她好像并不知道自己适合哪种方向，尝试了很多。她最早做的是美妆视频，也许因为观众大多是男性的原因，反响并不热烈，而寥寥无几的女观众都在嘲笑她使用的彩妆品牌不行。

　　后来，她做过几期游戏直播。因为操作太烂，反响也比较一般，几期之后就放弃了。但是在后来的一些直播当中，她也时常提起她在玩的游戏。

　　网络游戏。

　　杨玲需要交流、伴侣感、团队感。

　　确定了游戏的名字以后，第二天一早，肖沂立刻让王新平向这家游戏公司发出调查令。

　　这家游戏公司倒是比钓虾圆滑一些，拱手交出了服务器权限。

　　这是一款目前非常流行的古风仙侠游戏，手机和电脑上都能玩。杨玲级别不低，看样子已经玩了很长时间。进入那个字母 ID 在钓虾上的账号后，立刻就搜索到了反馈。

　　这个账号仅在杨玲所在的服务器上注册过一个角色，从今年三月开始有大量的登录记录。肖沂对网络游戏的认知还停留在大学时代玩的《暗黑破坏神II》上，对这种新式的游戏一知半解，听王新平和路鹏讲解，才明白，字母 ID 算是杨玲在游戏里的徒弟，由杨玲带着做任务升级打怪。

以游戏时长来算，杨玲和字母 ID 的相处时间，每天平均也有一小时，几乎可以说，杨玲除了工作、直播、吃饭睡觉，只要有闲暇时间，就会拿来打游戏。而只要她上线，就必定和字母 ID 一起玩。

字母 ID 有大量十一点后的登录记录，从这一点来看，这个人，绝对不是小学生。

大意了。

肖沂按着微微抽搐的左手食指，在心里暗暗骂自己。

找到这个 ID 之后为什么没有继续查下去？为什么看到是小学生就放弃了？为什么没有再查一查打赏记录的银行账号？

好在为时不晚，线索只是出现了短暂的误导，没有人对他的策略产生疑义。

王新平一边在键盘上噼里啪啦打字如飞，一边小声嘀咕："肖队真神了，昨天晚上我还以为这条线索废了……"

张荔拍了一下他的头："查你的吧！"

从登录时间来看，字母 ID 很少在杨玲不在线时出现，他们必定通过某种方式约定好了上线时间。通过这个再反溯微信、QQ 和短信聊天记录，就容易多了。他们很快锁定了某个 156 开头的手机号，这个手机号的聊天记录之所以在之前没有引起注意，是因为大量短信内容实在过于简单，大多是"今天上不上""上，晚八点"这种几个字一条的。

对比游戏账号的充值记录和视频网站的打赏记录，能够发现同一个网银账号。

技术团队还在细嚼慢咽地看杨玲和字母 ID 的聊天记录，肖沂已经等不了了，要求他们直接搜杨玲的地址，几乎立刻就有了反馈。

5 月 10 日，他们俩约了线下见面，地点就在环翠小区 705 室，约定时间，5 月 12 日上午十点。

"足够申请调查令了。"肖沂长出了一口气。

从银行调取的网银关联银行卡开户资料，显示出了这位"hjf575845"的全貌。

胡壮丽，生于 1976 年，男性，汉族，在职业那栏勾选的是"金融业"。他在该银行还开有信用卡，账单选取了纸质寄送的方式，寄送地址是一家规模颇大的证券公司。

通过银行留存的身份证信息，能查到他是外地人，于 1999 年结婚，2002 年离婚，2005 年再婚，2008 年户籍上添了一个孩子。

然而，今年三月份，他离婚了。

肖沂的嘴边情不自禁地浮起一个微笑。

肖沂带人去了那家证券公司，一报出"胡壮丽"的名字，却被告知他已经离职了，住址和去向"不方便透露"。

肖沂出示了调查令，被请进这家证券公司某位高管的办公室。

"不知道警察同志想要调查胡壮丽哪方面的事情？"这位高管在宽大的办公桌后虚浮地对他们笑。

"胡壮丽离职前在贵公司担任什么职务？"肖沂没有理会他的问题，单刀直入地问道。

"基金经理，高级市场分析师。"

"他负责什么？"

"早期是期货，后来专做二级市场，就是俗称的操盘手，后来负责一个一线团队。"

"请问他为什么离职？"

"个人原因。"

"什么个人原因？"

这位高管那虚浮的微笑看起来更加不真诚了："警察同志，抽烟吗？"

"不抽。他是因为什么个人原因离职的？"肖沂重复了一遍问题。

"个人原因嘛，那就很多了。他前一阵子离婚了，可能心情不好吧。"高管从桌子上拿过一盒香烟，抽出一根点上，"干我们这一行的，压力大，离职率很高的。"

肖沂盯着他看了一会儿，对随行的两名警员说："你们俩出去抽根烟。"

等人出去了，他第三次问了同样的一个问题："胡壮丽是因为什么个人原因离职的？"

他想了想，又补充道："我们现在侦办的是刑事案件，无关证据不需要记档。"

那位高管沉吟了片刻，说："警察同志，听说过老鼠仓吗？"

"听倒是听说过，但是不知道怎么回事。"

那位高管比了一个一高一低的手势："利用个人资金，先低位建仓，庄家拉升股价后，高位出货。这就叫老鼠仓。"

肖沂愣了一下："我还以为股票都是这么赚钱的？"

"在证券行业，这是严重违反职业道德的事情，违反《中华人民共和国刑法》。在我们这儿，这叫吃里爬外，损公肥己。"

"你是说胡壮丽是因为建了'老鼠仓'所以被开除了？"

"我可没这么说，胡壮丽是因为个人原因离职的。我们公司对员工及其亲属的账户有严密监管，一旦查出员工违法犯罪的事实，必定如实上报监管部门，等待公安机关严肃处理。"

肖沂笑起来，对方也笑起来。两人就这么政治正确地对笑了三秒钟。

笑完，那位高管好像放松了一点，掸了掸烟灰，说："老胡在敝公司干了十几年了，业绩一直不错，建仓、吸筹、拔高、回档、出货、清仓，玩得相当溜，敏感度也很高。我们这行吧，外表看着光鲜，其实累得跟狗一样，加班加点是常事，那就需要家属们多多包容、多多体谅嘛。但是老胡他老婆吧，也不是盏省油的灯。闹离婚这件事也不是一天两天了，他老婆就想多分点家产，老怀疑老胡瞒着她藏了私房钱，东挖挖西嗅嗅。今年二月底，她请了私家侦探，把老胡的经济状况查了个底儿掉……"

高管停住话头，让别有意味的沉默在空气中弥漫了一阵子，才继续开口。

"离婚搞成这样，那自然是不能继续上班了嘛，老胡就来办了离职手续。"

"他离职后去了哪里？"

"我真不知道。这个行业圈子就这么大，按理说如果他跳槽去了别家公司，现在都能知道了，但是他的状况吧……呵呵，想继续在证券行业混，也不太容易。"

"刚才您提到他离婚分家产，那么后来他的财产是怎么分割的？"

"净身出户了呀，摊上那么个媳妇儿，还能怎么的？"高管想了想，"好像是名下两处房子、车子、存款，都给了媳妇儿。"

"能叫一位过去和他比较熟悉的员工进来问问吗？我想了解一些他的个人情况。"

高管看了肖沂一会儿，那张平庸而呆板的脸上显现出一种不易察觉的算计，想必正在脑子里反复筛选，想挑出一个精明又口风比较紧的员工。几秒钟之后确定了人选，高管拿起了桌上的电话。

最终叫来的人是原胡壮丽团队里他的一个下属，人挺年轻，看面相挺老实，但说话举止透着一股圆滑劲儿。听肖沂问了几个问题，都是关于胡壮丽的个性、工作态度，似乎和经济犯罪无关，原本那股紧绷着假装无辜的弦儿就松弛下来，回答也轻松了许多。

和这位下属谈了将近一个钟头，"胡壮丽"这个名字，已经从三个字，变成了一幅立体的肖像。

胡壮丽是外地考进来的大学生，金融系硕士，当年算是高学历了，专业又对口，一毕业就进入证券行业。原本以他的资历，升为中层并不难，然而组织找他谈话，他却说就喜欢做一线。基金经理当中也不乏这种就喜欢在二级市场厮杀的怪才，而且他业绩委实突出，也就听之任之了。

胡壮丽的工作态度，说"勤勉努力"已经不足以形容，"工作狂"也稍逊三分，"工作瘾"才恰如其分。按这位下属的说法，胡壮丽经常过了十二点才打卡，但由于必须当天签退才算下班，勤务机上经常显示他缺勤。

从个人性格而言，胡壮丽是个控制欲很强的人，无论对他人还是对自己，多少有点洁癖。他的办公桌没人敢动，笔记本、纸张、笔，下班前是什么样，第二天来上班还得是什么样。他要求下属几点来开会，晚三十秒都会惹得他大发脾气。开会时哪怕手机震动一下，都会被他扔出窗外。他甚至会搞突击抽查，看发下去的市场调研材料下属们到底看没看，看得多仔细，能不能背出重要段落，就差要求家长签字了。那位下属回忆，有一年胡壮丽还自费给团队里每人买了一堆书，全都是和执行力有关的。要不是他业绩确实好，很难有人在他这种严苛要求下生存。

但是，胡壮丽对女性下属倒是秋毫无犯——因为他的团队里根本没有女性。前前后后倒是被分派过几个女实习生，胡壮丽对女员工一样是暴君风格，绝无半点照顾。而且工作这么多年，从没有骚扰过女实习生，或者和女下属传出过绯闻。但是实习期结束，也绝不会把她们留在自己的团队。

问完话，这位员工送他们出门。在走廊上，那位员工还指着墙上挂着的活动照片给他们看。

"看，这就是胡总，这是前年公司组织拓展活动时拍的。"

只瞥了一眼，肖沂就瞪大了眼睛。

"看照片这是夏天吧，他还戴着手套？"

"喔，胡总小时候手被烫伤过，他有点介意这个，一直戴手套遮伤疤。"

几名警察不由得彼此对视一眼。

离开证券公司，肖沂他们去了胡壮丽前妻所住的新城花园。

胡壮丽的前妻郑云燕是全职主妇，没有工作。肖沂去之前打了好几次她的手机，一听和胡壮丽有关，立马挂电话，敲门敲了几次也不开，直到肖沂说出"我们这是刑事案件调查，请您配合"，门才打开一条缝，门锁上还挂着铰链。

"警官证？"门内的女人瞪着两只眼睛，充满敌意地说。

肖沂掏出警官证给她看了看，那两只眼睛仔细打量了一番，关上了门。插销响动了两下，门打开了。

郑云燕穿着睡衣和拖鞋，头发胡乱挽在脑后，脸色黄黄的，不耐烦地说："进屋先换鞋。"

但是她并没有给他们递鞋。董伟从随身的包里掏出鞋套，三人换上。

肖沂进屋坐下，郑云燕完全没有端茶递水的意思，坐在沙发上，懒散地说："抱歉啊警官，离婚的时候胡壮丽那个王八蛋说了好多次要找人来搞我，我还以为你们是他找来的地痞，态度不大好，你们见谅。"

"胡壮丽说话这么狠啊？一日夫妻百日恩，也不顾及一下夫妻情分？"

肖沂一做出街道大妈一样的关切态度，郑云燕马上照单全收，立起眼睛，声音都尖锐起来。

"夫妻情分？哼！狗屁的夫妻情分！老娘嫁给他这么多年，还不如守活寡！家里家里不管，孩子孩子不管，消失个好几天连个电话都没有，一回到家倒头就睡，衣来伸手饭来张口……"

见她马上要开始长篇大论地声讨前夫，肖沂忍着听了一会儿，抓住一个空当赶紧插嘴："那他就不给家用？"

"家用？呵呵，他给的那仨瓜俩枣，刚刚够菜钱罢了。去年伟伟要上兴趣班，半年才八千块，问他要钱他居然嫌贵！你说这还算男人吗！"

郑云燕发泄了几句，态度亲和了许多。肖沂提出想看看胡壮丽的个人物品，郑云燕向书房一挥手："全都堆在那边。你们来得倒及时，我几次打电话让他把那些破烂都拿走，他理都不理。我正准备这个周末找个收破烂的来。"

董伟和周林凯身上"警察气"太重，于是过去检查胡壮丽的东西。肖沂面相和蔼，留下来和郑云燕谈心。

郑云燕和胡壮丽一样，也是外地人，结婚前是个饭店服务员，婚后就全职了。十几年彼此憎恨的婚姻下来，大概是有些话憋得狠了，肖沂又摆出一副居委会大妈的姿态，有了个切入点，郑云燕立刻泄洪般倒了出来。

郑云燕和胡壮丽的婚姻确实是一场灾难。虽然没有明说，但听得出来，胡壮丽除了经济上吝啬外，枕席之事也未能尽到丈夫的义务，感情交流略等于无。按郑云燕的说法，如果不是为了孩子，她早就离婚了。一直隐忍到今年，是因为她发现胡壮丽经常打赏一个网络女主播——"有钱不给家里，在网上包小三，这算个什么事儿！"

然而，问题一触及离婚分了多少钱，郑云燕激动的神情里又立刻产生了一丝不易察觉的警惕。

"哪有什么钱？是，他那个工作，说没钱谁信，可谁知道那个王八蛋在外面花天酒地糟蹋了多少？我们母子跟着他就没过过一天宽松日子！也就这两套房子吧，那套太远了不值钱，租出去了，这套是学区房，还得留给小伟上初中用呢。"

等到控诉得差不多了，她这才舒了一口气，露出打探般的神色："怎么？胡壮丽犯什么事儿了？杀人了？放火了？"

"案件还在侦办当中，内情不方便透露，我们就是来了解一下情况。"

"想问什么尽管问！"郑云燕哼了一声，"千万别担心我包庇这个王八蛋，我巴不得他关个终身监禁才好！"

肖沂心里忍不住冷笑了一声——终身监禁？这案子要是能判下来，只怕是个斩立决。

话说得虽狠，但是对于胡壮丽目前的住址、情况，郑云燕完全一问三不知。

郑云燕和胡壮丽的感情，简直都不能说是破裂，说是冰冻三尺非一日之寒的仇恨还差不多。

"你自己带孩子这么久，你婆婆也不来帮帮你？"

"不要提那个死老太婆！胡壮丽给她在老家办了最高级的养老院，不要太舒服！这么多年，我一把屎一把尿把孩子拉扯到这么大。警官，你是不知道，我怀孕的时候他一直在外地工作，破水了都是我自己上大马路拦车去医院的！可怜我一个孕妇在医院生孩子，别人有老公有婆婆，我就光板一个人，出院手续都是我一个人去办的！"

"他和老家来往密切吗？"

"成年都不回去一次，但钱给得倒是及时，每个月六千！你说一个老太太，有得吃有得住，花得了那么……"

"胡壮丽的母亲是干什么的？"

"小学老师吧，听他提过几次。好像小时候对他挺严格的，考不了双百就打。"

这时，周林凯从书房里探出头来，说："肖队，你进来看看。"

肖沂走进书房，发现他们俩正盯着墙上的一幅地图。

这是C市的地图，上面用红笔圈出了好几块区域。若是其他人来看，大概看不出什么问题，但是三名警官一看，彼此对视了一眼，脸色都有点阴沉。

那是C市的警局分局管辖区。

周林凯无言地抬了抬下巴，示意肖沂看书架。

《刑事侦查学》《公安学基础理论》《侦查学》《刑事审讯与供述》……《冷血》、汉尼拔三部曲……

这时，肖沂的手机震动了一下，他看了一眼屏幕。

"技术组已获取IP对应地址。速回。"

第十章

肖沂没有回警局，他让周林凯和董伟先回警局，自己直奔东五区胡壮丽的出租屋。

胡壮丽所租住的屋子不是小区，而是一栋商住两用的大厦，下面四层都是商用，上面两层住人，因为离地铁比较远，所以价格并不高，胡壮丽所住的四十平方米开间月租两千三百元左右，精装修，提供家具。

肖沂踏进这间屋子之后，第一个感觉，就是整洁。整洁到不像一个单身男子所住的房间。

他住过大学寝室，也住过警队宿舍，可以说，再讲卫生的男人，所住的地方都不会有这种程度的整洁。

为数不多的几件衣服整齐地挂在衣架上，被熨得没有一丝皱褶。一张兼作饭桌和书桌的桌子台面擦得一尘不染，四把椅子都被好好地排放在桌子旁边，距离相差无几。冰箱里除了几瓶水之外什么都没有。看起来胡壮丽并没有自己做饭的习惯，厨房里锅碗瓢盆一律非常干净，在日光灯下闪着不锈钢冰冷的反光。

整间屋子没有间隔，站在门口便能一览无余。一个书架横亘屋子中间，算是区分了生活区域和休息区域。书架上几乎没什么东西，因此一眼就能看见另一端摆着的一张床。

此时已经有不少鉴证科的同事在现场忙碌着拍照、取证，路鹏也在。肖沂接过他递过来的乳胶手套戴上："有发现吗？"

路鹏戴着口罩的半张脸上，能看见他紧皱的眉头："还没有。但是感觉胡壮丽好像要出门，肖队你来看。"

他带肖沂绕过书架，指着床对面地上放着的一只行李箱。

肖沂蹲下身子，看着那只行李箱。

从箱子容量来看，这是一只短期旅行箱。里面像豆腐块一样分门别类、整整齐齐地放着大小不同的旅行分装包。肖沂拿出内衣包，数了一下，里面有四条内裤和四双袜子。看样子像短途旅行。

肖沂把内衣包放了回去，起身问道："有没有找到他放鞋的地方？"

"有，这边。"

路鹏指向一个打开的衣橱，里面有一个简易鞋柜。

鞋柜上摆着四五双鞋，除了一双软底跑鞋以外，其他都是黑色皮鞋。肖沂拿过一双看了看，42码。

"这家伙脚挺大啊。"他咕哝了一句，"就这些吗？有没有找到Timberland的登山鞋？"

"没有，我们一来就找这个来了，但是你看这个。"路鹏接过鉴证科同事拿过来的一个鞋盒，打开盒盖，"看，Timberland的鞋盒，Timberland的鞋油、毛刷、替换鞋带，都是原装的。就是没有鞋。"

肖沂皱了皱眉头，什么也没说，转身走到外面客厅。

客厅里只有一张桌子，桌面上规整地摆着文具和一台笔记本电脑。

电脑已经被打开了。肖沂一边在文具堆里翻找，一边顺嘴问道："这是'5·12'案现场被拿走的那台吗？"

"不是，"路鹏回答，"这应该是胡壮丽的个人电脑。电脑里的东西还需要深入分析，不过我刚才粗略看了看，有用的线索不多。从邮件往来看，他是要去外省一家证券公司应聘，大概不想在这儿待了吧。"

肖沂找到一个随身笔记本，打开翻了翻，胡壮丽在里面记录自己的日常消费，按日期夹着许多发票。他挨张翻检，翻出一张收据，是一张皮具养护店开的，显示 5 月 15 日胡壮丽送修了一双鞋。

他小心地捏起这张收据，递给路鹏："找到这家店！务必找到这双鞋！"想了想又加了一句，"看还有没有洗衣店的收据，一并找出来。"

就在这时，在卧室搜索的一名技术人员叫了起来："肖队！有发现！"

肖沂三步两步奔了过去，只见两名技术人员打开了床下的收纳格，正从里面小心翼翼地捧出一个化妆包。

鉴证组的组长也过来了，对他俩嘱咐道："一定小心！说不定上面有生物证据！"

这是一个外形扁平的化妆箱，外表是丝绒材质，约有 A4 纸大小，可以塞入一个电脑包。两位技术人员小心翼翼地打开了它，里面整齐地排列着粉底、眉笔、眼影、腮红、口红等物。没有化妆刷。

肖沂皱着眉头看着那些化妆品，觉得自己在这方面实在一窍不通，转头喊了起来："崔甜来了吗？小崔？"

"我在！"一个俏甜的声音清脆地回答，一位姑娘从卫生间里走出来，塑料发帽下顶着一个高高的丸子头，手上还拿着证物袋。

"小崔你过来看看，这一帮老爷们儿，对化妆品不在行，"肖沂招手叫她过来，"你来认认这些牌子。"

小崔走过来，挤进两名技术人员中间，蹲下身子，仔细辨认着那个化妆箱里的彩妆用品。她用戴着乳胶手套的手轻轻拨弄着那些东西，嘴里嘟囔着："CPB 钻光粉底……Lunasol 腮红……哦，口红也是 CPB……看不出这家伙还是个贵妇牌爱好者。"

"你给估个价？"

"反正是贵，都是我想买买不起的高档货。"小崔声音里居然有一丝艳羡，"别的我不知道，这盒 Suqqu 的眼影现在被黄牛炒得翻了好几倍，一盘得五六百吧。"

"五六百？！"屋子里同时响起好几个大老爷们儿的惊叹，你们女人……"

"我们女人怎么了？"小崔立刻回头，被口罩遮住的脸上柳眉倒竖。

"就是，"连日来紧张的心情多少舒畅了一点，肖沂帮了句腔，"这还多亏了小崔在这儿，要不然靠你们这帮不学无术的糙老爷们儿，哪能认得出这些东西。"

这话惹得现场的人都笑了，肖沂站起身来，说："人还在局里押着，我得赶紧回去，电话联系。"

"得了，肖队你放心。"鉴定组组长点点头。

他嘱咐了路鹏几句，正要走，突然听到鉴定组组长怒吼了一句："谁开的空调？纪律忘了？"

客厅里有人说："不是！组长你来看看！"

肖沂和组长一起走过去，有个技术人员拿着遥控器，说："我本来想采集指纹的，突然发现这个温度是不是太低了，就开了一下……"

"你先关了它。"组长说，瞄了一眼空调遥控器的显示，"22 度？是有点低……"

肖沂沉吟一下，嘴角挂上了一抹残忍的微笑。

肖沂挂了警灯，一路飙车回到局里。见他来到，一屋子人纷纷围了过来，每个人脸上都带着一点亢奋的神情。

他先去拿了瓶水，一口气干掉一半。

他喝水的当口，负责拘传的大刘说："技术组分析出地址以后，我们要求他到警局接受询问，胡壮丽拒不配合，说明天要去外地出差。没办法，我们马上申请了拘传证。总之，人已经提到了，正在审讯室里坐着，还没审，等着肖队你回来。"

肖沂垂下眼睛，想了一下，泛起一个略带嘲讽的笑意："审讯室不要开空调，也不要开风扇，门窗都关上，就让他这么热着。周林凯呢？"

"周哥在监控室。"

审讯室的隔壁，就是监控室，由一面单向可视的玻璃隔开两间屋，话音由麦克风传输，从审讯室到监控室，多少会带点电流微微的杂音，听起来略微有点失真。

肖沂走进监控室的时候，周林凯正靠在桌子上，两臂抱在胸前，看着玻璃后面的胡壮丽。

胡壮丽身高 1.65 米左右，国字脸，长相平凡，但看着显老，有长期熬夜留下的肿眼泡和晦暗脸色。如此炎热的天气里，他双手还戴着一副黑色手套。

周林凯不到四十岁，在刑警队还设有"预审科"这个科室的时候，他就是当时有名的预审员，干过派出所民警，干过一线刑警，也干过经济侦查。后来侦审合一，周林凯被调到市局，上级想安排他做审讯方面的专家，因此还特地让他脱产学了一年的预审和心理学。

警察也分挂相的和不挂相的，周林凯就属于挂相的那种。他身材魁梧，一板起脸来严肃狰狞，自带一股威武之势。外表虽然粗犷，心思却很细腻，习惯在审讯前长时间观察被审讯对象，对证据吃得也透，一审起人来说学逗唱坑蒙拐骗连消带打。此人还自带一种绝技，耐饿耐渴，还特别能憋尿，跟骆驼似的，一旦开始和嫌疑人打攻坚战，能坚持好几个小时不吃不喝也不上厕所，等闲人在他手底撑不过八小时。

此时他隔着玻璃观察胡壮丽已经有段时间了，见肖沂进屋，侧过头来，轻轻对肖沂说："这家伙是块硬骨头。"

"怎么说？"

"一般人走进审讯室，无论有没有犯罪事实，心里先虚了几分。这虚，就有很多表现形式了。有些人暴躁，有些人谄媚，有些人打肿脸充胖子，这些我都见得多了。七八年前审过一个特大持枪抢劫案，主犯手上二十多条人命，一被抓住就认栽了，进去以后特轻松，什么都往外倒，让交代什么就交代什么，审了几个小时，完了又多交代出几个命案。这是另一种。但是这个胡壮丽……"

他哂笑一声，慢慢地摇了摇头："你看他坐在那儿的那副德行，眼不乱瞥手不乱放，跟老僧入定一样，这么长时间了，也不要水也不要烟，连多余的小动作都没有一个。这说明，这家伙对自己的心理素质相当有自信，想玩拖延战术，扛过去就能走人了。"

"你看过资料了？"

"看了，你回来之前鉴定组都发过来了。直接证据太少。"

"你打算怎么办？"肖沂问。

周林凯咂咂嘴："不好办。肖队你做好'重证据轻口供'的准备吧。"

"也许可以从'控制感'入手。"

背后传来一个声音，两人同时回头看，居然是丁一惟。

丁一惟走进来，在身后关好门。

"我在想，这个凶手……"

"嫌疑人。"周林凯面无表情地打断他，看样子是对他直闯审讯监控室非常不满。

"嫌疑人，"丁一惟从善如流，"他的杀人手法是徒手掐死受害人，这在心理学角度一般是显示一种控制感。"

"我叫丁教授来的，"肖沂打圆场，"资料和证据我叫鉴证组也给他发了一份。"

丁一惟没有客气，开门见山地说："胡壮丽家的照片你们都看了，这家伙无论在生活中还是工作中，都是个控制狂，英文叫control freak。前六起案件杀人手法稳定而自律，这一起突然变得激进，我认为是因为他离婚、失业，才导致行为升级，这说明失去控制感以后他的心理防线崩溃的可能性非常大。"

肖沂和周林凯对视了一眼，两人都想起胡壮丽那个下属所说的话。

"我看可以，"肖沂说，"试试看。你做好长期应战的准备，不要突然离场、不要突然中断审讯，要给他全方位的压迫感，把他逼出自己的舒适区。"

"让董哥来当书记员，我和他搭档惯了，有默契。"

肖沂点点头："行。"

第十一章

胡壮丽在审讯室等了差不多四个小时。

审讯室是个很奇怪的地方，哪怕这间审讯室去年才翻新过一次，一旦投入使用，就会迅速散发出一股陈旧的气味。这间审讯室活像美剧场景，三聚氰胺板材的灰色办公桌，安装着单向监视玻璃，但它闻起来的味道，还像过去那种木桌木椅、审讯员和嫌疑人之间隔着一道铁栅栏的旧审讯室一样，潮湿中带有一股灰尘的味道和陈旧的烟臭。

此时屋里空气又闷又热，汗水顺着脖子往下流，胡壮丽前胸后背的衣服湿了一大片。然而，周林凯和董伟端着茶杯和卷宗走进去的时候，他的脸色还是镇定如常，甚至好整以暇地盯着墙上的《犯罪嫌疑人权利义务告知书》，权作打发时光的无聊消遣。

二人一边一个坐定，周林凯翻了几页卷宗，才慢悠悠地开口："胡壮丽是吧。"

"是。"胡壮丽平静地回答。

"我是C市刑警支队预审员周林凯，这位是书记员董伟。你的名字是？"他对胡壮丽微笑了一下。

"我叫胡壮丽。"

接下来，周林凯按照惯例，一一询问了嫌疑人的性别、年龄、籍贯、工作等基本信息。这些虽然他都已经掌握，但仍然要问。其中一个很重要的原因就是，要像测谎仪一样，用一些基本的问题来设定嫌疑人在微表情、小动作等方面的基准，为接下来的询问中辨别他说谎的痕迹打下基础。

基准问题问完以后，他才波澜不惊地继续问道："前一阵子的"5·12"大案你知道吗？"

"在新闻里看到过。"

周林凯单刀直入地说："杨玲曾经和人约好，5月12日上午十点和人在家里见面。这个人就是你。"

"是的，但是我没去。"

"没去？那你在哪儿？"

"在家睡觉。"

"有人能证明吗？"

"没有，我离婚了，老婆孩子都不在身边。"

"胡壮丽，我提醒你，这是公安局的审讯室，你所说的一切都是要被记录在案的，说谎对你一点好处都没有！"周林凯的声音尖锐起来，压迫感十足。

"我没有说谎。"

"你说你在家睡觉？你住的那栋大楼，监控显示你早上八点钟就出门了，一直到下午才回来。你出门干什么去了？"

"哦，那大概是出去吃饭了。"

"那你说你在家睡觉？！"周林凯一拍桌子。

"时间太长了，细节记不清楚了。"胡壮丽向后坐了坐，背靠着椅子，身形非常放松，"我现在暂时失业。人一旦不上班，生活就很无聊，没有什么值得记住的事情。我有时甚至记不清我昨天吃了什么，何况上个月的事情。"

"你为什么没去赴约？"

"我不记得了，"胡壮丽说，"大概是觉得没意思吧。天太热，一想到出门还得坐那么久地铁，就不想去了。"

"你在网上给杨玲打赏了前后不下三万，还和她玩同一个游戏玩了这么久，没去赴约，也没和人家说一声？"

"忘了。"

周林凯从卷宗里翻出一张图片，展示给他看："这是从杨玲脖子上提取的瘀痕，通过技术手段还原后，我们得到了一个非常清晰的掌印。"

他又翻出一张印在透明硬塑料纸上的掌印。"这张你认识的对吧？你刚进门时，我们技术人员让你现场印的。"

他把两张照片重叠在一起，掌印完美地重合在一起。

"你知道这说明什么吗？"

"我不知道，"胡壮丽平静地看着他手上的照片，"你们是专业人士，比我懂得多。但是我觉得你从人堆里抓几个手和我差不多大的，手印搞不好差不多也那样。"

一语中的。

杨玲脖子上瘀痕所形成的掌印并没有那么完整，技术虽然把它复原成了一幅展开的图像，但是人的脖子并不是完美的圆柱形，而因为受力不均，手印深浅也有差别。那幅图像实际上是综合了所有七起案件而形成的一个想象图，只有理论上的作用。

换句话说，在法庭上并不一定会被认定有效。

周林凯阴险地笑了起来，从桌上的烟盒里抽出一根烟，在烟盒上"咔咔"嗑了两下，点火，深吸了一口。

"老胡，来根烟？"

"谢谢，不用。"

"怎么，嫌我这烟不好啊？"周林凯抱起手臂，看着自己手上的中南海，"也是，我们工资低，只抽得起这个，不像你们金融业赚得多。平常都抽什么？芙蓉王？"

"我现在不想抽。"

胡壮丽这回答够噎人的。

普通人大概会被这样的对话激怒，然而周林凯并不是普通人。他咧嘴笑了笑。

激怒对方，从而主导谈话的方向，这明明是预审技巧当中的一环，而且明明是他自己常用的手段之一，现在风水轮流转，反倒被嫌疑人用在自己身上了。与其说他感到了挑衅，不如说是棋逢对手的兴奋。

很多人对"审讯"的误解之一，就是认为审讯的目的只是让犯人交代犯罪事实。然而事实上，在询问的过程当中能得到的线索并不比鉴证少。审讯员经常会就某个看似无关紧要的问题东拉西扯，而在嫌疑人回答时仔细观察对方的表情，有时嘴角的一丝抽搐、眼皮的一次跳动、手掌的突然一下捏紧，这些微表情都可能喻示着一条有用的线索。哪怕嫌疑人在刻意回避某个问题，只要明白他刻意回避的点在何处，也能给接下来的审讯指明新的方向。

总之，对周林凯来说，预审这种技巧，就是人与人之间的周旋，是心理战，更是观察战、智力战。他审过小偷小摸，审过斗殴杀人，审过赫赫有名的毒枭，审过手上几十条人命的江洋大盗，审过数目高达千万的经济犯。但是面前这个胡壮丽，是他职业生涯内绝无仅有的体验。

自从审讯开始，胡壮丽的回答可谓惜字如金，而且只说事实，不带任何感情色彩和推测，冷静自持，几乎不表露任何情绪波动，严格地把回答方向约束在能够正面回答问题的范围之内，不给周林凯任何发散的机会。

可以说，就像为自己戴上了一张水泥浇筑的面具。

这小子真有意思。

周林凯感觉到一种职业性的兴奋感潮水般慢慢浸过身体。

无论胡壮丽心里怎么想，他的脸色也没有任何的表现。就像周林凯所说的那样，他坐在椅子上，戴着手铐的手平静地放在桌子上，脚交叠着放在椅子后面，手没有颤抖，也没有神经质地抖腿，甚至视线也坦然地看向周林凯和董伟，仿佛一个清白无辜而被无故抓进来的人一样。

不，这也不是一个准确的描述。监控室里的肖沂心想。

完全无辜而被传唤的嫌疑人他也见过，"气愤"是最常见的反应，因为委屈产生的气愤，甚至还有因为觉得警方无能而产生的气愤，但真正无辜的人反而不会产生这样冷静而坦然的反应。

是冷酷。

肖沂把嘴凑在水瓶上喝了口水。

这是一个黑暗中的猎食者才有的冷酷。

他的目光如同舌头一般细细地舔过胡壮丽的周身，仿佛品尝味道一般体味着这个人的心境。

胡壮丽的脸长得很是普通，属于曾经被他开玩笑般说过的"一次性面孔"，即看过一次后过目就忘，会使后续的疑犯辨认异常艰巨。单是看着他，肖沂就能想象到如果组织环翠小区的居民做疑犯辨认，能得到的结果，就是没有结果。

黑暗中，肖沂映在监控玻璃上的面孔泛起一个自嘲的微笑。

胡壮丽身材矮小，虽然并不肥胖，但腰腹松弛，看起来是长年坐办公室的后遗症。唯独一双手臂非常健壮，小臂线条紧绷，肱桡肌和桡侧腕伸肌异常发达。他想起胡壮丽那个笔记本里的一张健身卡。

你刻意锻炼臂力，对吧？

肖沂在内心深处默默地对胡壮丽发问。

哪怕知道只需要十公斤的力量就能掐死一个女性，你还是去练了，因为你想万无一失。

你需要把一切细节都完美掌控在自己手中。

此时，周林凯正对他挨件展示目前获取的证据，发问也紧迫到让人喘不过气来，而胡壮丽却在好整以暇的回答当中，有意无意地往玻璃这边瞥了一眼。

隔着监控玻璃，两人的视线交汇了。

哪怕明明知道这种单向玻璃不可能让胡壮丽看到自己，肖沂还是觉得，胡壮丽的目光在自己脸上逡巡了那么一秒钟。

窗口另一端，胡壮丽的面孔浮现在玻璃上，和肖沂的倒影重合在一起，宛如镜像的两面。

胡壮丽收回了目光，重新面对周林凯，态度依然冷漠。

后面一同观战的几个警员小声讨论起来。

"周哥这把可能要栽。"

"观棋不语真君子啊你！我看不一定。"

肖沂又看了一会儿，转身走出了监控室。

他没有抽烟的习惯，这会儿神经高度紧张，只觉得脑海中千头万绪，只想找个清凉的地方独自待一会儿，就走出警局大楼，到院子里一个人散步。此时刑侦部门和鉴定部门都在紧张地忙碌，试图从胡壮丽的出租屋里找到新证据。

加上大家都知道肖沂这个想事时喜欢一个人散步的习惯，也没人去管他。

市区警局的院子是个回字形结构，大楼在正中间。肖沂绕着警局大楼一圈一圈地慢慢走着，在脑海中梳理着这件案子的来龙去脉。

就目前他们所掌握的证据来看，能够直接指向胡壮丽的，无非是这几样东西：胡杨二人在游戏里线下见面的邀约；Timberland 登山鞋的鞋印。

还有，应该是胡壮丽用来给死者化妆用的化妆盒，以及一个异常模糊的掌印和并不能完全重合的手印图像。

这些东西，用来攻破一个普通嫌疑人的心理防线，手段高超的审讯员是可以做到的，但并不足以吓倒胡壮丽。在审讯中获取更多线索的想法，看起来，大概也不能实现了。如果要给他定罪，只有靠更加直接、板上钉钉的铁证。

他有些烦躁，脚步快了起来。

这时，一阵脚步声响起，肖沂回头一看，是丁一惟。

丁一惟自从跑去监控室给他支了招儿以后就消失了。由于不受待见，也没人管他去干吗。肖沂看审讯时聚精会神，几乎都忘记这人曾经来过，此时看他跑过来，颇有点意外。

"丁教授，你还在啊？这都几点了。"

"我一直在啊，"丁一惟推了推眼镜，"我一直在你们大会议室旁边那间小屋看资料。审讯进行得如何？"

"硬骨头，"肖沂慢慢吐了口气，"难啃。"

丁一惟调整了一下步伐，和他并肩而行。

两人沉默着走了几分钟，丁一惟突然开口说："连环杀人，不是一个突然出现的状态。我在匡提科时，有个项目组专门研究连环杀人犯之所以成为连环杀人犯的成因。你听说过这样一个故事吗？"

"什么故事？"

"说有个犯罪心理学家，曾经出于一时好奇，研究了一下自己的家族史。结果发现，他是领养的，而他的血亲家庭倒数四代以上，居然出过好几个不太正常的先祖。有人是因为杀妻、有人是因为严重暴力倾向被强制送往精神病院，还有人自杀。这说明他的家族遗传中，或许就带有成为连环杀手的基因。于是他进而开始怀疑自己的心理状态，在检视自己的心理状态后，他发现，他从小就缺乏共情能力，做事过于冷静、理智，同时又痴迷于和犯罪相关的东西，所以最后才做了犯罪心理学家。然而为什么他没有成为一个凶手呢？因为他有一个健康、稳定的家庭，双亲和手足给了他很多关爱。因此，在他的成长过程中，他建立了正常的人生观和道德观。"

"这个故事的含义是什么？"

"含义就是，连环杀手是被'养成'的。数据证明，90.2%的连环杀手，基本都有被虐待的童年。小孩子所生活的环境，人际关系是很狭窄的，与父母的关系占有他们人际关系的大部分。来自父母的虐待，往往会使他们的世界观产生极大的混乱，在有限的认知里，他们无法理解、也无法排遣这种混乱与失序。在成年后，心理就往往会有各种畸形的表现。"

肖沂愣了一下。

丁一惟停住步伐，眼镜在昏暗的路灯下有微弱的反光。

"肖警官，你问过他手上的烧伤是怎么来的吗？"

第十二章

肖沂回到大会议室，找到了正在看材料的张荔。

"张荔，你会化妆吗？"他看着张荔素面朝天的面孔。

张荔用一种受了莫大侮辱一样的表情瞪着他："当然会！我不化妆那是因为纪律要求！"

"那就好。"肖沂阴险地笑了笑，"我想了个招儿。"

审讯整整持续了六个小时。其间胡壮丽既没要求喝过水，也没要求吃饭，更没有要求抽烟，脸始终板得铁板一块，有问必答，但是绝不松口，一律都以"巧合""忘了"做应对，把自己撇得干干净净。周林凯和董伟是老搭档了，配合默契，无论是诈、吓、哄、拍，一律无效，胡壮丽就是不接招。

最后，反而是董伟这干了十几年的老刑警先顶不住了。他上了两趟厕所后，周林凯也败下阵来，一出门，话都来不及说一句，直奔洗手间。

"嘴太硬了。"

从洗手间出来，周林凯用纸巾擦着手，有点颓然。

肖沂安抚似的拍了拍他的肩。

"这家伙不是正常人，我怀疑他这些年来把被抓以后的情景不知在心里预演过多少遍了，一时半会攻不下来是正常的。"

"胡壮丽这丫挺能啊，也不说要请律师，就这么干耗，这不是明摆着想继续和我斗下去吗？"周林凯多少有点咬牙切齿。

"说什么来着？别个人意气，以现在的证据，已经能确定他是重大嫌疑人了，哪怕过了二十四小时也不能就这么平白放他走。"

"不行，我得接着上。"周林凯还有点心不甘气不平的样子，"预审最忌讳中间打断，容易让嫌疑人重建心理防线……"

肖沂拍拍他："他心理防线就没松过！接下来换我和张荔，换个战术风格。你和老董都去吃点东西，好好休息一下，我给你俩叫了外卖，都放那儿好久了。"

周林凯叹了口气，和董伟两个人去吃饭了。

一夜没睡，胡壮丽心理素质再好，人也是会困倦的。那两位警官一走，他紧绷了一夜的心情也放松下来，人就有点困，靠在椅子上闭眼假寐。将睡未睡间，审讯室的门开了，进来一个他没见过的警察。

这人和之前的周林凯完全不同。身高一米七八左右，并不魁梧，看着大概刚满三十，人长得干净俊秀，有点书卷气。要不是那身警服，比起警察，倒更像个小学老师。

"胡壮丽，一晚上没吃饭，饿不饿？"

胡壮丽瞄了一眼他的肩章，一杠三花，一级警司。

哟，还是个小官儿。他在心里冷笑一声，没吭气。

"再怎么样也得吃饭，我让我同事给你订了份盒饭，吃点吧。"肖沂招呼了一声，张荔提着一份盒饭走了进来。

"给，吃吧。"女警把盒饭放到了胡壮丽面前，声音听着挺温柔的。

胡壮丽抬眼一看，这一眼，呼吸几乎停了一秒。

面前这位女警穿着一身黑色短袖西装，脸上化着淡淡的妆。

那色系搭配，熟悉得让他的呼吸急促起来。

女警细心地帮他把饭盒打开，抽出筷子，还在他旁边放了一瓶矿泉水才走开，然后坐在书记员的位置上。

短暂的失态之后，胡壮丽从她身上收回视线，开始低头吃起饭来。

"慢点吃，不够还有。"男警官说了句。

胡壮丽没有作声。

两菜一汤，一碗米饭。但吃到嘴里是何滋味，他仿佛完全没有觉察到，只是机械地做着咀嚼、吞咽的动作而已。

"忘了说了，我是市警局刑警支队大队长肖沂，这位是书记员张荔。"

肖沂故意把手上的卷宗翻得哗啦哗啦响，问了句："你今年三月离婚了是吧？"

"是。"

"因为出轨？"

"这和我被传唤的原因有关吗？"

肖沂笑了笑："聊聊嘛。你出轨了吗？"

"出轨有很多种方式，如果肉体发生关系才算，那我没有出轨。"

"你太太，不，应该说你前妻，不这么想。"

胡壮丽的表情仍然平静无波，用勺子刮着餐盒的底部："他人的想法我无法控制。我认为我离婚的原因是感情破裂。"

"为什么呢？"

胡壮丽看了一眼肖沂，说："我和我前妻的感情早就破裂了。"

"那为什么要维持这种婚姻呢？"

"因为不想伤害孩子。"

"可是你前妻说你基本都不管孩子的。"

"我这个人不太会表达感情，我很爱我儿子，大概表达方式有所欠缺，她不理解。"

肖沂突然发问："你知道你儿子这学期语文考试成绩吗？"

"不知道。"胡壮丽说，"我只知道他学习不是太好。"

"身为一个父亲，你连你儿子考试成绩都不知道？"

"考试成绩又不能代表一切。"

肖沂倾身向前，问："这是从你自身经验得出的教训吗？"

"……自身经验？"

肖沂紧紧地盯着他的脸，捕捉着他的表情，仿佛一只食腐的秃鹫，不肯放过尸骸上一丝腐肉般，一字一句地说："你小时候是不是一直很想听人这么说一句：'考试成绩又不代表一切。'"

胡壮丽从面前的饭盒里抬起眼睛，看向肖沂。他的表情仍然没有任何变化，然而目光聚焦在肖沂脸上，好像两只钉子，试图把肖沂的脸皮扎出个洞来。

"你小时候，因为考试成绩下降，被令堂打屁股时，有没有这样想过？"

胡壮丽沉默了片刻才说："警察同志，你们传唤我，是为了问我小时候的家庭教育吗？"

张荔沉下声音，严厉地说："胡壮丽，回答问题！"

胡壮丽把勺子扔回饭盒，在椅子上调整了一下姿势，说："那时候长辈的教育观念和现在不一样，比较传统，信奉棍棒底下出孝子，这也没什么可说的。再说都过去这么多年了。"

"所以你从来不让你妈从老家过来帮你带孩子？因为她教育观念落后？"

"我妈身体不太好。再说婆媳同住容易产生家庭矛盾。"

"你爱人，不，应该说你前妻，她平时化妆吗？"

胡壮丽飞快地瞥了一眼肖沂，眼角的余光扫过张荔。

"平时不化。"

"我之前见过你爱人，"看着胡壮丽双手抱胸的姿势，肖沂心里冷笑了一声——终于拿出防御姿态来了啊——继续说道，"她也说，自己平时完全不化妆，她也不喜欢摆弄那些东西。那么我就很好奇了。"

他倾身向前，目光紧紧盯住胡壮丽，仿佛要用目光把他钉在椅子上似的，慢慢地说："那么在你出租屋里找到的那些高档化妆品，到底是谁的？"

"……"

胡壮丽紧紧抿住了嘴，一言不发。

从进门到现在，肖沂一直在观察他。

作为预审人员，他的风格和周林凯完全不同。他没有所谓"撒手锏"，唯一的法宝就是试探。那副温和而书卷气的长相是他最好的伪装，他经常会闲聊似的和预审对象拉家常，然后注意观察对方的微表情，漫天撒网，一旦发现对方对某个点有不一样的反应，立刻修正话题，深入追问。

现在，胡壮丽无论表情还是肢体语言，已经不像刚才那样的轻松写意了。

诈对了。

肖沂决定乘胜追击。

"你爱人也说过这件事。她说，你们俩结婚这么多年，你连瓶大宝都没给她买过，却买了不少高档化妆品和化妆用具。她发现这件事以后，和你大吵大闹了一番，吵架当中还扔了你一包化妆刷。然后你动手打了她。是这样吗？"

"夫妻吵架，偶尔动个手也不是什么罕见的事。"胡壮丽平淡地说，"再说，离都离了，我净身出户，她也该心满意足了。"

"一般夫妻打架，至于动手掐人脖子吗？"

胡壮丽看了他一眼。

"掐人脖子？"张荔开口了，转头看向肖沂，"这可太过分了！"

"是啊，掐得有点狠。他爱人说，觉得像一个世纪那么长，有那么一瞬间，她觉得自己就要死在这人手里了。"

"啧啧啧。"

"警官，你挺了解我家里情况啊？"

"嗨，干我们这一行的，好打听事儿。职业病。你爱人呢，古道热肠，我们聊得挺投机的。她还说了好多你老家那边的事儿。"

"我老家那边的事儿？她还知道我老家那边的事儿？"胡壮丽的声音带上了一抹淡淡的讥讽。

"是啊，你不知道啊？她其实这些年来，对你们家老太太还是挺关心的，经常给老太太打电话，关心关心一下老人家。人这一上年纪，养老院住得再好、吃得再好，也比不上小辈的一个电话，你说是吧？不过我得说你一句啊老胡，你在这方面做得可不好。"

"我平时太忙。"胡壮丽撇过头去，看着墙上并没有开的空调。

这屋里实在太热了，热得让人心里忍不住一股烦躁。

对面坐着的肖沂却没有半点被热气困扰的样子，甚至好像汗都没有怎么出，还是那种温和、有礼的面孔和声调。

"忙也要抽出时间来给老人家打个电话嘛。所以你看，我觉得你爱人还是个挺称职的媳妇儿，你和她离婚还是太欠考虑了。你爱人说，老太太可想念你啦，说你平时太忙，逢年过节也不回去看看她。但老太太非常体谅你，觉得你一个人在外头打拼不容易。老太太这一辈子不容易啊，早早没了丈夫，守着一个独苗儿，自己又当爹又当妈，还上着班，多不容易——我记得你爱人好像说，你们家老太太是个老师对吧？当年业务也是一把好手啊，带的班特别棒，是不是啊？"

胡壮丽已经把视线完全放在肖沂面前地板的某一处了，他仿佛要把自己的情绪完全从脸上抽离似的，脸平静得几乎要僵掉。

肖沂并没有放过捕捉他微表情的每一丝变化。此时此刻，胡壮丽的退让与逃避是一目了然的——没有表情，比任何表情都能说明问题。

方向对了。

肖沂喝了口水，继续说了下去。

"你们家老太太教什么的来着？语文？数学？你看我这记性……一个单身女人带个孩子，还要当班主任，真是太不容易了——你小时候挺淘的吧？我小时候就挺淘，没少挨我们家老爷子揍。我爸转业军人出身，那揍我揍的，嘿，可真有劲儿！我记得我三年级的时候，放寒假，没事儿玩家里生的炉子，把作业撕了往炉子里填，差点把房子点了。老爷子回家一看，二话不说，拎过来一顿狠抽，打得我三天下不了床。哎？我说，你们家老太太以前也这么管教你？"

胡壮丽一言不发。

"当妈的嘛，谁不希望自己的儿子出人头地，功成名就。男孩子皮啊，不打不行。"

"谁说不是呢，"张荔叹了口气，插嘴说道，"没事儿谁愿意打孩子啊，但是有些孩子，他就是记吃不记打。就说我们家那个混账小子，淘气他第一，成绩他倒数。考试都只考个位数了，回家一问作业写了吗，还有脸问，什么作业？我心里头那个火啊，真恨不得把他吊起来抽一顿。"

"学习方面还好说，但是男孩子太作，一弄不好就学坏了。就我小时候，那得亏我们家老爷子三天一小抽五天一大抽，要不然我现在搞不好都成犯罪分子了！"

"谁说不是呢？就说我儿子吧，上次我发现他偷了同学一个模型，你说家里缺你吃缺你喝的，要什么不会给你买吗？至于偷吗？把我给气的，手边有一笤帚，抓起来就把那臭小子一顿狠抽，打得他哭爹喊娘，直叫爸爸。我说你叫你爸有什么用？再叫把你这爪子给剁了！这孩子犯错就是该打！"

"所以说，那些国外什么说服教育的理论都是虚的，不体罚他就不知道怕。"

俩人一唱一和，居然跟拉家常似的，聊打孩子聊得热火朝天，仿佛根本忘了审讯室里还有胡壮丽这么个人。

"你们他妈的知道个屁！！"

胡壮丽突然暴起，戴着手套的手把桌上的饭盒一扫而光，饭盒里剩饭剩菜汤汤水水地飞了出去，噼里啪啦地摔在地上。

"你们……你们根本不知道孩子在被打时是什么感受！！"胡壮丽吼道。

张荔和肖沂停了下来，目光灼灼地看着他。

胡壮丽脸色涨红，额角青筋暴露，胸口剧烈起伏，紧捏着双拳，两眼死死地盯着张荔，脸色狰狞，目光中仿佛要喷出火来。

他站在桌子后面，浑身颤抖，仿佛在用全身的力气控制着自己。片刻，才从牙缝里挤出几个字。

"我要找律师。"

这短短的一句话，一个字一个字地说完，已经耗尽了他全部的力气。

胡壮丽颓然倒在椅子上，再也没有开口。

第十三章

肖沂和张荔走出审讯室，把门在身后关好。

一出门，就看见周林凯、董伟从监控室冲了出来，身后还跟着一帮围观的警员。因为审讯室隔音并没有多好，两人压低了声音，但还是难掩语气中的兴奋。

"太精彩了！"

董伟重重地拍了一下张荔，把张荔拍得龇牙咧嘴。

"看不出来啊丫头！你一个连婚都没结的姑娘家演打孩子，演得也太像了！奥斯卡欠你一座小金人啊！"

话虽然是夸奖，张荔还是有点难掩失望。"可是胡壮丽也没交代啊。我以前看你们审讯嫌疑人，只要心理防线一崩溃，人就招了。谁知道胡壮丽干脆就不说话了……"

"哎，丫头，能确定嫌疑人就是大功一件，起码知道方向是对的。零口供定罪的案子还少吗？干得好、干得好！"

张荔不好意思地笑了。

肖沂问："那双 Timberland 的鞋找没找到？"

"找到了，"张友全说，"今天一早到了那家修鞋铺，老板把鞋子找了出来，现在已经交给鉴证中心了。我和小刘给鞋铺老板做了笔录。"

"那双鞋清洗过没有？"肖沂问出了自己一直担心的问题。

"清洗过了。"张友全脸色有些颓然，"鞋铺老板说，那双鞋交给他的时候其实就挺干净的，好像刷过一样，鞋底特别干净，里头还有点潮乎乎的。他还奇怪为什么刷过一遍还要拿来修，胡壮丽说需要补点色。老板把鞋重新洗过了一遍，还做了保养。送给鉴证科去看了，说不定还是能发现些什么的。"

肖沂点点头，"抓紧时间做环翠小区监控视频的比对。还有，现在胡壮丽离家回家的时间已经确定，把他家到环翠小区之间路线的视频，能拿到的都拿到，摸清他这一路的路线。以前咱们是大海捞针，现在能确定目标，突破他的可能性就大了。"

现在，"5·12"案终于有了重大突破，回到大会议室，肖沂开了个会，安排好各项工作，又去给李其华做了汇报。

昨晚他已经在微信上把案情进展告诉了李其华，李其华对此也很关心，今天一大早就来到局里，专等结果。

李其华静静地听完他的汇报，沉吟了一会儿，说："以目前的证据，还不足以申请批捕，拘留时间给你延长到七天，你有把握七天之内找到足够的证据吗？"

肖沂肯定地回答："我有把握。"

李其华点了点头，叮嘱道："这个案子一定要办成铁案。现在社会舆论对这个案子十分关注，办案流程务必规范，证据链务必完整，不能有一丝一毫的差错。你需要什么样的资源，都可以跟我讲，我尽量给你争取，这方面不要担心。"

"明白，局长您放心。"

李其华说完公事，好像轻松了一点，把背靠在椅子上，疲倦地摸了摸后脖颈，像突然想起什么来似的，说："路鹏最近工作表现怎么样？"

路鹏是李其华的亲外甥，他父母都是公安系统的，父亲早年殉职。李其华对这个外甥视如己出，但是方式不免有点严苛。本来，按警队纪律，甥舅关系不得在同一个分局任职，但是这次"5·12"大案，李其华硬是把路鹏从下面分局调上来进专案组，目的就是让他积累点经验。肖沂深知他的脾气，也没有任何回护，实话实说："心理素质还差点，缺乏刑侦人员的冷静。但是对案件敏感度高，工作态度还是很勤勉的。"

　　"年轻人需要历练，"李其华的眉头皱了起来，"不要因为我的关系就放松对他的管理，该加班加班，一组人都是上有老下有小的，没结婚的小年轻就这几个，加班熬夜就让他们年轻人顶上。响鼓要用重锤敲，多给他轮班，不多办案子哪来的心理素质？"

　　"明白。"肖沂简短地回答。

　　"公安部派来的那位专家，丁一惟，他怎么样？"

　　"丁教授？别说，这人还是有点真材实料的，和以前那几位不是一个路数。"肖沂笑道，"来了三天，就给我提供了一个全新的思路，审讯时对我们帮助也很大。"

　　"你们啊，别太看轻这个人，人家吃过洋墨水的。"李其华轻笑了一声，"我前几年在国际刑警合作中心的时候，在美国见过他，他那时还在匡提科做顾问。FBI 国际刑警合作中心的负责人专门给我介绍过他，我们在那边交流了差不多一个月，听他做了三次讲座，印象很深。我当时心里还想着，要是咱们这里也有这样的人才就好了。谁知还没过一年他就回国了。"

　　"那他回国干吗？在犯罪心理学方面，按说美国无论是待遇还是科研水平都比国内强吧？"

　　"星月监狱暴动事件你知道吧？"

　　"好像在新闻上看到过。美国专门关变态杀手的一个监狱是不是？建在哪里一个深山老林里的……"

"不是深山老林，是个孤岛上。当时他参加了 FBI 的一个项目小组，在那个监狱对犯人进行心理评估，收集数据。他去了没多久就对狱方发出警告，说有可能发生暴动。但是他项目组里的其他专家的想法和他截然相反，狱方也没当回事。丁一惟当时层层上报，试图引起 FBI 重视，没有结果，反而和那个专家小组以及监狱方关系搞得非常僵。谁知没出一个月，果真暴动了，伤亡惨重，有犯人也有狱警，甚至那个小组也死了好几个专家。丁一惟后来不依不饶地投诉 FBI 某个管理人员渎职，最后就在匡提科待不下去了。"

"……也是够轴的。"肖沂忍不住咋舌。

"说起来，这人其实还和你有点渊源……"

"渊源？"

李其华顿了一下，抓过烟盒，抽出一根烟点上："你记得向阳花儿童村吧？"

这个名词如同一记重锤砸进肖沂的脑海，带着往事呼啸而来的记忆和陈旧档案般的尘土味。肖沂稳了一下心神，尽量自然地说："当然记得。"

"他是第一批入园的孩子之一。当年我们局里一对一结对子帮扶，你爸就是他的帮扶人。我记得他有一次拿到一个出国参加数学比赛的名额，没有钱，你爸在局里还给他发动了募捐，后来他也拿了一个挺不错的名次。丁一惟从小就聪明，小学连跳两级，十五岁就考上大学，十八岁出国留学，生活费还是你爸赞助的——怎么你爸没跟你提过吗？"

一张张稚嫩的面孔在记忆里闪现，他努力在其中辨认着。有些警惕，有些淡漠，还有些面孔上带着天生的残疾。孤儿院的孩子们习惯于被展览，往往在视线投来时迅速垂下眼睛，只有在视线移开时他们才会抬起眼来投以敏捷的一瞥，如同某种惊惧的小兽。然而这些面孔中并没有哪一张和丁一惟有所重合。

"完全没有。我也不记得我见过他。"

"也难怪。你小时候去当义工时都是寒暑假，他假期大多数都在勤工俭学，错过了也不是不可能。"

两人又说了一些公事，肖沂才离开。

出了局长办公室的门，肖沂在走廊里掏出手机，划开屏幕，又锁上，又划开屏幕，又锁上。电话是本来就要打的，毕竟是公事，如今反倒不知道该说什么了，如此首鼠两端，他自己都忍不住想嘲笑自己一句。肖沂犹豫了半天，还是硬着头皮拨了丁一惟的号码。

热了半个月，随着天边一声闷雷，终于开始下雨了。

第一滴雨点若无其事地滴在地上，仿佛故意不给人心理准备似的，随后而来的就是倾盆大雨。

天与地仿佛都在这一瞬间失却颜色，只有灰蒙蒙的雨帘沉默地笼罩世间万物。

肖沂看了一眼窗外的大雨，叹了口气。

虽然确定了重大犯罪嫌疑人，但接下来的，才是硬仗。

整个专案组像打了鸡血一样高速运转着。

现在已经可以基本确定胡壮丽就是"5·12"大案的真凶。然而，他们掌握的直接证据实在太少。

而胡壮丽也并没有认罪。

胡壮丽虽然要求见律师，按照法律规定，公安机关有义务在48小时内为嫌疑人聘请律师。所以，周林凯和董伟两个人对他进行不间断提审，然而说学逗唱连消带打，无论什么问题，胡壮丽的应对只有两句话。

为什么出现在环翠小区——"犯法吗？"

为什么家里藏有女性化妆品——"犯法吗？"

为什么家里有标出警局管辖权限的地图——"犯法吗？"

再问急了就第二句——"等我律师来了再说。"

而且胡壮丽绝对知法懂法，活学活用，审讯时间如果太长，他还会提示周林凯，"熬"犯人同样属于刑讯逼供。此人之棘手，也算是大姑娘上花轿头一遭了，恨得周董二人牙根直痒痒。

专案组从各分局调来的几位警员经验丰富，熬夜的本事也很是出众，消耗掉一箱咖啡和几条中南海以后，负责视频监控的小组首先有了收获。

他们整理了胡壮丽从家到环翠小区的可能路线，然后调取了所有能找到的监控视频，一一进行比对。得出的结果是，可以肯定胡壮丽 5 月 12 日出门，并不只是出去吃饭、买东西那么简单。

从胡壮丽所租住大厦出入口的监控视频，到地铁沿线，能看到他于早上 8:03 出门，穿着一件灰色连帽衫，随身带着一个手提包，然后进入地铁 4 号线，9:15 出站，转乘 7 号线，又坐了两站后，10:02 于新东口地铁站 C 口出站。

新东口地铁站 C 口，就是丁一惟推测的那个出站口。

而环翠小区六号楼门厅的监控视频中，10:10，能看到一个疑似胡壮丽的男子进入了小区。

之所以说"疑似"，是因为视频中的这个人面目模糊，基本无从判断长相，而且穿着一件黑色连帽衫，但是所拿的手提包是同一个。

"内外两穿，"负责视频监控的张友全说，"和之前判断的一样，嫌疑人具备一些基本的反侦查技巧。"

然而在胡壮丽的住处，并没有发现这件连帽衫，或者说，在视频中出现的衣物，一件都没有发现。

"大约是穿完后立刻扔了。"

然而，监控视频并没有拍到胡壮丽离开环翠小区的清晰镜头。应该说，此后的监控镜头里，胡壮丽就像消失了一样。只有胡壮丽家附近的地铁出站口的监控里显示他于下午 16:31 出站。视频中，他所拿的那个手提包也没有任何异样，看起来并不比去时更鼓一些。

张友全认为，他在回程当中，很可能选了一条和来时不同的路线。从环翠小区到胡壮丽家的地铁路线，少说有六种走法。如果再把在地铁沿线像耗子一样乱串的黑车和三蹦子都算进去，这种可能性等于无穷大了。

对着 C 市地铁线路研究了一晚上以后，肖沂要张友全去查月辉站的监控录像。结果在 5 月 12 日下午 15:12，真的有个疑似胡壮丽的男子从这里进站。但是由于连帽衫遮蔽住了脸的大部分，视频中仍然没有获取到他的长相。

为什么要选月辉站呢？

被拿走的手提电脑一直没有找到，然而那个站点附近，有一个很大的二手物资收购站。这种地方，只要把一台笔记本电脑随便留在哪里，大概天黑之前就已经被卖到邻省去了，哪怕真能找回来，硬盘大概也被格式化到什么线索都留不下了。抱着死马当活马医的想法，肖沂要求该区派出所协助调查，但是没有人对这条线索抱有什么希望。

那双 Timberland 的登山鞋也是个断头线索。从修鞋店拿回来的鞋，包括鞋带，都经过了彻底清洗，还用上了化学清洗剂，破坏了可能被检测出的任何生物痕迹。而肖沂原本暗自寄托了莫大希望的磨损痕迹，其有效程度也不足以证明这双鞋就是现场的那一双。

然而，在反复翻阅环翠小区 705 室的照片时，有张照片引起了他的注意。

他调出电子版，打开幻灯片功能，投影在会议室的墙壁上。

照片越看越奇怪，他又调暗了室内灯光。这一下，分头忙碌着的其他警员也注意到他的举动，纷纷从自己的工作中抬起头来，向墙壁上的投影看去。

这张照片是 705 室的茶几，茶几表面被乱七八糟的血迹和组织液所覆盖，有些是飞溅的血点、有些是被拖过的血痕，看起来就像一张抽象画。

在这幅抽象派"作品"当中，反倒有一轮看起来非常规则的痕迹。

"你们说，这是个什么？"

肖沂问道。

"这像是个……"程海峰眯着眼睛说，"像是个方形的一部分。"

肖沂拖动照片，放大局部。

放大后，细节更加清晰了。

这是一个不完整的方型，小圆角，一大半被血迹覆盖，不太容易被发现。

"这大小……"肖沂喃喃自语，"……那个化妆箱！"

会议室里响起异口同声的低呼。

肖沂手忙脚乱地开始在桌上的一堆文件里找自己的手机，找了半天才发现被压在纸巾盒下面了，赶紧抢出来拨了 DNA 鉴定组组长的电话。

"老徐？……哎没催你，谁敢催你呀我的哥……我是说，现场发现的那个化妆箱，那个化妆箱应该被放在过茶几上，然后底部接触过血液，我们从现场照片上发现一个方形的痕迹，应该是化妆箱沾染血迹后形成的印子……什么？！"

他突然惊叫一声，整个会议室的人心都被揪了一下。

"没送检？！怎么会没送检？"

DNA 鉴定组徐组长的声音从电话里传来："是没送检，我还想打电话找你呢，我在现场明明记得有这么个东西。你们组的路鹏拿走了，那天他没做好送检委托书，说做好了一并给我送过来，然后就没影了……"

肖沂阴着脸挂了电话，压着火气问："路鹏呢？"

张荔小心翼翼地说："他在复印室……"

肖沂三步两步跑到复印室，路鹏正在复印文件。

肖沂本来憋了一肚子火，一看见路鹏憔悴的脸色，想起他已经在局里熬了整整一个星期，脑子里一瞬间都想不起自己有多久没给他安排轮休了，心里不自觉有点歉疚，到底还是咳了一下，硬生生咽回去一句脏话，努力心平气和地问道："小路，现场发现的那个化妆箱，为什么没送检？"

路鹏看他暴雷一般冲进来，脸色又难看，心里已经有几分害怕，这个问题一问出来，脸色顿时白了。

"……我、我忘了……我想回来先做好送检委托书……回来以后事情一多就、就……"

肖沂烦躁地挥了挥手，止住他的话头："化妆箱现在在哪里？"

"在车后备厢里……"

"赶紧送检，一秒钟都不能耽误！"

"是……"路鹏低下头。

一肚子火没发出来，本想到院子里走两圈消消气，外面又下雨。肖沂心浮气躁地在楼道里转了两圈，隔着窗子，眼看着路鹏冒着大雨一路狂奔到停车场，开车出去，才觉得心里稍微平静了一点。

回到大会议室，他才发现自己手机上被打了好几个未接来电，全都是丁一惟的。

他想了一下，回到市局楼上自己的办公室，关好门，才回拨过去。

"丁教授？"

"肖警官，我现在在S市，你说的那家养老院，我去过了。我发了几个文件在你的邮箱里，你看一眼？"

肖沂拿出自己的私人笔记本电脑，打开邮箱。

压缩文件里，有图片有视频，他打开了第一张图片，看了一眼，不由得倒抽了一口冷气。

"这是……？"

电话里，丁一惟显然听见了他语气中的惊讶，说："对，这是胡壮丽母亲年轻时的照片，在胡壮丽母亲养老院房间里发现的。"

图片是翻拍的，一个旧相框里，胡壮丽的母亲手持一张"S市1992年优秀教师"的奖状，正在矜持而自信地对相框外的人微笑。

照片中，她化着精致而得体的职业妆，头发整齐地绾在脑后。

她的容貌，长得和杨玲异常相似。

"你看到了吧？"丁一惟的声音里有点疲惫，从时间推算，接到肖沂的电话后，他应该是搭最近的一班高铁到了S市，而且一下火车就去了胡母所在的那家养老院。

"看到了……也许这就是胡壮丽选择杨玲的理由。"

丁一惟深深地叹了一口气："不仅如此……你看看视频吧，看完，我觉得我们寻找的一切谜底，都在里面了。抱歉，我得去睡一会儿，现在在宾馆，我太累了。"

"丁教授，这趟麻烦你了。"

第十四章

丁一惟发过来的视频是他偷录的，不过哪怕他不偷录，大概胡母也发现不了，她有点轻微的老年失智现象。

那天，丁一惟一句话点醒了肖沂，使他注意到胡壮丽手上的烧伤。而在审讯当中，胡壮丽对于"打孩子"又有明显的过激反应，他开始怀疑胡壮丽远在老家的母亲。目前专案组满负荷运转，而且他并不能确定和胡母面谈会有什么具体效果，思来想去，就去拜托丁一惟。

丁一惟确实不负所托。论预审，周林凯和董伟在局里也是首屈一指的高手了，然而看视频，假装是胡壮丽的朋友、在S市出差顺便来看望朋友母亲的丁一惟，在诱导胡母说出他想要的答案时，那技巧仿佛更胜一筹。

视频当中，胡母独居的那间小小的单间，被收拾得一尘不染，所有的摆设、物件，都有条不紊、各安其位，如果不是大部分东西都被磨损得有些陈旧，这屋子整洁得简直毫无生活气息。

归功于丁一惟高超的询问技巧，视频并没有太长。胡壮丽的母亲，已经不再如照片中那般年轻美丽了，但是衣着和发型仍然整洁而讲究，只是短期记忆力轻微缺失的症状十分明显，经常在说话时有短暂的失神，需要丁一惟时时提醒，对话才能继续下去。

胡壮丽出生于 S 市周边的一个小县城，幼年失怙。胡母是县城中学的老师，长相俊俏的寡妇，年纪不算太大，在小县城里难免有各种闲言碎语，上门介绍亲事的人也络绎不绝。但她是个硬气的女人，回绝了所有再婚的劝告，一个人拉扯孩子的同时，工作也很出色。

但凡老人，尤其是像胡母这样，常年没有人来探望的老人，一旦说起过往，都带着一种迫切的倾诉感，胡母也不例外。她回忆往事，零零碎碎的话语当中，带着一种矜持和自得，可以听得出，她对自己的坚持和毅力，还是非常自豪的。

她对胡壮丽非常严厉，近乎军事化管理。胡壮丽所上的小学和中学在同一个校区，胡母就是本校的教师，从小学开始，她就要掌握胡壮丽的所有动态，每天从家到学校，两点一线，放学必须回家，写完老师布置的作业，还有胡母亲自布置的作业。

胡母给胡壮丽的日常起居制订了严格的规划，以及对应的惩罚措施。早上跑操、背单词、拿牛奶，放学后写作业、做饭、洗衣服，周末要搞卫生，还要根据胡母的计划去上兴趣班。相应地，被发现出去玩一次要挨打几下，考试退步要挨打几下，这些也有明确的规定。

在如此精心的教导下，胡壮丽成绩优异，一直就是其他父母口中的"别人家的孩子"。胡母唯一遗憾的是，她年轻时不懂营养学，孩子犯错轻微时她的惩罚方式就是饿饭，导致胡壮丽一直没有长高。

至于胡壮丽手上的烫伤，她倒并没有那么后悔。

有一年冬天，胡壮丽放学回家，生好了炉子。本来应该按照母亲要求开始写作业，但是他跑出去玩了，胡母在学校批完卷子回家，才发现炉子着了火，燎了半个屋子。

虽然人没出事，但胡母还是气得发疯。灭火之后，她把还在外面疯玩的胡壮丽拎了回去，直接把胡壮丽的双手按在了余烬未熄的炉子上。

……

窗外的大雨还在下，淅淅沥沥的雨声仿佛淹没了整个世界。

肖沂把那段视频反复看了几遍，看着胡母断断续续、细声慢气地讲述着她的教子之道，思绪被带入了一段凝固的时光，像是被尘埃掩埋的日记，又像是被冰封住的海。他觉得自己如同置身一个巨大的水晶球玩具中，然而那些人工雪花都在身边静静垂落，没有哪里来的风搅动。

水晶球里小小的房屋当中，有一个低声抽泣的小小背影。那是一个在本应与玩伴游戏中学着建立人际关系的年代，被切断了一切与同龄人交往的孩子，一个在专横与暴力当中被活生生扭曲了心灵的孩子。

肖沂几乎想对那个小小的背影伸出手去，把他抱在怀里低声安慰，然而左手食指猛然间抽动了一下，瞬间把肖沂拉回了现实。

桌上，他的手机在嗡嗡震动，是丁一惟。

一接起来，丁一惟的声音从里面闷闷地传过来："……我睡不着。"几乎有点赌气的口吻。

"那就说说你这一趟的收获吧。"

"从心理学的角度来说……"电话里有一些响动，肖沂猜测大概是丁一惟在摸索床头柜上的眼镜。

"胡壮丽的儿童、青少年时代，所有的感情联系完全来自于他母亲一个人。和原生家庭的感情联系往往决定了一个人成年后的感情模式。父母感情和睦的人，成年后往往对自己的配偶、子女也更有耐心，感情更为健康些。胡壮丽从母亲那里得到的一种扭曲的感情，口头上说是为他好，手段却极为暴虐。这种极端化的倾向，显而易见，使得他在成年以后无法和女性建立正常的感情关系。"

"这会导致杀人倾向吗？"

"会。就像我之前说的，系列杀人犯的案犯，大多都有过极深的感情创伤。但是我之前对他做的推测，起码有一个方向是错的。我原本认为他虐杀女性的心理动因是报复，但现在看来，不完全是这样。"

"怎么说？"

"他有极深的恋母倾向。他对母亲的感情并不完全是恨。你知道什么叫地母情结吗？"

"不太了解。"

"在很多文化当中，母亲既是生殖的象征，象征丰饶多产的大地，但同时又是一种恐怖的形象。比如印度教中的女神迦梨，她是湿婆的神妃，也是雪山女神帕尔瓦蒂的化身。帕尔瓦蒂是美丽、善良的女神，可以看作慈悲的母性之神，然而迦梨暴虐、残忍，是毁灭和杀戮的女神。她的神像是一个吐出长舌的青白色女神，印度教对迦梨的传统祭祀方式，就是在她吐出的长舌上涂上鲜血。现在一般是用动物的血，但以前，有时是用罪人之血，因为迦梨女神是吃人肉、喝人血的。"

肖沂忍不住用手搓起了疲惫的眉心："……你还是直接说说和本案的关系吧。"

"我想说明的是，这种母性的两面，之所以在各种文化当中都有类似的表达，是来自于我们人类对于母亲最初的感受。一方面，母亲是哺育自己的温柔女性，另一方面，又是对幼年的我们施以直接惩罚的人。幼儿的世界是比较狭窄，最初的人际关系就只有父亲和母亲两者。胡壮丽会不爱自己的母亲吗？哪怕她如此暴戾。"

肖沂一声长叹，靠在椅背上。

"……怎么，对你没用吗？"

"你觉得呢，丁教授？你说的东西我确实都明白，也很有道理，但是你知道我现在在想什么吗？"

"什么？"

"把胡老太太直接从S市接过来审胡壮丽，他是不是能招供？"

"……这个，不符合你们警队纪律吧。"

"谁说不是呢……"

肖沂还在电话里和他打哈哈，办公室的门却被猛然推开了。

张荔闯了进来，手里还拿着手机，上气不接下气地说："肖队！出事了！我打你手机一直占线……"

"怎么了？"

"路鹏、路鹏他出车祸了！"张荔抹着头上的汗，气喘吁吁地说。

"什么？！"

肖沂一下子站了起来。

第十五章

这两天突降大雨，超出了 C 市下水道系统的承受负荷，很多路面被雨水淹没。

在催路鹏把化妆箱送检之前，肖沂曾经犹豫过那么一瞬间，雨是不是太大了，是不是应该等雨停了再去。但是案情当头，时间紧迫，这个念头出现不到一秒钟就被冲走了。

因为车速太高，路面太滑，在一个急转弯处，路鹏驾驶的警车发生了侧翻，连续翻滚了几次后，滑过对面的车道，翻下了马路。而马路的另一边，则是 C 市的一条人工河道。

对面车道被侧翻连累的司机报了警，行人和司机合力把挣扎而出的路鹏捞了上来，送上救护车。

肖沂赶到医院的时候，人还没醒。

医生告诉他，路鹏全身多处软组织损伤，左颞顶部头皮下血肿，左上臂挫裂伤，CT 检查显示左侧硬膜外血肿，右侧脑挫伤。经抢救，人已经脱离生命危险，但进入了深度昏迷，预计两三天内能恢复意识。

肖沂帮路鹏办完住院手续，预交了各种费用之后，回到病房。

路鹏躺在病床上，脸上毫无血色，苍白得几乎和身下的床单一个颜色。肖沂看着他眼窝上淡淡的青色，明显消瘦了一圈儿的脸，心里突然想到了上午那个一闪而过的问题：多久没给路鹏安排过轮休了？

答案是十八天。

李其华是第二个赶到医院的。他推门进去，看到路鹏静静地睡在床上，似乎一瞬间失去了所有力气，慢慢地扶着床沿才能坐到凳子上。

"人没事就好……"他声音有些哆嗦，然而声音里马上带了一丝浑浊的哭腔，"我该怎么跟他妈交代啊……"

李其华在这一瞬间仿佛老了十岁。

他是从基层刑警一点点干上来的老警察，平时不苟言笑，沉默寡言中自带一种威武刚强的气质，比周林凯更挂相。然而，此时他低着头、驼着背坐在床沿上，含着泪的目光满是凄苦，肖沂才发现他居然也是个五十多岁的老人了。

肖沂有点不忍看一个老人的悲苦，动手给李其华倒了杯水："李局，我来通知路鹏的家属？"

"还是我来通知吧。"李其华接过了水，却没有喝，好像怕冷似的把纸杯握在手里。

肖沂僵了一会儿，不知道该说什么才好，准备要走，却听见李其华幽幽地说："是我对不起这孩子。"

肖沂忍不住开口："李局……"

李其华像没听见似的，喃喃自语道："我总想着他从小就没了爸爸，他们孤儿寡母不容易，他必须出息一点，给他妈挣个脸。现在想想，还是太严厉了……是，我总是说，我们那会儿都是这么过来的，我们那会儿都是怎么怎么的，但是你们现在办案，和我们那会儿，也不是一个路子了……再说，鹏鹏毕竟还年轻啊……"

"这件事是我不好，我该给他安排几天轮休的。"

李其华有气无力地挥了挥手："你不要安慰我了，话是我说的，要你多让他加班也是我的命令，怪不得你。"

他慢慢喝完那杯热水，心绪好像稳定了些，沉声问道："证物怎么样了？"

肖沂尽量谨慎地回答说："车子已经捞起来了，现在证物已经紧急送往鉴定中心，希望还能抢救回来。"

李其华苦笑了一声，没有回答。

几十年的老刑警了，他怎么会不知道 DNA 证据最怕的就是水浸，甚至不用泡多大会儿，就足以受到污染了。但是看着他绝望过后反而略显平静的脸色，肖沂也实在无法这么说出口来，呆站了一会儿，力不从心地安慰了李其华几句，就走了。

和肖沂预料得差不多。面对那个被泡得绒面面料都有点分离的化妆箱，DNA 鉴定组那边几乎要哭着说"臣妾做不到"了。无论是血迹还是组织液还是其他什么，刮了无数个棉签，最后检出来的，也只有河里的泥沙而已。

这个化妆箱，已是目前唯一最直接、最有效的证据了。

等肖沂回到警局，参与办案的警察都在大会议室等他，每个人的脸色都不好看。

前后忙了大半个月，案情好不容易有点突破，就这么打了水漂，所有人心里难免有些颓然。

这时候急需鼓舞一下士气。肖沂清了清嗓子，说："我知道大家都有点泄气，出了这样的事情，也难免。但这案子不是完全没有希望，我们还有时间。"

会议室里一片寂静。肖沂的目光扫过一张张面孔，从那上面看到的，只有疲惫与茫然。他不忍心再开口，觉得自己就是宙斯，眼睁睁看着西西弗斯将大石一次次推到山顶，又眼睁睁地看着它滚落下来，但还是要逼着他再次推石上山，在无止境的循环中追寻一个空茫的目标。

"路鹏的事情，想必大家也听说了。这件事情，我很自责。"他几乎是脱口而出。

"在场的各位，有些是因这个案件才认识的，有些和我共事了多年。作为警察，一旦站在这里，就是同一个战壕里的战友。虽然嘴上没说过，但是我对大家的办案能力是非常敬佩的。也许就是因为这样，有时候往往忘记了你们也是有血有肉的人。有血有肉的人，就需要和家人、朋友相聚。在这一点上，我对不起大家。"

"不，肖队，这案子毕竟……"张荔急忙出声，但是被肖沂挥手止住了。

"今天就这样了，大家下班吧。"他抬腕看了看表，"现在六点半，回到家时家人应该还没睡。好了，大家回去吧。"

把专案组所有人一股脑撵回家休息，肖沂却没有走。

此时警局大楼漆黑一片，只有肖沂自己的办公室还亮着灯，他把几箱卷宗都搬到楼上。

作为刑警支队大队长和专案组直接负责人，有很多材料是不需要他亲自去看的，只需要听汇报就可以了。也正因为这样，在目前证据严重不足而线索基本断头的情况下，他觉得心里没底。

看了大半夜，人多少有点困倦。他把空调开到最大，又给自己泡了杯咖啡。喝了几口还是觉得脑袋一片糨糊，索性拿过另一箱来看，也算换换脑子。

一沓 A4 纸拿在手上，抬眼浏览了几行字，他就不自觉地挑起了眉毛。

原来胡壮丽并不一直在 C 市工作。他虽然一直在这家证券公司任职，但是 2013 年之前，曾经在这家公司的 L 省分部工作了四年，作为新分部成立时的业务指导。

C市这七起连环案件，最早的一起，就发生在 2009 年 7 月。

肖沂沉吟半晌，最后还是掏出手机，拨了一个号码。虽然是凌晨三点，对方居然很快就接了起来。

"哎？这么快就接了？钱局长，有案子啊？……嗨，同病相怜，我们这儿也不太平。咱俩自从上次那个跨省抢劫案之后，多少年没见了啊……谢什么谢啊，天下公安是一家，再说当年那确实是你们的案子，我就是去给你们帮忙的……说正事儿啊，我们这儿有个棘手的案子，现在怀疑嫌疑人在你们那儿搞不好也犯过案，我想你能不能给我调几个档案？……专门针对暗娼、站街女下手，作案手法是先用氯仿或者其他麻醉剂麻醉了受害人，然后扼颈。死后性侵，而且给受害人化了妆。哎，不光死人的，要是有报告伤人的那种我也要……哎呀，我们这案子还挺有影响力，连你都知道！对，就是'5·12'……别的不用查，就查七八月份发生的就行……哎，麻烦老哥了，多给上上心，我这边急得都快跳楼了……别介！真要来 C市，还是我请你老哥哥。"

接电话的人，是 L省省会城市某分局局长钱磊。几年前曾经发生过一起跨省抢劫杀人的大案，几个案犯从 C市作案后，流窜至 L省。由于手头紧，再次铤而走险。这案子因为是公安部督办的，肖沂作为 C市警察被派至 L省协助调查，给 L省警局提供了很大帮助，而且事后非常低调，没有抢功争功。当时钱磊还只是刑警支队队长，对他印象很好，结案后说了很多感激的话，大有两肋插刀的意思。也就是因为这样，肖沂这次才敢厚着脸皮大半夜打电话。

挂了电话，他长出了一口气，又打开了丁一惟的视频。

倒也不是为了案情，他只是……有点想听丁一惟的声音。

第十六章

    钱磊办事果然给力，第二天上午就扫描了一堆东西给他发了过来。但是肖沂看完以后，只有长叹一声作罢。

    一共八起案件，其中一半感觉完全不像热月杀手的作风，另外一半几乎没有留下什么有效证据。然而几乎可以肯定的是，胡壮丽在L省犯过案。其中四起案件和"5·12"系列杀人案在手法上有高度的一致性，站街女被徒手勒颈致死、毒理检出氯仿，女尸脸上有明显的妆容。其中一起还有目击者，有人目睹了疑似凶手的人离开现场，但是素描画像和胡壮丽几乎对不上号。

    ……或者，可以诈一诈胡壮丽。

    一想到这里，肖沂立刻抓过电话，拨了另一个号码。

    "老于！我啊，肖沂！给你个急活儿，照着照片儿画个肖像，弄得别太像，多久能好？……嗬，我就知道你老哥办事就是一个字，稳！"

    周林凯和董伟连着审了胡壮丽三天，毫无结果。但人是看着憔悴了，胡楂儿也冒了出来，脸也青了，肚子看着都小了一圈。

    此刻又被带进审讯室，胡壮丽抬起眼睛，看着审讯室里这两张熟面孔。

又是他，又是她。

这次，那个女警没有再化妆，穿着也是普通的警服。

天气依然那么热，但这次开了空调。呼呼的冷风让这两天在看守所热得前心贴后背的他觉得十分惬意。

黔驴技穷。胡壮丽冷笑了一声，这次他没有再费心掩饰自己的表情。

这帮人看来已经放弃了所有没用的小花招，这次不知要拿出什么手段。他倒希望能来个刑讯逼供什么的，也算是给他的律师提供点素材用以发挥。但是看了一眼录像机的红点，大概也不会这么简单吧。

放马过来。

胡壮丽半是疲劳半是挑衅地搓了把脸，然后把赤裸的双手平稳地放到了桌子上——那双手套在进看守所时就被收走了。

那个姓肖的男警官什么也没说，直接从卷宗里抽出了一张 A4 纸，放到了他的桌前。

胡壮丽瞟了一眼，脑子几乎凝固了。

那是——他母亲年轻时候的照片。

"很像吧？"肖沂开口了，"要不是对杨玲做了完整的身源调查，我都以为她和你母亲是不是有什么血缘关系。"

他侧头看了看那张 A4 纸，说："我一直没能搞明白，到底为什么'5·12'案的凶手会给死者化妆。据辨认，这些化妆品的档次还不低。如果只是为了某种恋物癖，好像不至于买总价两万多的彩妆吧？"

"后来我得到一个思路。"肖沂慢慢地说，保证让每一个字都清晰地传入胡壮丽的耳朵。

"我想，也许这些化妆品的意义不在于恋物癖，而在于某种补偿心理。他爱着心里的一个形象，也恨着这个形象。少年时的穷困，由穷困产生的相依为命，由相依为命产生了深刻的爱与依恋，使得他在成年后想要补偿她，从各个意义上补偿她，比如给她买以前买不起的高档化妆品。可他又恨她。他离开这个人，常年不回老家去看她，也不把她接到城里来过好日子，是因为内心深处总怕自己会忍不住下手杀了她……爱与恨交织、挟裹，成为一种难以言说的复杂感情，逐渐在秘密中发酵，最后不得不找一个出口来宣泄，从而衍化出这一系列谋杀案中奇特的杀人手法。"

"你们……"胡壮丽只觉得自己声音干涩幽咽，几乎不像从他自己喉咙里发出的声音。

他捏着那张纸的手几乎要烧起来。那张照片太过熟悉，被尘封已久的记忆猝不及防地砸进他的脑海，强迫性地让他回忆起有多少个日与夜，自己曾在那面墙前罚站，看着墙壁上那一张张奖状、荣誉证书，以及这张照片——母亲得奖时的照片。

有那么一瞬间，他几乎要被这些记忆带回到过去，成了那个曾经在墙壁面前吞声饮泣的男孩。因为怕哭太大声被母亲责罚，他连哭泣都只能憋在喉咙里。

他出生并且长大的那间房子，因为是单位分的老房子，采光不好，光线永远是昏暗的。白粉墙多年没有重新粉刷过，上面沾了很多手垢、油渍，靠近地板的墙角发了霉。夏天的时候，无论是洗澡还是做饭，水汽在屋里难以发散出去，就会蒸腾出一股霉味儿。

他无数次地看着那面墙，无数次地透过模糊的泪眼盯着那些霉斑。多少年下来，他对上面每一块霉点都了如指掌，熟悉得犹如走了无数次的地图，能够驾轻就熟地带领他走进那个隐秘的迷宫入口……

那年暑假补习班提前放学，小伙伴们都利用这难得的空闲时间在外面疯玩，他却惦记着还没做完的作业。即将开学，如果做不完会被母亲责罚。他一路坐公交车回家，在门口，看到了他所在中学的校长从自己家走出来。

书包一下子掉在地上，砸疼了脚。

他至今记得一片蝉鸣瞬间在头顶轰然爆炸，记得柏油路被暑气烤出来的刺鼻气味充斥着鼻腔，记得那从手肘上慢慢爬到掌心的汗滴，手掌上的旧伤痒得让他难以忍受。他记得那一瞬间他巨大的震惊、怀疑与否定，把他的心搅乱、撕碎、融化，又从一地碎屑中，长出一颗颗尖刺。

他站在巷子口的树荫下，看着校长的身影渐渐走远，一直消失在巷子的另一边。他就这么一直站在那里，一动不动，直到正常放学的时间才回到家里。

母亲在厨房做饭，和以往并没有什么不同，然而她秀美的眉头并没有像以往那样紧紧地蹙着。不知是不是他的疑心所致，总觉得她眉梢有一丝春意。

阳台上晾着一条水红色的丝绸睡裙，吊带的，带着蕾丝花边。

那天晚上，十三岁的他在床上辗转反侧，脑海中那条水红色的丝绸睡裙幽灵一般出没。他想象着那条红裙下雪白的大腿，颤抖着把手伸进了内裤里。

开学后，他的座位被挪到了第一排。

母亲严格的教学作风在学生中也没有多好的风评，她坚持化淡妆的习惯也使她在一群朴素的女教师中鹤立鸡群。初中男生的阴暗想法与对性的渴慕，化作男厕所里的污言秽语。

"胡壮丽他妈是个妓女"。

少年站在这行潦草的涂鸦前，目光阴沉。他用抹布擦去了那行字，却时常在后来的梦境中无数次看到它。

少年怀有的巨大隐秘无法消化。

他没有朋友，也不能质问母亲，只有在心里铸起一座庞大迷宫，重峦叠嶂地包围住它、看守住它。

整个青春期里，他不断为这座迷宫添砖加瓦，为它筑起高墙，为它加固城防，使它坚不可摧，使它复杂得如同一个上古时代便存在的谜题。

渐渐地，迷宫深处，生长出了一个怪物。

牛头人身、食人饮血的米诺陶。

谁又能知道，究竟是先有怪物，还是先有迷宫？

"胡壮丽！"

主审警官的一声呵斥把他瞬间拉回到现实。

还是那间审讯室，还是那两位提审的警察。

头顶的空调呼呼作响，吹出的冷气让整间屋子温度适宜，周身清凉无汗。然而，胡壮丽突然觉得有一股抵挡不住的疲惫从四肢百骸中油然而生。

"老胡，想什么呢？"姓肖的那个小子问。

胡壮丽没有回答，从他面孔上移开了视线。

那人笑了笑："说起来，你在 L 省待过一段时间吧？"

听到这个地名，胡壮丽飞速瞟了他一眼，仍然没有说话。

那位警官开始不疾不徐地扒拉卷宗，把厚厚的一摞纸翻得哗啦哗啦直响。

"我也开门见山地跟你说吧，我去 L 省调了一些档案，发现了一些挺有意思的事情。2009 年到 2013 年之间，L 省发生过几起针对站街女的谋杀案，警方当时没能发现案件之间的联系。但是调来卷宗以后，我发现，2009 年有一起案子，一名暗娼被掐死在一个日租房里，有人目睹了犯罪嫌疑人离开现场。警方根据目击者的描述画了一幅肖像，你想看看吗？"

姓肖的警官随即抽出一张 A4 纸，向他的方向摊开。

那上面画着的面孔，虽然小有出入，但八九不离十，正是自己的脸。

"另外一起案件中，则提取到了一些 DNA。"

胡壮丽几乎能感觉到血色从脸上褪去。

"老胡，"姓肖的警官说，"你的 DNA 对比，最晚明天早上就该出来了。你对刑侦流程还是比较了解的，我也不跟你蒙事儿。你现在交代，和等结果出来再交代，从量刑上来说，可是两码事，你自己想清楚。"

那张画着自己面孔的铅笔素描肖像还在桌前放着，那里面的人仿佛也在盯着自己回看一般。他看着肖像、肖像也看着他，如同与自己心底的那个怪物正面相对。

胡壮丽终于开口，嗓音干涩："……给我根烟。"

肖沂拿出一盒早就准备好的香烟，递了过去。

多日不见尼古丁，胡壮丽连抽了两根。

烟雾被喷吐到空气中，尼古丁突如其来地溶入血液，使他感受到一种轻微的眩晕。

做出决定的时候，胡壮丽反倒像放下了心中的一块大石，有一种奇怪的轻松和解脱。

"……你叫那个女的出去，我只跟你说。"

张荔转脸看着肖沂，肖沂微微点了点头，起身收拾了一下东西，转身出去了。

肖沂目光紧盯着胡壮丽，眼角的余光能看见监控设备的红光仍然亮着，心里不自觉地感到一阵狂喜。

诈成功了。

胡壮丽开始抽第三根香烟，这一次速度慢了很多。他盯着手里的烟头，慢慢地开口。

"我小时候，和别的小孩不一样，我特别害怕暑假。因为一到暑假，我妈也放假了，从七月到八月，整整两个月她都在家里，每天都会检查我的作业、盯着我做家务。那种压迫感和上学时完全不一样。补习班比平时上课放学早，一想到我妈会在家里等着我回来，我就不想回家。但是回家晚了一样要挨打，所以还是要准时回去。"

胡壮丽声音空茫，眼神在烟雾后面也变得迷离起来。这些话，仿佛已经积存在他心里很久，经过无数遍的温习。

这是个很好的开端。所以肖沂没有让他别废话赶紧交代，而是坐直了身子，做出一个倾听的姿态。

"我以前经常会想，为什么我和别人不一样？为什么我要经受这些？这样的日子什么时候才是个头？我妈一辈子都在希望我考个好大学，给她长脸。后来我真考了一个好大学，也算是没白挨这十几年的揍。"

"我考上了C财大，离家万里之遥。大一那股新鲜劲儿刚过去，我才发现，我在C财，根本不算个什么。从小到大我考试都是年级第一，但是C财的学生全都是他们当地学校的年级第一，还有某省理科状元呢，我又算个什么？"

"除了学习成绩之外，我一不会唱歌跳舞，二没有组织能力，学校安排个什么文艺活动，没有我露脸的时候。长得不帅、家里没钱，女生没一个正眼儿看我的……"

胡壮丽把燃尽的烟头丢到地上，用鞋底踩灭。

"后来我也发现，她们正眼看不看我，我根本不在乎。因为我根本不愿意和她们多说一句话！那些自以为是天之骄女的臭娘们儿，自以为清高，实际上还不是……"

他哼了一声，没有说下去。

他的描述渐渐深入，就像在黑暗的隧道中不断前行的一辆列车，而出口就在前方不远处，光明即将到来。

点燃第四根烟的时候，胡壮丽终于说到了他到证券公司以后的事情。

"我前妻……应该说我第一任前妻，是我的客户介绍的。C市本地人，家里没有几个钱，就因为有C市户口，死活看不上我。她父母也一样，经常当着我的面儿，一口一个'你们外地人'。我婚前就买了套房，房贷还没还完，她还想让我再买一套，写她爸妈的名，这不傻×吗？后来就离了。刚离婚的时候，我心情很不好，正好公司有个外派的任务，我主动去了，就在 L 省。"

胡壮丽嘬了一口香烟，缓缓吐出烟雾。他的表情看起来似乎比刚才更加放松。

这个细微的变化没有逃过肖沂的眼睛。来了！他暗想，马上就要到重头戏了！

"有天晚上，我睡不着……"

这句话还没说完，审讯室的门突然被打开了。肖沂半是惊愕半是恼怒地看着走进来的警员。警员附在他耳边轻声道："肖队，胡壮丽的律师来了。"

"谁批准会见的？！"肖沂压低声音怒斥道。

一个穿藏蓝色西服的人快步走了进来，把一张纸放在他面前。

"肖警官，我是胡壮丽的律师，这是我的律师证。"那人出示了证件，俯身在胡壮丽耳边说了几句话，胡壮丽的表情顿时变了。

随着律师的话语，他的脸色从解脱般的平静与麻木中逐渐复苏，变成绝处逢生的狂喜，最后还忍不住抬起眼来瞥了一眼肖沂。

这大概是几天来胡壮丽情绪最外露的一次。然而，这一眼却让肖沂如坠冰窟。

胡壮丽平庸的脸上，眉峰稍聚，从皱起的眉毛下面抬眼看着肖沂。

这一眼中，同时包含着狡诈、残忍与庆幸，其神色复杂远非笔墨可以描摹，让肖沂顷刻间只能联想起两个字：豺狼。

他知道自己逃出生天了。

他还会继续下手的。

肖沂捏紧了拳头。他的心一直沉下去、沉下去。

第十七章

胡壮丽委托的律师事务所非常有名，同一家律所还负责了他的离婚案。看起来，这家律所对胡壮丽这个客户还挺重视，领头的那位律师在业界相当有名。警方拖了足足四十八小时才通知律师这件事，已经让他们嗅到了一丝不同寻常的味道，加上阅卷时足够仔细，又不知从哪里打听到警方一件重要证物已经字面意义上"打了水漂"，可以说是有备而来。

这属于刑诉律师中比较难缠的一种，会从程序细节入手一直研究到案件细节。这件案子的关注度太高，肖沂和律师明枪暗箭地谈了半小时，对方不着痕迹地暗示他，如果坚持起诉，他们就会拿程序正义做舆论造势。只不过这种方法杀敌一千自损八百，大家以后还要在公检法这个体系里混饭吃的，谁都不想做得太绝，因此律师语气还是很客气的，姿态也很柔软，但是彼此心里都明白，真要真刀真枪地撕破脸，肖沂讨不到什么便宜。

律师的意图很明确，大概也知道以目前的证据，保释是不可能的，无罪释放是更不可能的。话里话外，要求的无非是变更强制措施、监视居住。

扯完皮，肖沂带着卷宗去找了和他平时关系不错的一位检察官，余艳华。

这位余检四十出头，处理案件专业而谨慎，和肖沂合作过很多次。也许因为两人皆是充满大男子主义的官僚体系中的异类，彼此印象都不错。

余检看样子也是刚熬了一个不眠之夜，满脸都是倦意。她看完卷宗，一脸苦笑，抬起头来反问肖沂："你想让我说什么？"

肖沂仰面长叹一声，后背重重地砸进沙发里。

"我这么跟你说吧，你们目前掌握的只有间接证据。我这样一件一件看下来，几乎都能想到辩护律师该怎么怼我，而且我还能叫人怼得一句话说不出来。最重要的那个化妆箱据说都已经泡得稀碎了，光凭行动路线、一双干净得跟新的一样的鞋、约线下见面的聊天记录、半个模糊的掌纹，哦，还有一份符合特征的犯罪嫌疑人心理侧写……这真是巧妇难为无米之炊啊。哪怕你把这个案子硬给我提上来，我也只能让你退回侦办补充证据。"

"我就是不甘心啊……"肖沂叹气，"对方律师进审讯室之前，他离认罪只有一句话的事儿了。"

"我这么说吧，"余检合上卷宗，"我觉得对方律师还是很理智的。变更强制措施、监视居住，是目前最合适的选择。这毕竟不是无罪释放，如果你担心他会跑，他所有的证件都被收走，不能搬离目前居住地，想跑也跑不了；如果你担心他会再下手，我相信没有一个凶手会蠢到在监视居住期再次下手的。说句政治不正确的话，如果他真再次作案，反而能给你们一个抓住他的机会。"

"……就，只能这样了吗？"肖沂的眼神有一瞬间的迷茫，"那他之前杀的那些女孩子呢？"

他低下头，自嘲地笑了。

"余姐你知道吗？前几天卢晓娟，就是死者杨玲的室友给我打电话了。说环翠小区705的房东问，案子什么时候破，他要收房子，重新装修再租出去。卢晓娟问的时候，我简直不知道该怎么回答她。我曾经跟她保证过，我会抓住杀杨玲的凶手，给杨玲一个交代。现在人是抓住了，可又被我们亲手放走了。"

余检也长叹一声，顺着他的目光看向窗外。有那么一会儿，屋里没有人说话。两个人同样挂着因为长期熬夜加班而产生的肿眼泡和晦暗脸色，沉默地盯着窗外的雨帘。

"正义也许会迟到，但永远不会缺席。"余艳华轻轻地开口，自语般说完这句话，突然自失地一笑，"觉得这话说得有点没底气，也不知道算不算一句自我安慰了。"

跟李其华汇报完案子的最新进展，肖沂想去医院看看路鹏。

一般来说，如果有人因公受伤，局里再怎么样也要派个人代表单位过去看看。但是路鹏这件事不一样，大马路上警车侧翻落水，闹得太大，好事不出门恶事行千里，现在连交警那边都传遍了。肖沂思来想去，打算以个人名义去探望一下，在电话里试探着说出来，李其华沉默了一下，也只是说了句"也好"。

这场大雨已至尾声，夜色渐渐降临，逐渐黯淡下来的天空里，雨水不复前几天的磅礴之势，温柔地打在车顶。

说心底话，出事之前，肖沂对路鹏印象相当不错。公安大学刑侦专业出身，业务能力虽欠磨炼，但毕竟年轻，而且办事沉稳仔细，工作态度也勤勉敬业，加上亲舅又在那个位置，无论怎么看，都有点英雄未可轻年少的味道。

因为"5·12"大案，他从分局调至市局，在肖沂手下将近一个月的时间，如果让他对路鹏做一个评估，大概失分项只有在"心理素质稍欠"这一点上。如果他原本就在市局，原本就在肖沂手下，肖沂也许会用比较和缓的方式，让他从普通刑事案件开始，渐渐接触重大案件，这也是他认为对年轻人最好的锻炼方式。

人对人是狼——如果不是这份工作，英国哲学家霍布斯的这句话，也许只停留在一页纸上。然而，作为从基层刑警一路干到今天这个位置的人，肖沂见过太多因为人类最阴暗的一面被血淋淋、赤裸裸摆在面前而崩溃的同僚。这无关心理素质，只关乎自己对同类的预期。

肖沂在医院门口停车，找了家还在营业的小超市买了个果篮。

现在早已过了探病的时间，肖沂不得不出示了警官证，在护士站说了半天好话，总算提着果篮进了病房，却发现床上没人。出于职业习惯，他伸手摸了一把被窝，尚有余温。这不晌不夜，人去了哪里？路鹏不抽烟，再说他骨折还没好，总不至于出去散心了吧？

出于职业性的直觉，肖沂心里突然觉得有些异样。他把果篮放在床头，在走廊里随手抓住一个护士，问道："姑娘，你知不知道223床的病人去哪儿了？"

那护士被问愣了，伸头向病房里看了一眼223床，也迷惑起来："不对啊，他现在还不能下床啊……"

同病房陪床的家属正好从外面抽完烟回来，伸手一指："你说223床？我回来时刚和他打个照面儿，看他往那边去了，可能是要上东电梯。"

肖沂三步两步跑到东侧电梯，看了一眼，这电梯目前停在九楼顶楼。

九楼是停车场。他心里一股急躁泛上来，抬手猛戳上行键。这电梯年头有点久，慢慢悠悠晃晃荡荡下来，肖沂跳进电梯，又慢慢悠悠悠晃晃荡荡升上去。

医院九楼其实是屋顶停车场。电梯一开，肖沂就看见停车场边缘有个人，正穿着一身病号服，靠在天台栏杆上。

肖沂冒着雨奔了出去。

这天台的栏杆并不是很高，外面还有一层可以落脚的墙围。路鹏正站在这圈墙围上，没有受伤的那只手臂向后抓住栏杆，整个上半身悬在空中。此时雨虽不大，风却很疾，从楼底一直吹上来，把他蓝白条纹的病号服衣袂吹得猎猎翻飞，仿佛马上要脱离尘世飞向半空一般。

"小路！"肖沂叫道，"别干傻事！"

路鹏茫然地回头。夜色笼罩的天台，楼下的射灯从下方投来一束橘黄色的光芒，映出他脸上一片水光，不知是雨水还是泪水。

"肖队……"他有些虚弱地应道。

见他反应尚不是很激烈，肖沂尽量克制着慢慢走了过去。

"你干吗呢？不会这么点儿事都经不起吧？"肖沂试探性地走到他身边，仅一臂距离，两眼紧盯他的面孔。如果他激动起来，肖沂还可以再退开去，但是一有机会，这个距离足以让肖沂随时扑过去把他揪回围栏里面。

"我、我也不知道我是怎么上来的，我妈回去以后我又睡了一觉，然后我就醒了……"路鹏嗫嚅着，嘴唇哆哆嗦嗦地挤出这几句话，不知是不是因为被雨淋湿的关系，他的脸上毫无血色。

"没事，我们下去再说，这儿多冷啊，咱们上屋里避避雨去。"风太大，为了能让他听见，肖沂话一出口几乎就是吼出来的，但怕吓着他，又不得不尽量温和起来。

"避雨……我有什么资格避雨？我犯的错简直十恶不赦。我让你们失望了。"路鹏茫然地说，"对不起啊肖队……我觉得我干警察就是个错误。我老犯错、老犯错、老犯错……"

说着，他肩头颤抖着，抽噎起来。

"谁年轻时没犯过错啊？你先下来，我告诉你我刚入行时闹的笑话。"

路鹏打断了他的话："不是这样的，那个化妆箱……是唯一的证据了……"

"不，我们总能抓到他的，线索可以再找。你跟我回去，还让你办这个案子，我们一定能抓住他。"

路鹏笑起来，一半是绝望，一半是自嘲："我？肖队……你别说这种没意义的话了。我哪怕回去，最好的结果也就是记大过，能调去干个户籍警都算是好结果了。以后还有什么盼头……"

"户籍警怎么啦？不一样是为人民服务吗？安安稳稳的不好吗？不都是吃这碗饭？干户籍警还不用风里来雨里去的。"

见路鹏还是没有要下去的意思，肖沂揩了一把脸上的雨水，打算走亲情路线："小路，想想你妈，老太太都那么大年纪了，你家就你这么个独苗儿，你要出什么事，她下半辈子该怎么过？"

路鹏呜咽起来。

"我对不起我妈……我也对不起我舅舅……他们都是为了我好，是我没出息……我要是走了，说不定我妈和我舅舅还能松快点儿，不用老费心给我干这个干那个的……"

明明雨水把身上淋得湿透，肖沂却急得浑身燥热。他一直瞅着空子想扑过去把路鹏揪下来，但是看他身子半悬空着，脚步虚浮，嘴里胡言乱语，只有没受伤的一条手臂抓着围栏，万一出个岔子脚下一滑，简直不堪设想。

劝了半天，看路鹏完全听不进人话，肖沂也急了，撑着栏杆，一翻身也翻到了栏杆外面。

"肖队！你、你这是干什么？"路鹏大惊失色。

"我他妈的也不活了！搞砸了这么大个案子，我看市局也得处分我。要么咱哥俩儿一块儿跳下去得了，一了百了！"肖沂咬牙切齿地说。

"肖队你胡说什么？你和我不一样，我、我……"

"有什么不一样？我他妈也干够一线了，整天加班，一宿一宿地熬夜，上头光知道催催催，案子是我想破就能破的吗？"肖沂也像他一样，反手抓住护栏。"我父母双亡，没老婆没孩子，光棍一条，跳下去也没人伤心。"

"肖队你别这样！事情是我搞砸的，我不能连累你啊！"路鹏吼道。

"也别说什么连累不连累的了，反正现在咱俩是一条线上的蚂蚱，你要跳，我紧跟着你后头跳！"

雨点纷纷落下，路鹏的眼神逐渐聚焦在他脸上，眼神清明起来，声音渐渐颤抖着，终于像个小孩子那样哭出声来。

"肖队你、你……你别这样，我不跳，我真不跳，我马上回去。"

他用打着石膏的手臂撑住栏杆，笨手笨脚地翻回栏杆里面。肖沂一直紧盯着他的动作，一见他双脚落地，一个虎跃也翻了回去，一把抱住路鹏，几乎是强行夹着他把他拖回电梯间。

"路鹏，你怎么这么傻啊！"肖沂半是心疼半是愤怒地吼道。

"肖队……"路鹏再也忍不住了，身子慢慢向地上出溜，最后跪在地板上放声大哭。

看到他哭得上气不接下气，肖沂只觉得嗓子被什么东西堵了个结结实实，情不自禁地半跪下来，把他揽在怀里，轻轻地拍着他的背。

"没事了，路鹏。都会好起来的，你别太为难自己了。你听我说：你还想当警察吗？"

路鹏的肩膀在他怀里一抖一抖，用力地点了点头。

"你要不想干这一行，我理解你。你这么年轻，换哪个行业都还有机会。你要还想当警察，以后也不是没有出头之日，无论哪个岗位，户籍也罢，街道派出所也罢，出入境管理处也罢，或者你上交警队贴罚单去，咱都能干得好，我相信你能。再说了，一线刑警压力太大，不干这个，说不定倒是个好事儿，省得你家老太太为你日夜悬心的，你都这么大人了。今晚上的事儿，我不告诉她，也不告诉你舅舅，就咱们俩知道，好不好？"

路鹏抬起头来，泪眼婆娑地看着他。

肖沂叹了口气，抬手给他擦去脸上混合了雨水的泪水，柔声道："天塌下来，有高个子的顶着。听我的话，没多大事儿，顶个处分算什么？过几年谁还记得。只要活着，就有希望，千万别干那些傻事了。"

路鹏红着眼睛，用力地点了点头。

第十八章

丁一惟坐高铁回 C 市，一出站，就看见肖沂在出站口等着。

"丁教授，一路辛苦，这次麻烦你了。"肖沂迎上去，帮他接过行李箱，"车子停在地下停车场了，走吧。"

来的路上，他俩已经在电话里沟通了案子的进展。这几天肖沂明显消瘦了不少，丁一惟看着他的背影，搜肠刮肚地想找个词儿安慰他一下，但一肚子理论知识，一时居然不知道说什么好，只好把话咽回肚子里，一路默默地跟在后头。

俩人上了车，没开多大一会儿，丁一惟还是忍不住，开口问道："这个案子，不至于完全没希望吧？"

肖沂自嘲地笑笑："要说完全没有希望，倒也言过其实。现在律师给他申请了监视居住，监视期内不得离开现住所，所有证件上交至公安机关。但是监视期内如果没有新的证据出现，那么六个月内就得解除监视居住了。"

就是说，只要不是个傻子，都不会在监视期内犯案。只要忍过半年，就能过去的。

但是，专案组从分局抽调上来的警员，都已接到了回各自分局的命令，这个案子被搁置的意图已经很明显了。上级对这个结果非常不满，但是从政治角度考量，与其继续大张旗鼓地查下去，不如冷处理。这时针对路鹏和肖沂的处分还没有下来，但是内部调查已经启动。肖沂主动包揽了主要责任，希望能对路鹏减轻一点影响。

丁一惟看他面色波澜不惊，但是也不知道说什么好，索性闭嘴，默默看着窗外的风景。

"是这样的，丁教授，我这边有位警员……"肖沂斟酌着措辞开口，"就是他弄丢了'5·12'案的那个化妆箱，我怀疑他可能患有抑郁症。"

"哦？他有什么临床上的表现吗？"丁一惟转头看他。

"嗯……弄丢东西、忘事，最近还想跳楼。"

"注意力缺失，自杀倾向。你说他弄丢东西，最早是从什么时候开始的？"

肖沂努力回忆着："从半个月前开始其实就有迹象了，让他去买外卖，经常买回来的份数不对、买的东西也不对。我觉得他是压力太大了。"

"如果真是抑郁症，出现自杀倾向，那起码已经到中度了，需要心理干预。但是具体的问题经过面谈才能下结论。你能让他来我诊所吗？C大精神科。你如果不放心，我可以亲自给他做心理辅导，我会遵守警方的保密协议。"

"好。实在太感谢您了，总是麻烦你干这个干那个的。"

眼角的余光中，这句话好像让丁一惟有一瞬间的脸红。他别开脸，抬起手扶了一下眼镜作为遮掩。

"但是，肖队，关于热月杀手，还有件事情……"他犹豫着，低声说，"那天你把他住所的照片传给我看，我发现他住所过于整洁，还有那个短期旅行箱……"

"怎么？"

"从一方面来说，这种整洁能反映他性格里控制狂的一部分。

但是，你不觉得，把自己的住所收拾成那样，完全没有生活痕迹……几乎可以随时逃跑了吧？"

肖沂不由得从前方路况上转开头去，看了他一眼。

"那确实是个短期旅行箱，里面携带的东西也只是三四天旅途的分量。但是这几天已经足够他逃到随便什么地方，再换一套了。"丁一惟又开始擦镜片，"我只是想提醒你，一定不要放松对这个人的监视，因为，他不是会罢手的那种类型。"

丁一惟重新戴好眼镜，看着前方，静静地说："他早已过了能够回头的那个点，杀戮的欲望已经是他内心的一部分了，这种渴望将会伴随他终生，哪怕压抑一时，他的双手也终将再度沾染鲜血。"

肖沂没有说话，看着前方似乎绵延无尽的灰色公路在前方伸展开去。

这时大雨刚过，路旁的植物都被冲刷得翠绿欲滴，蝉鸣和偶尔的鸟叫从窗外远远地传来，几缕云朵淡淡地浮在青蓝色的高空中。

这个世界美丽得如此天地不仁。

把丁一惟送到艳粉胡同永善小区，肖沂正打开车后备厢往外拿行李箱，背后突然被人大力拍了一下。他一回头，居然是肖雯。

"哥！"肖雯开心地叫了一声，对怀里抱着的孩子说，"快叫舅舅！"

她怀里抱着的小孩奶声奶气又口齿不清地叫了声"舅舅"，听起来反倒更像是"够够"，还张开手去要他抱。

肖沂对这小家伙向来没有办法，只好放下行李箱，接过孩子。"楠楠好乖！舅舅亲一口。"

一岁半的小孩正是喜欢逗乐的时候，被他亲得左躲右闪，咯咯直笑。

"你不是忙案子吗，怎么今天过来了？"肖雯有点意外，"我带楠楠遛弯儿呢。"

这时丁一惟也走过来，看见肖雯，也有点意外："……肖雯？"

肖雯一看见丁一惟，脸色一变，肢体语言都不对了，垂手站直，毕恭毕敬地说了声："丁教授，您好……"

"你们认识啊？"肖沂抱着孩子，不咸不淡地说。

"这是我们系丁教授。"

肖沂"哦"了一声，说："丁教授是这次公安部委派的专家，帮助我们办案的。丁教授，这是我妹妹。"

丁一惟的反应非常不对劲，明显有点手足无措，像要在这一瞬间紧急判断"战或逃"，最后还是撑不住，大概是选择了正面应战，尴尬地说了句："……世界好小。"

肖雯平时在肖沂面前那股嚣张刁蛮劲儿此刻完全消失了，恭敬得几乎都有点谄媚了："丁教授是心理学方面的专家，在我们系也是非常有名的海归学者。原来你上次说要送的人就是丁教授啊！怪不得呢……丁教授，其实，我明年想考您的研究生来着……"

丁一惟一副站也不是坐也不是的尴尬相，嗫嚅着说："这、这样啊，我回头会找你的论文来看的……"

看他的反应，简直像被捉奸在床一般，气氛堪比修罗场。肖沂在心里忍不住翻了个白眼。正好这时楠楠觉得无聊了，开始在他怀里闹着要下地，肖沂顺手把孩子往肖雯怀里一塞，说："好了，你们继续遛弯吧，我把丁教授送回去。"

肖雯接过孩子，忙不迭地说："行行行，你们继续，我还得到前面的超市买点菜。"

楠楠趴在母亲怀里，挥起小胖手跟他们道别。

肖沂叹了口气，拎起丁一惟的箱子。

两人走着，丁一惟找补似的说了句："没想到肖雯也住这个小区啊？"

明知故问。肖沂面上若无其事，说，"对啊，这个小区距离C大最近，她当年就是因为这一点才狠狠心买了永善小区的房子。倒是值了，这边儿房价这几年翻了几番了。"

"房租倒也是年年上涨……"

"这丫头一准儿给我打电话让我给她美言几句。"肖沂忍不住斜了丁一惟一眼，"丁教授，你的博士生不好考吗？"

"呃，"丁一惟有点赧然，扶了扶眼镜，"倒也不是特别难考，我只是对我手下研究生的要求略微高了一点而已……"

说话间，他所住的三号楼已经到了，丁一惟在门口停下，问："肖警官，要不要上去喝杯咖啡？"

肖沂想了想，说："也好。"

丁一惟租的房子是永善小区里最大的户型，对一个单身汉来说甚至太大了点儿。家里干净整洁，色调明快，品位高雅，就像走进了样板房。客厅里没有电视，挂着一块投影仪的白色幕布，倒是有两个庞然巨物般的书架，靠墙放着，密密麻麻塞满了书。

肖沂放下皮箱，心里默默盘算着家里布置成这样得花多少钱。目测没有七八十万好像下不来……这家伙挺有钱啊。

丁一惟家是开放型厨房，而且厨房面积相当之大，几乎占据了客厅三分之一的面积。厨房里不同型号的黄铜锅一字排开，挂在一个网格挂架上，好似随时接受检阅的军队一般。橱柜里各种稀奇古怪的烹饪用具和小家电，什么塔基锅破壁机水蒸箱空气炸锅一应俱全。

丁一惟走向岛台上摆的咖啡机："我习惯喝美式咖啡。肖警官你喝什么？"

"一样就好。"

那架看起来十分专业的咖啡机于是开始呼隆呼隆作响，但是声音并不大。以肖沂有限的认知，这种自带去噪静音功能的咖啡机属于工薪阶层难以消费的奢侈品。出于职业习惯，他开始好奇这人与职业并不匹配的收入从哪儿来的。

一会儿咖啡做好了，丁一惟拿过两个马克杯，给彼此倒上。肖沂坐在吧台凳上，捧着马克杯慢慢啜饮。

想必咖啡豆也很贵，对比起来，他们办公室常备的那些速溶咖啡几乎可以说是泥汤了。

"肖警官，之前说过，有件事，本来想等你们结案后再说的……"丁一惟慢慢地开口，"但是你们这个案子现在来看……"

"什么事？"肖沂明知故问。

丁一惟好像下了很大的决心似的，开口道："我十五岁以前，其实都住在向阳花儿童村。"

肖沂微微点了点头，未置可否。

"怎么？你已经知道了吗？"丁一惟有点意外。

"李局长告诉过我了。"肖沂又喝了一口咖啡，感叹真是一分价钱一分货。

"我其实以前就见过你，这一算可能得十七八年前了吧。"丁一惟把手指收拢在马克杯上，"那时你每个暑假都在儿童村做义工，我正好从美国回来，回去办手续，顺便探望老师。"

"那时候你可能十三四岁吧……我记得当时从老师办公室出来，看见你在陪小班的孩子们玩，我站在那儿看了很长时间，心想原来肖叔叔的儿子就是你。"

肖沂从咖啡杯上抬起头，看了他一眼。

丁一惟自嘲地一笑："我觉得，在这方面，你大概也不一定能理解我。孤儿院出身的孩子，谁内心深处不渴望有个家。你一岁多就被肖叔叔和耿阿姨收养了，还算在正常家庭里长大的。而我整个童年，最大的幻想就是肖叔叔有一天能把我接走，成为我的爸爸。"

丁一惟喝了口咖啡，说："所以我一直非常嫉妒你。"

肖沂挑挑眉，没有说话。

"这么说，对你不公平。"丁一惟苦笑道，"我被送到孤儿院的时候都七岁了，谁会收养那么大的孩子。再说你妈妈后来还生了个妹妹。"

"所以你早就知道肖雪是我妹妹。"

这句话一针见血，被戳中的丁一惟满脸尴尬，视线游移了半天，才轻咳一声，说："……对。接到公安部委派时我也相当意外，但是，考虑了半天，还是觉得无法拒绝这个机会。"

"机会？"

"看到你真人啊，"丁一惟露出一抹自嘲的微笑，"我是你多年的粉丝了。肖叔叔当年帮我发起募捐，让我能出国参加比赛，我很感激，但是小孩子又没钱买礼物送他，我就写了封信权作道谢。没想到他非常热情地回了好几页信纸给我。后来我们俩就一直保持着书信往来。"

肖沂抬起视线，看着他："……我爸他……说了很多关于我的事？"

"你和你妹是他的心头肉，说得当然很多。你知道吗？你在他眼中几乎就是个完美的孩子，品学兼优就不说了，他觉得你善良又正直，而且非常体贴，大概唯一的缺点就是太早熟了，成熟得让人心疼。"

肖沂轻咳了一声："……我爸跟你说了这么多啊！"

"是啊。"丁一惟轻轻叹了口气，"小时候，我对素未谋面的你一直存在着某种竞争心理。总觉得，凭什么是你呢？我也很优秀啊，为什么肖叔叔不能收养我做自己的孩子呢？很幼稚吧？这么说来反而要感谢你，我小时候成绩好，有一大半是你这个假想敌的功劳。"

"……丁教授，你这样说起来，听着挺危险啊，跟个跟踪狂似的。"

丁一惟轻轻笑起来:"可不是嘛。我后来也发现这种心态非常不健康,或者说因为年纪逐渐大了,成为肖叔叔的儿子的希望越来越渺茫。后来上了大学,接触的世界逐渐广阔,多少也能放下一点心结了。我大学时学的是临床医学、精神病学,后来转向从事心理学方面的工作,很大程度上是为了给自己做心理疏导吧。"

"那你后来在孤儿院见到我,有什么感想?"肖沂似笑非笑地盯着他,"和你想象的一样吗?"

"差不多吧。我在老师办公室的时候,你还进来了一次,跟老师说了件什么事。我记得你那时非常有礼貌,非常严肃,确实一眼就能看得出是个心智早熟的孩子。但是后来在操场上和孩子们踢球,笑得那么开心,还会为了一个球的输赢和他们大声争论,又比小孩子还小孩子。"

肖沂努力在记忆中搜寻这段往事,但是一无所获。过去几乎每一个寒暑假他都待在向阳花儿童村,那场在操场上进行的球赛无非是无数日子中最平常不过的一个,快乐是快乐的,但也不必特别留在记忆中。只是没想到一件被转头就忘记的事情,却能在另一个人的记忆里保存得如此清晰,几乎成为一个心像。

"我不记得你了。"肖沂略带点儿抱歉地说,"不过后来,我爸妈的葬礼,你都没有来吧?"

丁一惟长长地叹了口气,又给自己杯子里倒了些咖啡:"他们去世的时候,我都在美国。穷学生,买不起机票。何况,我哪怕去了,又能帮得上你们什么忙?"

"可这么多年,我爸从来没有提起过你。"

丁一惟垂眼笑了笑:"是啊。要不我怎么嫉妒你呢?"

一时无话,两人都低头慢慢啜饮咖啡。

"这件案子之后,我正式请你吃个饭吧。"咖啡喝到见底,肖沂打破沉默。

"我……"丁一惟抬起头来，非常认真地盯着他，"我……"

他"我"了半天，还是"我"不出个所以然，但是盯着肖沂的眼神足够热烈，又足够迫切，仿佛完全不需要再说什么了。

肖沂看着他，几乎被那种目光包围得无处躲藏，心里也被激起某种"战或逃"的反应，最后还是选了"逃"，别开视线，开了个玩笑："我这次绝对不逃单。"

丁一惟的表情略微有点失望，还是顺着他的话说了下去："好啊，地点我来定。"

尾声（上）

　　他从家里出来之前，在窗子前观察了很长时间。他换上了一件连帽衫，走出门，步行去一家沙县小吃吃晚饭。

　　他坐的位置在小吃店的最里一排，两面靠墙，视线正对着店门，门外一览无余。

　　六月刚过，头伏还没到，小吃店里只有一架风扇在头顶呼呼转动，然而蒸腾的热气四处流散，只起着聊胜于无的用处。

　　他慢条斯理地吃着，眼角若无其事地来回扫着门外。

　　前几天他去超市买东西时，发现似乎有人盯梢。他不动声色地买完东西就回家了。

　　这段时间，他一直遵纪守法按要求向公安机关报备自己的行踪，最初时常停在他家楼下的那辆黑色桑塔纳也不再出现了，他以为他们总算放弃了。

　　他把面条吃完，汤也喝光了，擦擦嘴站起来，到小吃店后面的厕所里抽烟。

　　一根烟抽完，他出来洗了洗手，眼角再次掠过小吃店门外。

　　没有任何异样。

　　他一闪身，进入厕所旁边的一条小巷子。

这条小巷子连着周围一个错综复杂的老小区，几次翻新改建，最后成了一个九宫八卦一样的庞大迷宫。到处都是死胡同和断头路，又到处都是分岔口和小道。他快速地在里面绕来绕去，最后从这个小区的西侧出来，距离刚才的小吃店已经几公里开外了。

他随手招了一辆计程车，坐进副驾驶座，对司机说："先去舜玉街。"

车子发动，他注视着右前方的后视镜。

行驶一段距离以后，他对车子后方车况的关注引起了司机的兴趣。司机带着一股出租师傅特有的贫劲儿问："有人跟着你吗大哥？出啥事儿啦？"

他从钱包里抽出三张百元大钞，塞进车子置物架、司机水杯的缝隙中，说："大家都不容易，师傅，别问了。"

这年头，网约车太多，正规出租不好干，有活儿就不错了，何况这么大方，司机立刻识相地闭了嘴。

他当时随口报出的舜玉街距离此地相当之远。车子开了二十分钟之后，他确定后面没有盯梢的车辆，才对司机说："不去舜玉街了，改去五方商贸城。"

五方商贸城是 C 市一个半烂尾项目。说"半烂尾"，是因为当年某位大人物的儿子做开发商，在没有做充分商业调查的情况下强行开发了这么一个项目。商贸城动工以后，因为地理位置偏僻、配套设施不完善，售卖情况并不好。后来这位大人物不幸倒台，项目随之流产。然而，这么大一个商贸城，都已进入外墙装修阶段了，总不能跟鬼屋似的就放在这儿养耗子吧？于是项目被挂牌贱卖，接手的开发商以极低的价格拿下了这个商贸城。

由于客观上的不利因素，装修完成投入使用后，商贸城的租售情况相当惨淡。整个商贸城接近 700 个铺位，营业的不到五分之一。

也就是因为这种情况，为了盈利，商贸城将其中很大一部分商铺改作仓库，一楼的停车场也改成可以长期停驻的收费停车场了。价格便宜，手续简单，很多旅游公司都把自家的旅游大巴停在这里。

胡壮丽徒步走到一楼停车场，在成排成行的大小旅游巴士中找到了一辆黑色别克君威。

这辆车登记在某个因为欠了黑社会高利贷而不得不把自己的车拿到黑市上出售的倒霉蛋名下。之所以在黑市上卖车，就是因为这种合法来源的车辆实在难得，可以卖个高价。

他通过各种关系，以比其本身价值贵一倍的价格买下了这辆车。而其原主人，哪怕没有死在高利贷追债人的手里，只怕现在也在某个监狱里服刑了。

他掏出车钥匙，打开后备厢，拿出一个超大健身包，提着它上了驾驶席。

健身包外面印着耐克经典的对号 LOGO，但其实是个山寨货，灰色，不是很新。事实上，他买这个健身包已有六年了，买下这辆车之后，他就去楼上的商贸城买了这么一个"尾单"健身包。

六年以来，他每隔一段时间就会来这里看一下这辆车、这个包。每过半年，他还会替换一下包里的东西。

现在，这个健身包正静静地放在他的膝盖上，装载着他下半生的一切希望。

他稳定了一下心神，打开健身包。

里面有两套换洗衣物，一些必备的洗漱品。一套是他本人的照片、不是他名字、在身份征信系统内绝对会有正常反馈的身份证件——他当时为了这几张小小的塑料卡片花了很大一笔钱。这些东西只占了健身包十分之一都不到的内容。剩下的空间，全是花花的现钞。

郑云燕这个臭娘们儿，一直以为自己查到了他的全部身家。但是现钞，永远是账面上查不到的东西。

这个旧健身包里，一共有九十五万人民币现钞，是他分十几次从不同银行取出来的，绝对没有招致任何怀疑。

实际上，他每次出差时，都会在当地找个银行，用那套假身份证件开个五万元的存单。虽然心里明镜似的知道一共有多少张，他还是在车里把它们数了一遍。一共十六张，也算是这么多年逐渐积累下来的成果。

清点完这些东西，他觉得心里熨帖了不少。健身包放在膝盖上，沉甸甸的，给他一种踏踏实实的安全感。

他又确认了一下油量。车里的油永远保持在三分之二，既防止天热爆缸，又保证他可以随时开走。

检查完这一切，他发动了车子。

这里地点偏僻，车辆不多。惨白色的路灯照射下来，路面一览无余。他心情轻松愉悦，保持着平稳的车速，偶尔往后视镜看一眼，确认后面有没有盯梢的车辆。

进入市区后，车速慢下来，几个拐弯，进入一条小巷子。

这条巷子车道狭窄，进入的车辆都龟速前行。然而这些车辆当中很少有不耐烦的司机狂按喇叭，一整条车辆汇成的长龙，都用一种心照不宣的缓慢速度沉默地向前开着。

其原因，就在于巷子两边站的那些姑娘了。

巷子的两边，开着不少暗红色灯光的洗头房、按摩室，一些穿着吊带和热裤的姑娘，在昏暗而暧昧的灯光下，坐在店里的沙发上百无聊赖地玩着手机。

街面上，则有不少穿着同样轻浮暴露、化妆浓艳的女子站在道路两边。

他把车窗打开一条缝。因为车速缓慢，立刻就有女子凑上来，往车窗打开的那条缝隙里塞小卡片。也有男的，是为道路两边那些洗头房、按摩室的姑娘们兜揽生意的。

车子开了不到十米，小卡片已经像雨点般，从座椅到他半边身子上，唰唰唰塞进一大片。在这条巷子里开一趟，从巷头到巷尾，能被塞一百多张。

他干脆落下了车窗，看着路旁的女子。

这是一个更直接的示意，立刻就有人向车窗俯下身子，对他露出职业化的媚笑："老板一个人啊？"

他面无表情地看着她们，没有回答，保持着缓慢而平稳的车速前进。

那些浓妆艳抹的面孔和庸俗艳丽的躯体，一个个凑到车前。这让他想起被养在池塘里的锦鲤，在水面下看到了人影，便翻腾着、彼此挤压着浮到水面上，一张一合地张大嘴巴，等待投喂。

廉价的香烟味、脂粉味、香水味、体臭味，混合成一股奇异的味道，引诱出他内心深处一声非人的咆哮。有一头野兽正在撕咬着牢笼，森森白牙将铁栏与枷锁磨出令人牙齿发涩的声响。

现在还不是时候，他安抚着那头野兽，试图让它平静下来。乖，耐心些，我会喂饱你的。

野兽的嘶吼声更大了，把那铁笼撞得簌簌作响。他握住方向盘的双手，在手套下出了汗。

手好痒。

上一单实在不够完美。他想。那野兽太疯狂了，几乎瞬间就冲破了笼子——不，或者说当他看见那把锯子的时候，那铁笼便已经自行朽烂，残破不堪，野兽一跃而出。

那心旷神怡的滋味让他的双手开始颤抖。是的，不完美，但是真的好爽。

鲜血溅到脸上的味道带来了难以言表的快感，这是用双手扼住喉咙后目睹一个人的生命在惊恐的眼瞳中渐渐消逝所无法替代，甚至无法超越的快感。那一瞬间他再也无力束缚那头野兽，任由它挣脱心笼，在猎物身上发泄了个够。

忍住。

他对野兽说，现在真的不行。

警察不知道的是，他在另一个南方城市还有一些存款。虽然远不如郑云燕从他身上挖走的那一笔来得多，但也能支撑他舒舒服服地过个三五年。

他想到南方去，一个炎热的、温暖的，每一天都像盛夏一样的地方。没有寒冷，只有无边无尽的热月。最好还靠海，方便他处理猎物的残骸——经过这次波折，在看守所里他想了很多，他认为最好的处理方式还是不要让警方找到任何残骸。

乖，到了那边我们就自由了。他对野兽说。

野兽以嘶吼作答。

野兽太饿了。他想。距离上一次进食，它已经饿了足足一个半月，再这样束缚着它……

他犹豫了一下，看向车窗外。一个看起来只有二十出头的姑娘正在对他微笑，他招了招手。姑娘非常熟练地打开了车后座的门，坐了进来。

他把车停在巷子尽头的路边，拽着那个姑娘走进另一条暗巷。这是个死胡同。

姑娘对此驾轻就熟，借着黑暗中从不知哪里透进来的一点光线，在他面前伸出两根手指："老板，吹箫二百，走一水四百。"

他抽出两张钞票塞入她吊带的胸围。

姑娘蹲下身子，解开他的腰带。

他背靠着胡同肮脏的墙壁，感受到自己被一个温暖而湿润的物体包围住，深深地出了一口气。

在他的肉体经历快感的时候，野兽静了下来。黑暗中，它在他头顶盘踞，睁大了双眼。

一束微光正照射在那女子染成粉红色的头发上。她的头埋下去，又抬起来，仿佛在黑暗中载沉载浮的一朵水母。

偶尔，野兽能看见她雪白的脖颈露出一小片皮肤。

野兽歪头看着他，眸中发出奇异的光。

不行。他对野兽摇摇头。

很快，他释放了。

女子在黑暗中干呕了两下。

他提起裤子，皮带铜扣在黑暗中发出细碎的金属碰撞声，女子的声音幽幽地传来。

"老板，不满意的话，包夜我有折扣的。可以去我家，就在这附近，很安静的，周围没什么人，你想怎么玩就怎么玩。"

胡壮丽猛然抬头，看着那头在黑暗中散发出微光的粉色头发，俗艳而廉价。

"好啊。"

他低低地笑了起来。

那是野兽的笑声。

他带着一股尽兴的倦怠感走向车子，靠在车子上，抽了一根烟。

再过不久，车子就能回到主路，一路驶向国道。

他站在路灯投下的光芒里，面对前后左右包围住他的巨大黑暗与空旷，突然无声地笑起来。

笑意低沉而残忍，还有一丝胜利后的得意。

死条子，你明白老子要去哪儿吗？

这个城市是中国公路网最核心的地带。只要上了国道，再开个二三十公里，就会有去往任何一个省份的出口。从这里，他可以驶向任何省份、任何地方。

他可以驶向自己随心所欲的新生活。

笑意逐渐停歇，他拉开车门，回到驾驶席。

车子发动前一秒，后座突然有什么响动。他想回头看，一对蛇一样灵活的手臂突然从黑暗中弹出，一个阴冷潮湿的东西捂住了他的口鼻。

那熟悉的味道一瞬间淹没了他，几乎就在第一口呼吸之后，他感到一阵困意击中了他的大脑。

氯仿……

昏过去之前，他迷迷糊糊地意识到一件事。猎人与猎物的位置，似乎对调了。

然而，那头野兽并未嘶吼。

他最终是被冰凉的湿意惊醒的。

睁开昏昏沉沉的眼皮，瞳孔用力聚焦了半天，他才看清楚面前的人。

"醒啦？"那个人手上拿着一个空矿泉水瓶，和蔼地微笑着。

"你他妈的……"

一记干净利落的重拳击中他的胃部，钝痛从核心部分慢慢扩散，伴随着震荡感，胃袋翻江倒海，让他几乎吐出来。

"注意措辞，我特别不喜欢人家讲脏话。"那个人对他展示了一下手中的东西。

一抹雪白的亮光在灯光下闪动。是一把手术刀。

疼痛驱走了氯仿遗留下来的所有困乏。他尝试着挣脱、反抗，却发现自己四肢都被反绑在椅子上。他低头看了一眼，是尼龙卡扣捆扎条。这种东西虽然细，但是一旦被捆上几乎没有挣脱的可能。

"老胡，干得漂亮啊。"他轻松地笑着，"这一逃，是不是觉得天涯海角都找不到你了？”

他还想骂一句，但是胃里的疼痛实在过于强烈，几乎麻痹了他整个上半身的知觉，让他说不出话来。

这是哪里……他看向四周。

仍然是那间廉价的出租屋，那个妓女带他来的地方。那团被床单和被子凌乱地裹起来的尸体还原样躺在床上，从床单和血渍来看，面前这个人似乎完全没有移动过尸体，甚至没有去查看它一下。

对面站着的人身穿一套墨绿色的手术袍，戴着发帽和手套，看上去就像一个马上要上手术台的外科医生。

这让他的心猛地往下一沉。

那人从一个小包里拿出了一沓 A4 纸，举到他面前。

“这是你 2009 年在 S 市做的案子，记得吗？她来自 S 市下面一个县，家里除了老父母，还有一个哥哥。初中没上完就出来打工了，干了两年，实在受不了工厂的枯燥，开始干这一行。你杀了她以后，她母亲得了抑郁症，没几年就去世了。

“同年另一起。她是 S 市本市人，下岗女工，丈夫得肝癌死了，家里还有两个孩子。你杀了她以后，她的两个孩子都被亲戚领走了。大的那个后来成了小混混，死于街头斗殴，小的那个现在是一家洗车场的小工。

“2010 年。她是 J 省来的，老工业城市，经济萧条，老家没活路。她嫂子出门打工，发现了这么一个生财之道，把她也拉下水。她亲哥早年因为工伤断了一条腿，没有工作能力，全靠自己老婆和亲妹子做皮肉生意养家。”

……

“这是 2015 年 C 市的那个。她原本是夜总会红牌，后来染上毒瘾，从交际花沦落到站街女。身源到现在都没确定，尸体一直放在殡仪馆里，直到现在。今年的新规定，如果六年内没有家属认领，就火化了。这个女人最终会变成小盒子里的一堆灰烬，无名无姓，无人认领。"

每一张 A4 纸上，都有一个女性的脸庞。有些双目紧闭，有些两眼微张；有些显然是新死，还带着些许活着时的气色；有些皮肤完全是青灰色的，显然已经在冰柜里冻了很久。

形形色色的面孔在他面前掠过，或多或少、或新或旧地勾起他记忆深处的一丝波澜。

很快，那人的手上只剩下最后一张了。

"这是杨玲。今年 5 月 12 日死亡。"那人俯下身子，把这张照片举得异常贴近他的脸，以便让他看清楚这张脸上的每一个细节。

"我一直很好奇你到底知不知道杨玲是个怎样的女孩子。"那人歪头看看照片上的女子，不，准确地来说，是看照片上那个头颅。

"她出生在一个南方小城，学习成绩不错但是距离考一流大学差距又太大。她从小喜欢唱歌跳舞，但是艺考落榜。她父母为人比较守旧，不支持她的明星梦。她在 C 市混了这些年，一边做模特养活自己，一边还巴望着哪天能被知名大导演看上，去演个角色。"

那人直起腰，把 A4 纸从他面前拿开，几乎带着一丝柔情般用手抹过 A4 纸上杨玲的眼睛，似乎是想把那双无法瞑目的、被牙签扎穿的眼皮合上。

"随着年龄的增长，她渐渐开始有一个清晰的认识：这个梦想正离她越来越远。她内心深处的迷茫与恐惧难以排解，就在这时，她认识了一个人。一旦弄懂了她这么年轻又美丽的女孩子为什么会选中你，我就开始体会到她内心深处的悲哀——因为她认为自己不会有更好的选择，只有像你这种外形的男人，才能给她一种平衡感。又或许，她对你们这段关系本来就没有什么期待。哪怕不是可以托付终身的人，起码也能作为倾吐心事的蓝颜知己。"

"谁知道，偏偏遇上你。"那人从A4纸上抬起眼睛，看着他，笑了起来。

"我难以想象她在被杀时是什么心态。原本以为是茫茫雪夜中的一星炭火，最后却变成焚烧自己的地狱之焰。"

"……你想说什么。"他双手被反绑，刚才暗暗试了几次都没办法挣脱。

此时他半张脸上火烧火燎地疼着，能感受到鲜血汇成一道道细微的血流，顺着脸颊一滴滴打在胸口，打湿了衬衫。那人兀自啰唆个不休的时候，他已经开始盘算如何脱身。思来想去，唯一的生机只有趁对方得意忘形时，抽个空子，暴起反制。

为了达到这个目的，他需要跟那人谈话，甚至交心，以说服对方先松开自己手上和脚上的胶条。

"你想说你比我强？你现在这样做是在替天行道？你把我看成什么了……你把我绑在这里，不是打算来请我听故事的吧。你想对我做的事情，又比我强多少？如果我是恶魔、是豺狼、是社会渣滓，你又比我高尚到哪里去？"

胡壮丽忍住疼痛，为了不牵扯到伤口而僵着半张脸，一字一句地说。

那个人转过头来，微笑着盯着胡壮丽。

此时他背光而立，被埋在黑暗中的脸庞上，一丝阴森的残忍逐渐替代了那和煦到诡异的微笑，逐渐蔓延到眼中，使得那双被反射着微光的眼眸如同两星鬼火，幽幽地在黑暗中亮着。

"你以为，我给你展示这些照片，是为了审判你的罪孽吗？"他轻轻笑了一声，丢下那张纸，绕到胡壮丽身后。

"错了，我只想告诉你，你是个优秀的猎人。但是狮子哪怕捕杀羚羊，羚羊也只会逃。最有趣的狩猎，难道不是专门猎杀狮子？

而我……"他用右手一把揪起了胡壮丽的头发，迫使他不得不拼命向后仰着头。

他看着胡壮丽的喉结难受得一动一动，喉咙上青筋一跳一跳，仿佛能看到血液在里面狂暴地涌流。他左手覆上对方的脖子，垂头在其耳边低语。

"……就是专门捕猎狮子的、更优秀的猎人。"

最后一个音节吐出的时候，一点锐痛在胡壮丽脖子左侧的某处传来，他能清晰地感觉到一根针扎进了自己的颈动脉。虽然理论上是不可能的，但是这一瞬间，胡壮丽能够感知到某种冰冷的液体顺着那根纤细的针头从注射器里喷出，进入自己的血脉之中，随着血液奔流到全身各个角落。头顶白炽灯的昏暗如同日食来临之前的荫翳，在他的视网膜上留下的光斑逐渐褪去了它应有的形状，开始变得狭长而古怪。他的头脑也随之开始变得混沌。

……

抓着他头发的手，不知道什么时候已经松开了。甚至手腕处的绑缚感也不翼而飞。

胡壮丽再睁开双眼的时候，他的目光已经变得平静而呆滞，随着声音传来的方向而下意识地转动着。

"我早就说过了，我不是来审判你的罪孽的。我只是想听听你的罪孽。"

那人向他走过来，手上的打火机发出"噜"的一声响，一点橘黄色的火焰亮起，随即熄灭。

"现在，说吧。"

一根香烟被送到了他的唇边。

尾声（下）

张荔从办公桌上抬起头来，眼睛看向屏幕。电脑屏幕上，文档大片的空白发出冰冷的光芒。她一时竟然分不清楚那到底是电子屏幕的频闪，还是自己眼皮在跳。

她伸出手指压在眼皮上面，一直在努力回忆，到底是左眼跳财右眼跳灾，还是左眼跳灾右眼跳财。因为她今天右眼一直突突跳个不停。

反正不可能是跳财。张荔看着电脑屏幕上文档空白的部分，这么想着。

这是刑侦支队大队长肖沂对于丢失重要物证的检查报告。她憋了一早上，只写了个开头。

作为一名公安大学毕业，又在警界干了这么多年的职业人士，从唯物主义的角度来说，她本应非常清楚，所谓眼皮跳，只是因为她最近睡眠质量不好。

话又说回来，这段时间谁要是能睡得好，那才真叫奇怪呢。首先是"5·12"谋杀案，整个C市刑侦大队连轴转，加了一次史无前例的班，她都不太记得上一次自己轮休干了些什么。每天回家，洗完澡就倒头把自己往床上一扔，虽然几乎是立刻沉入梦乡，但是

145

睡眠质量却差得要命。

一开始，她总能梦见一双被牙签撑破眼皮的双眼。这不应该。

张荔的职业生涯是从派出所民警开始的，两年后转入市刑侦支队。到现在一共五年，她见过太多血腥也见过太多恶意，但这不是她害怕的东西。自从大学选择了这个专业，她就对自己即将面临的事情有所预期。

她见过太多血肉模糊，有因为在烧烤摊上多看了一眼邻桌就拔刀相向的，有丈夫因为妻子和邻居多说了一句话就拿开水烫妻子下体的，也有夜班女工为了保护一部手机被劫匪砍断胳膊的。

这些她司空见惯，也驾轻就熟。做笔录、验伤、通知法医、行政拘留、刑事拘留、提交检察院、三年以上十年以下。

张荔考公安大学的时候，并没有什么金色盾牌热血铸就的使命感，无非是因为考得上，父母觉得以后就业分配有保障而已。然而就业之后，父母想让她转做文职，却已经拗不过她了。

她选择继续做一线刑侦警员，到底出于一种什么理由，她自己也说不清。但是，每一次看着犯人戴上手铐，钻进押运车的后厢，她就有一种奇妙的释放感，疲惫、满足，又带着一丝喜悦。这种感觉如此复杂而奇妙，还隐约有点熟悉，以至于她在内心深处的角落里翻检多时，才发现，这就是擦抽油烟机的感觉。

每年年前大扫除，清洗抽油烟机都是她的工作。把那架工作了一年、积了厚厚油垢的抽油烟机仔仔细细擦干净，她甚至有了一套自己的程序和技巧，一点点擦干净它的表面、风扇叶片，用卫生纸包住牙签蘸取清洁剂，抠出角落里细小的油腻。最后，那架抽油烟机总能被她擦得焕然一新。

她喜欢这种感觉。押运车的车门"呼"的一声在她面前关上，车子引擎突突发动。这一瞬间，她眼前仿佛出现了一架光洁干净的旧抽油烟机。

这就是她一直留在一线刑警岗位上的意义。

所以她并不怕血腥，也不怕加班。有时候她甚至觉得自己并不害怕死亡，无论是别人，还是自己。

她真正害怕的东西并不是这些，而是恶意，毫无来由的那种恶意。

所有有所安放的恶意，所有行凶的源头当中，最让她觉得不寒而栗的，只有这一种。

当胡壮丽被逮捕到案时，她情不自禁地扒着窗口望了他一眼。出乎意料的是，这只是一个平凡无奇的中年男子，身材矮小，面目平庸，甚至并没有特别猥琐一点。

张荔很长时间以来都在想，她该怎么形容胡壮丽这个人。他真的，就只是平凡、普通而已啊！

那么为什么这个平凡而普通的人，却做下了这么大的一连串案子？

他在杀人时会犹豫吗？看着和他完全无冤无仇的生命即将惨死，他不会有一点同情吗？他事后会感到害怕吗？他会不会畏惧法律的惩罚？

周林凯和董伟在审讯的时候，其他人都在玻璃窗后面围观，她也是。

也许大多数人也只是好奇。毕竟这种教科书式的连环杀手，在普通警务人员的职业生涯中实在难得一见。就像非洲草原上的马赛人部落，以猎狮为成年礼的原始部落，也许终其一生，也不会遇到一头白狮。

也许当他们真的猎到这样一头白狮子，也会如此好奇地围着它看：它也吃羚羊吗？它跑起来和别的狮子一样快吗？它的白色皮毛在狩猎时能伪装自己吗？

她隔着一层玻璃看着这头白狮子。

玻璃后面的胡壮丽没有任何感情色彩。无论动作还是语言，他看起来甚至不比智能机器人多一丝一毫的情感。

她当然知道那是一种伪装。任何坐到那个位置的人都会立刻挂上伪装。有些人伪装出愤怒，有些人伪装出冤屈，有些人伪装出镇定，更多的人伪装出无辜。然而，胡壮丽坐在那里，伪装的似乎是一堵水泥砌成的高墙，坚如磐石，仿佛在洪荒之前就矗立在那里一样。

她甚至开始忍不住幻想。难道当他下手杀掉那些女人的时候，也是这样毫无感情吗？

她想起以前看过的自然纪录片，非洲草原上的狮子捕猎时，蹲在草丛中的样子。它们双眸全神贯注地盯着自己的猎物，判断着距离、风向，等待时机。它们的脸上看不出任何表情，只有一触即发的杀意。

当肖沂拿着那沓照片找她的时候，她并不认为这个主意能成功。首先，最大的困难是她自己，其实她并没有多少化妆品。

张荔连个正式的化妆箱都没有，大多数化妆用品还是她大学时期囤下来的，很多东西搞不好都已经过期了。

临时赶来救场的是封烨。他带来一个看起来很专业的化妆箱，拉开两道小柜门，能拉出七八个小抽屉和三四扇活页，活像个月光宝盒。

他们待在一间闲置的小会议室里，封烨把受害者照片一张一张粘在张荔背后的墙上，然后侧头看着她，仿佛在打量一件未完成的雕塑。

"我从来没想过会做这种事，"封烨开始给她拍粉底的时候说，"对着死人的妆容给活人化妆。"

张荔在他对着自己的脸颊拍粉的间隙睁开眼，看着封烨："你觉得这样有用吗？"

"亲，我只是个法医，"封烨翻了翻白眼，夸张地摊开拿着粉扑的两手，"有没有用我哪知道！那是你们警察的职责。不过要我说，这种预审技巧我还是第一次听说。"

"我觉得没用。"张荔低下头。这句话在她喉头盘桓良久，终于说出来的时候，感觉就像决堤的洪水一样无法抑制，"你没见过那个人吧？你见过他就会知道了。我觉得他根本不是正常的人类，我怀疑他根本就没有正常人类的感情。这种小花招怎么可能在一个没有人性的禽兽身上管用？"

封烨沉默下来。他垂下拿着粉扑的手，视线越过张荔，看向白墙上那一张张照片。

除了正中那一张胡壮丽母亲年轻时的照片，其余照片上的脸，有些年轻，有些已显衰老，在冷冻柜里存放了一些时日后，尸僵加重了脸部肌肉的纹路。但是它们无一例外地呈现出一种只有尸体才有的冰冷光泽。他几乎能想象到那种触感，和他平时触摸过的尸体并没有什么不同，冰冷而又僵硬，很难让人将它们当作一个曾经有过爱恨情仇的活生生的人类，让他在职业生涯一开始就迅速克服了那种不适，进入了无情无我的法医角色。

然而，张荔不同。触手可及的是年轻肌肤的活力与润泽，这张面庞上的眼睛如今布满了迷茫。

这双眼睛当中有一些深不见底的情绪，如同古井一般，仅在黑黢黢的底部闪出一些幽微的波光。安慰人并不是他的专长。

封烨不自在地咳嗽了一下，恢复了平时那种浮夸谑浪的声线，半开玩笑地说："那你就当这是真人秀好了，'妆容大改造'。我说你这个皮肤啊，好干哦！平常有没有好好做保养？不过你放心，只要我一化完，before and after，效果绝对艳压全场！"

说着，他拿粉扑重重地拍了拍张荔的脸颊，逗得张荔笑了起来。

当张荔穿着那身西装套裙坐到审讯桌后面的时候，她发现，胡壮丽那水泥一般坚硬而厚实的面具，终于有了一丝裂痕。

胡壮丽对她投来的那匆匆一瞥之中，眼光含有了太多的东西。愤怒、惊惧、犹疑，甚至还有一丝难以掩饰的恶毒。

所以你终究不是一头白狮。

讯问的间隙，这个念头突然出现在张荔的脑海中。随后她几近轻蔑地在心里补了一句。

你只是一头野兽而已。

电脑屏幕右下角的一个图标突然跳动了一下，打断了她的思绪，思绪到此戛然而止。张荔烦躁地抓了抓头，看了一眼进度遥遥无期的报告，点开了图标。

这是他们对外公布的官方电子邮箱，只要有新邮件进来，那个图标就会跳一下。

抱着"不是垃圾邮件就是会议通知"的想法，她打开了那封邮件，却意外地发现里面有一个很大的附件，是一段影像。

点开看了不到十秒钟，她当即拿起了电话。

放下电话后，张荔的左眼就疯狂地跳动起来。

趁着还没有产生尸僵，尸身被扭曲成适合捆绑的样子：双手掰到背后，双膝弯曲在胸前，用绳子固定住，最后用两层塑料薄膜紧紧包裹起来，确保运输途中不会发生一丝一毫的渗漏。这样一来，一个成年男子，也能塞入一个最大号尺寸的旅行箱。事实上，因为胡壮丽身材矮小，旅行箱里的空间游刃有余。擦干净血迹后，他又把剩下的塑料布、抹布、A4纸、脱下来的手术袍之类的东西塞进了多余的空间。

非常顺利。他拉上旅行箱以后，心里有一点开心。之前有一次，因为实在塞不下，必须卸掉两条腿，整个过程又麻烦又恶心。

胡壮丽的衣物与鞋袜被单独打包，塞进一个纸袋里。他提前抽出了那双鞋的鞋带——那双鞋是胡壮丽前几天才买的，Timberland，崭新。他确实没想到胡壮丽对这个牌子的鞋有如此深刻的执着，也许这种执着又是来自于某种童年的心理创伤或者其他类似的应激反应，但是他已经不大在乎了。

基本上，做完这个"收尾"的工作以后，他就会对猎物瞬间失去兴致。

他把鞋带塞入了一个物证袋，装在自己外套内侧的口袋里。

仔仔细细地清理完现场后，他又打开了一把紫光灯，检查可能留下的任何痕迹。

没有，很好。

他将几个包裹装进一个大号廉价旅行箱，推着它走出屋外，放进了楼下的别克君威里。

今天晚上，那辆别克君威将会被他停在某个治安极差的小区，钥匙留在车上。以他对那个小区的了解，在那里哪怕不被解体卖了零件，也会被运到邻省当二手车卖了。就像胡壮丽对待那台笔记本电脑一样。

把旅行箱抬进后备厢以后，里面几乎就没剩什么空间了。装着衣服的纸袋放在副驾驶的座椅上。

夜色仍然浓郁，车灯映照下的公路像一条灰色的带子，在前方无尽地延伸着。

他心情很好，打开了车里的收音机。午夜两点，电台里除了卖假药的，就只剩一个古典音乐频道。他调大了音量，正好是《魔笛》中那段著名的咏叹调，"复仇的火焰在我心中燃烧。"

女高音炫技的花腔从音响里传出，在寂静的黑夜里听起来如某种水晶艺术品一样，脆弱，然而又因这脆弱产生了令人心碎的美。

——在我的周围

——死亡和绝望的烈火吞噬着我！

车辆驶过某个小区门口时，他停下车子，拿起纸袋走向这个小区门口的旧衣物回收箱，随手掏出一件丢了进去。这几件衣服即将被分散、随机地进入不同的回收箱，由于处理得当，那上面既没有毛发也没有血迹，看起来和其他被丢入旧衣物回收箱的衣服没有任何不同。过不了多久，就会有专业回收机构将这些衣服收走，要么捐赠给慈善机构，要么被打包出售给第三世界国家，要么被拿去打成纤维做成工业毛毡。

他喜欢"回收"这个概念。

衣服和人类，在某种程度上是一样的。回收衣箱里被丢弃的旧衣，当它们还挂在某个人的衣橱里的时候，它们仍然存有实际的价值，而且有某一天为其主人的外表增光添彩的可能。然而一旦被丢入旧衣箱，它们就只是纺织纤维而已。就像现在后备厢里的那堆蛋白质一样。

《魔笛》的咏叹调刚好结束之时，他到达了目的地。

他把皮箱搬到楼上，把东西拿出来，放在了台子上面。

屋子里没有开灯，但是他熟悉每一样东西摆放的位置，就像熟悉自己的身体一样。唯一的光源来自屋子深处的一面墙，那是一盏长条状的日光灯，可以模拟自然光线中的紫外线，因此是特殊宠物爱好者中极受欢迎的装置。

那盏日光灯下面是一个长达五米的鱼缸，占据了一整栋墙面，大的好像一个小型水族馆。灯光下，水质清澈而通透，景观水草翠绿欲滴，随着水流如同女人的长发般缓缓摆动。两台大功率过滤器正在缸底咕嘟嘟冒泡，水泡细小而晶莹剔透，在缸底的水草景观里浮动，显示鱼缸里的小小生态体系正在完美运转。

鱼群在有一整面墙大的鱼缸里游弋。在屋子昏暗的光线里，光源映照下的鱼缸犹如异次元打开的入口，明亮而神秘。鱼群如同游弋其中的精灵，若无其事，宝相庄严。

然而，当他低下头，把脸凑近鱼缸时，鱼群像感知到某种信号般蜂拥而至。他满意地微笑起来，手指轻轻抚上鱼缸，就像隔着玻璃抚摸那些鱼群的身体一般，手指轻轻抚过那倒三角形的身体、竖立的背鳍、口中尖利的细牙，以及那永远圆睁着、毫无表情的小眼睛。

蛋白质就是蛋白质。

他心想。

所以他喜欢"回收"这个概念。

"我是个罪人。"

胡壮丽脸色平静，和缓地说。

"不是说这个。我从小就有这种意识，我降生在这个世界上，生来就是带着罪的。跟宗教没有关系，世人有没有罪我不知道，我只知道我有罪。"

他缓缓地抽了一口烟，手指非常平稳，丝毫看不出颤抖。

"如果不是因为六岁那年我生病需要去抓药，我父亲就不会被车撞死。如果没有我，我母亲大概也能很顺利地再嫁，不用受苦。"

"我小时候有一次跟着大人去赶庙会，有扮血社火的。血社火就是，"他把烟从嘴里拿下来，夹在手指上，在空中比画着，"像是一种踩高跷的游行，但是他们扮的不是八仙过海什么的，而是地狱十八景，有各种各样的死相和冤魂。有饿死鬼，还有冤死鬼，我记得有个人头上正中插着一把刀，还有个人被开膛破肚，肠子都流出来了……我印象最深的是地狱里的一种什么鬼，据说是吃人的，走过来的时候嘴里叼着一截人的大腿。我当晚回家就发烧了，烧了两天，晚上做梦梦见我在吃我母亲的肉，那个梦太清晰了，我甚至记得自己怎么把她的大腿骨砸开，吮里面的骨髓。我母亲给我送邪祟，在我卧室窗子下面烧了好多纸。"

"所以，也许子女真的是父母前生欠的债，这辈子来还的。这是我母亲的债，但也是我的罪孽。说是依靠，其实是拖累，不仅是拖累，还要敲骨吸髓。

"我第一次做这个，其实是在 L 省的时候。那时候分公司刚成立，每天都加班，通宵也是常有的事。我前妻在 C 市，正在跟我闹离婚。我妈给我打电话，又把我骂了一通，说我把她的脸都丢尽了。那段时间我经常失眠，我想与其干瞪眼看着天亮，不如到外面去逛逛。然后就碰见了一个小姐。

"我上了她两次，最后一次她说，老板，这可得加钱。但是我当时觉得特别不可思议，因为我虽然发泄了，但是心中完全没有任何快意。我盯着她看，心里突然觉得，如果要加钱，那么起码老子要爽到吧？所以我下手了。"

胡壮丽深深地吸了一口烟，仿佛要充分享受香烟的美味似的，他仰面朝天，绵长而缓慢地吐出，让白色的烟雾在空气中缭然而上，最终淡化成一层淡淡的白色薄雾。

"那感觉简直无与伦比。我回到宾馆，史无前例地睡了个好觉。第二天我精神百倍，工作效率奇高，灵感迸发……怎么说呢，那种感觉，就好像一个得了慢性病的病人，所有病症突然不翼而飞，不但病痛消失，原本被疾病折磨得了无生趣的生活也突然有了盼头。

"如果你以为我会觉得有负罪感或者愧疚、害怕什么的，那你就想错了。"胡壮丽把抽完的香烟扔到地上，用脚碾灭。

"那晚以后我终于明白了一件事情：我过去的人生为什么活得那么痛苦，每天都像在地狱的油锅里煎熬一样，就是因为我没能明白一个道理，我是天生的罪人。除了做一个罪人，我没有别的路可走。"

胡壮丽抬起头来，微微一笑，笑得轻松又愉快。

"什么正义感真善美，统统去他的。我所需要考虑的唯一一件事，就是磨炼技术。一来我要小心行事，不被警察逮到。二来，那天晚上虽然爽，但我总觉得好像缺了点什么，不够完美。在第二次动手之前，我把第一次的过程在脑子里反复过了无数遍，研究到底是哪里缺少了什么东西。我不能漫无边际地试探下去，对吧？毕竟这又不是做蛋糕，一个做不好还能做下一个，不完美的作品试验得越多，被抓住的概率就越大。

"距离第二次动手，我等了大概差不多三个月。这三个月里风平浪静，死了一个妓女，连本地晚报的边角新闻都没刊登。这给了我一个很重要的提示，那就是妓女是个很好的目标群体。流动人口，背景难以调查，工作性质又让她们的生活本就充满各种危险。最重要的是，我想象了很多女人，始终觉得，妓女最对我的胃口。"

他又笑了笑，这次的笑容里略微有一点苦涩。

"也许真是因为我对妓女有什么特殊爱好吧。让你蒙对了，肖警官。你知道你还蒙对了什么吗？直到你说出来，我给她们用那么贵的化妆品是因为我对我母亲有补偿心理，我才明白也许真是这样。

"我一直以为我对她只有恨。"

他又点燃了一根香烟，盯着烟头闪烁的红光。

"我在网上看到杨玲的直播的时候，我就知道我非杀她不可。这么多年以来，我所完成的所有作品，我都觉得好像缺了点什么。这不是技术的问题。实际上随着我的作品越来越多，我心中的缺憾也越来越大，似乎第一次的快感在逐渐递减。就好像一件好几千块的拼图，图案已经拼出来了，但只差中心那一块，怎么都找不到。

在看到杨玲的脸的那一瞬间我就知道，她就是那最后一块拼图。

"我想杀的始终是我自己的母亲。我不认为这是在报复她小时候虐待我，如果这是因为恨意和复仇，我大概早就杀了她了。弑母这个欲望早已超越了这种浅薄的理由。我不知道怎么给这个东西归因，我只知道这是我最原始的欲望，是我作为一个罪人的核心。"

"不过现在说起来，除了这些——"他没夹烟的那只手比了比身后的一地血腥，"我倒是能做一点特别让我快乐的事情。我杀不了她。要是下得了手我早就干了。但是我能杀掉她在这世界上唯一的儿子。"

胡壮丽唇边泛起一个愉悦的微笑，仿佛被高僧开示后顿悟的法悦。

"抽完这支烟我就打算这么干。至于我打算怎么干、在哪里干，你就别猜了。为了完成我，作为一个罪人，最后的伟大作品，我会做得非常完美，你找不到的。"

他深深地吸了一口烟，最后对着镜头说："那么，再见了，肖警官。"

然后胡壮丽从床上站起身来，走向镜头，想必是来关手机摄像头的。当他起身后，闪出的身后空间里是一张床，床单被褥上鲜血淋漓，一个女性躯体躺在上面，没有被血液覆盖的地方显出白生生的赤裸。

视频到此结束。

会议室里围坐一圈的警察沉默不语。没人记得这是他们第几次完整观看这段视频了。

"李局，还再放一次吗？"肖沂问道。

"关了吧。"李其华疲惫地用手揉搓双眼，"我二十岁开始干警察，第一次觉得这么恶心。这破玩意儿再看一次我得去厕所吐出来。"

李其华平时很少如此直白地情绪化，但是在场的所有人都有极大共鸣。

这段视频是用手机录的，像素本来就不高，放大到警局的大屏幕等离子电视上看就更加模糊。第一次观看所带来的震惊褪去之后，剩下的感情让人难以描述，它像是一个各种陈腐恶臭之物搅拌成的黏稠团块，沉甸甸地压在人的胃里，虽然用一个"恶心"来形容这个团块似乎过于简单，但除此之外已经很难找出更精确的描述了。

也许是为了驱散这种不快，李其华端起茶杯喝了一口。咽下那口浓茶之后，对肖沂做了个手势。于是肖沂清了清嗓子，开始对在场的警员讲述案情："视频是在老城区一个民房里拍的。胡壮丽失踪的第二天，该区域的派出所接到报警，发现该民房内有一女性被杀。死者是个外地的失足妇女，生前有过性行为，被利刃多次刺中胸部而死。据法医部门鉴定，刀痕共有四十三刀，其中大多数没有检出活体反应。这说明，在凶手最初的几刀刺出之后，被害人就已经死了，其后的刀伤显示凶手有强烈的发泄意图。"

"被害人尸体上并没有留下生物痕迹，然而根据视频时间推断，"他回放了视频，把画面定格在胡壮丽站起身之后，"看血液的颜色和在床单上的扩散程度，这是在死亡之后两个小时内录制的。所以我们认为，这起案件的凶手就是胡壮丽，他的作案动机也与此吻合。"

"视频是由胡壮丽自己的手机录制，并通过手机上的电子信箱发送，用的是他自己号码的移动数据。技术人员分析了数据源，无法确定这段视频发送时的具体位置。

"这间出租屋是被害者本人租下的，平常用于卖淫活动。这个小区比较老旧，周围没有监控设施，所以我市很多失足妇女都在这一带租房。这也造成了没有任何设备录到胡壮丽出入的影像。目前为止，我们并不知道胡壮丽离开这里之后的去向。

"所以，我们无法确定胡壮丽现在到底是死是活。我首先表达我的看法：我不认为他真的要自杀。胡壮丽的公寓里少了一只旅行箱，还有一些衣物和洗漱用品。如果他真的决定自杀，那么他为什么要准备这些旅行用品？

"当然，我们在现场找到了这只旅行箱，里面的东西没有被动过的样子，可以推定胡壮丽并没有带走其中任何一样东西。但是，他既然做好了出逃的准备，那么为什么又突然改变了主意？这说不通。"

李其华在这里补充了一句。

"C大的丁教授，前期对本案有过重大贡献。就胡壮丽的心理状态，我们也咨询了他的专业看法。他认为，如果胡壮丽收拾旅行箱是准备出逃，那么后来因为没能忍住杀人的欲望再次作案，而且因为被捕的压力导致他疯狂地杀害了被害人，他实际上已经出现了精神错乱。在绝望之下，他失去了求生欲，可能性也很大。"

李其华继续道："虽然到目前为止，无论是公路、铁路、航空，都没有找到他离开本市的证据，我们也不能推定他的去向。无论如何，在没有找到胡壮丽的尸体之前，我们都不能排除他还活着的可能。对这起案件，我想大家都清楚，胡壮丽不是能改过自新，也不是能金盆洗手的那类罪犯。只要此人还活着，他对社会都是一个极大的危害。目前，胡壮丽的通缉令已经下发全国。作为C市各分局的同仁，市局单独召集你们开会，是希望你们不要放松警惕，不要降低防范，心中始终绷紧这条弦。如果胡壮丽仍然还在本市活动，那么，迟早有一天他会露出蛛丝马迹的。"

李其华的声音突然严厉了起来，目光如刀锋一般缓缓刮过在场每一个C市公安分局局长的面孔："而发现这些蛛丝马迹，就是各位的责任！"

开完会，肖沂拖着一身疲惫走回自己的办公室，却意外地发现丁一惟还没走。

这已经是收到胡壮丽的视频之后的第三个周了。整个 C 市的公安系统几乎把每一寸 C 市的土地都刨了一遍，就差拿土壤过一遍筛子了，胡壮丽仍然死不见人活不见尸。公安部对这个结果并不满意，认为他们在整个侦办过程当中犯下了两个严重错误，一是丢失关键物证，二是对胡壮丽的布控出现失误，造成胡壮丽的潜逃。不过依然做出了虽不结案，但也不再继续追查的意见。

整个刑侦大队，对此都是不满意的。然而，继续追查也实在没有方向了，C 市的其他犯罪活动又不会等他们。因此这起诡异的案件，势必要作为一件冷案，在档案柜里沉睡许多年月，直到发现胡壮丽的行踪才会重启。

正因为这点，李其华才特地开了这个会。但与会的所有人都知道，这就是尾声了。

今天一整天，作为死马当活马医的最后努力，丁一惟被叫到警局，再次从心理方面分析胡壮丽。他的结论仍然是，胡壮丽已经自杀了。

这时整个办公室已经空了，除了肖沂以外，所有的警员都下班回家。他本来也只是回办公室收拾东西的，却没想到丁一惟仍坐在他办公室那张窄小的沙发上，而且还在看着电视屏幕上胡壮丽的录像遗言。

"丁教授，你还没走啊？"

肖沂本想问他需不需要搭顺风车回家，丁一惟却恍若未闻，连视线也没从屏幕上转开，突如其来地问道："肖警官，我有一点疑问始终没明白：为什么他在这个视频里反复提到的只有你呢？"

他扭头盯着肖沂，手中按下遥控器，画面回放到胡壮丽对着镜头的叙述："……让你蒙对了，肖警官……"

他按下暂停键，胡壮丽那平静得反而显得疯狂的表情定格在屏幕上。

"我反复看了这段视频。既然是录像，那就有观众。既然发送到你们警局的公开邮箱里，这就说明他知道将要观看这段视频的会是整个 C 市警局，但是所有称呼'观众'的部分，他选择的词语都是'你'，而不是'你们'。单数，指向性明确。如果只是为了制造自杀的假象便于潜逃，那么从心理角度看，他面对的就是整个公安系统，说'你们'难道不是更合理的选择？"

肖沂烦躁地抓了抓头发，有几分粗暴地说："我现在唯一能确定的事情，就是胡壮丽这个人是彻头彻尾的疯子。疯子干什么都不奇怪了。"

"刑侦是你的专长，但是'疯'这个领域显然我更有发言权。就我所接触的案例来看，疯子有其内在逻辑且自洽，反而是我们普通人的行为充满了随机性。对我来说，这个视频最奇怪、最无法解释的点就在这里。"

丁一惟交叉双手手指，大拇指抵着下巴，饶有趣味地看着肖沂："肖警官，我在过去的研究当中，接触过差不多二十件自杀者的遗言。无论是遗书还是录像，只要遗言有明确的受众对象，那么它的开头、结尾，都会明确指向这个人。打个比方，很多自杀者在写给家人的遗书中，开头都会非常明确地写，致某某。但是这个视频里没有。反而在结尾处向你告别。而且你的名字是在半途中才出现的。这非常特殊。

"在这个视频里，他明显的针对性，又和这种现象互相矛盾，真的很有意思。"

丁一惟按动手中的遥控器，先静音，然后播放，胡壮丽的面孔又在电视屏幕上活动起来，口唇无声地掀动。静默之中，他吸了口烟，长长吐出烟雾，然后盯着屏幕。丁一惟猛然按下暂停键。

"仔细看他的视线。在知道自己被录像的时候，人的正常反应一般是看向摄像头。然而，胡壮丽的视线，你仔细看——"他用手指着屏幕上胡壮丽的眼睛，"与其说是完全看着镜头，还不如说是看着镜头偏上一点的位置。这说明，在当时那种环境中，除了手机镜头之外，居然还有一样更值得他去注意的东西。"

丁一惟唇边慢慢泛起一个意味深长的微笑。

"就好像，他其实是在对着屋子里的某个人说话一样。真是有趣。"

肖沂看他一副谈兴甚浓的样子，不由得苦笑了两声。

"丁教授，我就直话直说了。这确实是你的专业领域，但我一点都不在乎。也许以后有机会咱们可以好好聊聊，但我现在实在是累了，我都怀疑我还能不能安全开车回家。所以咱们今天先到这儿吧。需要我帮你叫个车吗？"

丁一惟如梦初醒般抬起头来，急忙抬腕看了看表，说："不用，我现在走的话应该还赶得上最后一班地铁。抱歉，我没考虑到你的疲劳状况，我现在就走。"

说着，他拿起外套和公文包准备出门，手摸到门把手的时候又退了回来，从公文包里拿出一个保温杯向肖沂走过来。

"那个，这里面还有一壶咖啡，我带过来忘了喝了。虽然焖了一天口味会差很多，但是起码能提提神。我怕你这个状态真的会出交通意外。"

"哎？不用了不用了，多不好意思。"

丁一惟耳朵尖有点发红，走过来的时候这点红色已经蔓延到了耳垂，甚至有点向颧骨蔓延的趋势，但他还是走了过来，并且用力地把那个保温杯往肖沂怀里塞去。在推让的过程当中肖沂忍不住想，是不是因为孤儿的身份，丁一惟从来没遭遇过过年塞红包和抢着买单这种令人尴尬的境地。但在两人彼此推让造成的小规模撕扯当中，丁一惟还是成功地把那个保温杯塞进了他的手里。

"拿着吧。"

丁一惟留下这句话，然后忙不迭地逃离了他的办公室。

肖沂简单地收拾了一下自己的办公室，拿上车钥匙，开车回家。

他开车向老城区驶去，这是他父亲留下来的那栋老宅，而非自己后来在新城区买的那栋位于二十五楼的公寓。

不知为什么，肖沂总在内心深处感觉，这才是他的"家"。以便利程度而言，这里实在不是一栋理想的住处，没有良好的配套设施——好的医院和学校早已搬迁，要买菜只能去附近脏且乱的菜市场。那栋老房子是1984年建设完工的，没有停车位，楼道里昏暗无比，后来加装的声控灯早已坏掉，后来连灯泡都不翼而飞。厕所是蹲坑式的，下雨天就泛出整个城市的下水道臭气。在他父亲去世之后，这栋房子的老住户早已陆续迁出，只因为传言了三十年之久的拆迁传闻，才使得很多老住户没舍弃这个一夜暴富的机会。

然而对他来说，这栋老房子承载了他人生中最快乐也最灰暗的一段记忆。

他在狭窄的街道上好不容易找到一个停车位，停下车。

肖沂走到一楼东户，打开房门，走了进去。

他走进书房，打开书架上一个隐秘的格子。里面放着一个木盒。

木盒是多年前母亲用来装缝纫用品的。他记得她曾经有一阵子痴迷过十字绣，虽然卧病在床不宜劳累，但是对于整天在床上起居的病人来说，这倒是个力所能及的爱好。父子俩都不忍去干涉她这一点小小的乐趣，任凭她如痴如狂地绣着绣件，直到她连坐都不太能坐起来。

母亲去世以后，睹物伤情，父亲每次看到那几幅没有绣完的十字绣就会长吁短叹，肖沂便把盒子收了起来，放进柜子深处。很多年以后，这个盒子又被父亲当时的女朋友翻了出来。肖沂在门口的垃圾堆里看到了这个盒子，里面的绣件都被剪烂了。他把盒子悄悄拿了回去，擦得干干净净，带回了学校。

盒子的木材倒是很普通，但是经过多年手掌摩挲，已经隐隐有些圆融润泽的包浆。

肖沂打开盖子，他知道里面一共有十六个物件袋，大小一样，排列得整整齐齐。物件袋里装的大多是纽扣，有些是风衣扣，有些是衬衫扣，还有两个是拉链头。

他的手指带着一点爱怜和戏弄的味道，像在抚弄宠物一般，缓缓抚过那些物件袋的塑料边。肖沂伸手去摸外衣口袋，在触摸到口袋里东西的一瞬间，他的指尖停住了。

里面有两样东西。

他把它们拿了出来。

一模一样的两个袋子，甚至里面的内容物也一模一样，是两条浅黄色的鞋带。

他知道其中一条是 Timberland 的鞋带，因为那是他亲手放进去的。

然而，另一条，究竟何时进入他的外衣口袋，他毫无头绪。

肖沂看着这两个物件袋，忽然像拿着一块滚热的炭火一般扔掉，然后在屋里团团乱转，仿佛冬眠中骤然间醒来的熊，却发现外面仍然大雪纷飞，不知道如何是好。

突然间，他停住了脚步。

他想起丁一惟近乎强迫地塞入自己怀中的那个保温杯。

他想起了刚才……

……丁一惟那身铁灰色的西装。

《黄雀计划》第一卷，完。

番外：星月篇

【1】

大铁门在面前缓缓打开，一个面目阴沉又疲倦的狱警从岗亭里盯着他们，嘴角翻起一个嘲讽的微笑，在车子启动时对他们高喊了一句。

"Good luck！ You gonna need that！"

这，就是星月监狱——全美最高级别的监狱，对他们所说的第一句话。与其说是欢迎，不如说是警告。

"多好的人啊。"项目负责人珍妮弗·特兰多面无表情地说。

大家都听得出这句话里的辛辣，但是没人回应。

小巴车缓缓驶进监狱。从门口的岗亭到行政办公楼主体约有两公里，一路上都是沙石铺地，车轮在地面上疙疙瘩瘩地行进，小幅的震动颠得所有人都很不舒服。

星月监狱的监狱长名叫特里佛·加特纳，他在自己的办公室里招待了FBI这个小小的"使节团"。

加特纳刚五十出头，灰白的头发稀疏地搭在头顶。他皮肤苍白，肌肉松弛，看上去长期缺乏户外运动，一双眼眸倒是闪闪发亮，有

164

一种过度自信造成的热情。装潢现代而豪华的办公室里，一张宾夕法尼亚大学博士学位证书镶着浮夸的金边，挂在嵌着黑胡桃木护壁板的墙壁上，从配色上保证所有来访者走进房间第一眼就能看到它。

"欢迎来检阅各位的成果！"他快乐地张开双手，对他办公桌后面的大落地窗做了一个夸张的手势。"各位知道这个地方的外号吧？'FBI的后花园'。这里面起码有百分之六十的犯人是由贵局亲手送进来的呢！"说完，他咯咯咯大笑起来，好像自己被自己话语里的幽默逗笑了似的。

没有人笑，只有珍妮弗礼节性地弯了弯嘴角，作为回应。

"那么，"加特纳完全不以为忤，做了个请坐的手势，自己坐在了办公桌后面那张宽大的皮座椅上，"我是监狱长特里佛·加特纳，请叫我加特纳博士。我在星月监狱已经四年了，自从，你们懂的，上一次事件以来。这四年绝对风调雨顺、事事太平，外界那些可怖又夸张的谣言大可不必理睬，在我有效的管理体制之下，星月监狱已经堪称全美最模范的监狱之一了，绝对可以保证各位专家的安全。要不然我也不会有这个胆子答应FBI的这次项目请求嘛。"

说罢，他又笑了起来。

然而，在场的人心里都知道，这不是真的。

星月监狱是一家联邦监狱，因为其本身就是一座孤岛，四面环海，与陆地连接的道路只有一条。其地理上的优势杜绝了越狱的绝大部分可能，因此从建立之初，就用来关押全美最危险的罪犯，大多数刑期都在二十年以上，而且很多犯人曾被鉴定为精神病态，在州立监狱关押会对普通犯人造成极大威胁，因此被送至此地。

其地理上的偏僻与孤绝，固然能保证其固若金汤，然而也容易造成犯人心理上的幽闭与绝望，压力的累积会使之行为激化。四年前，星月监狱发生了一次小规模暴动，虽然很快被镇压，但是有一名犯人从号称全世界戒备最严的监狱中成功越狱。舆论对此事大加抨击，认为联邦监狱每年要消耗如此巨量的公帑，现有的监狱管理体系却如此僵化，过分执着于旧有体系，无法应对现代监狱管理中出现的问题。

事件发生不久，联邦监狱管理局便宣布了一项改革，允许一家私营的教育改造集团接手监狱的运维。加特纳便是集团指定的监狱长。他是一名项目管理方面的专家，在行政管理方面具有丰富的经验。而事实证明，加特纳也确实不负所托。他对监狱方面做的最大改革，首先是按罪行和暴力等级，将犯人加以区分，同时引入大量健身设备和心理治疗人员，以疏导犯人的暴力倾向。在星月监狱，设有牧师、行为纠正官、心理医生、护士等各项职位。所有职员的人数与囚犯人数，比例到达了罕见的1:17。

加特纳的脸上浮现出一种谄媚式的自得的笑容，或者是自得的谄媚，迈克尔·马科维奇不太好说。他是在FBI付费名单上的犯罪心理学家，研究微表情只是他的一项业余爱好，但是这个稍纵即逝的微笑总让他心里有些不安与不快。他敏锐地感觉到自己的同事在身后稍稍换了个姿势，他认为这个年轻的亚洲人也有同样的感觉。

带领这支小小的团队的，是珍妮弗·特兰多女士。她是FBI犯罪学部门的负责人，为FBI服务了十年以后，接受了犯罪学的深造，是当年FBI行为科学调查支援科的首批参与者之一。正是这个计划，将犯罪学研究的地位在FBI内部提高到了一个史无前例的高度。

这位个子高大的白种女性，一头暗金色头发一丝不苟地梳在脑后，她今年应该是四十二岁，当年西点军校的优秀毕业生，经国防部推荐直接进入FBI工作，如今已经足足十八个年头。据说当年她坚持要求在一线工作，这或许能解释她那明显有些缓慢的晋升速度，但这也为她后来的犯罪学研究增加了不少实际经验。

她步伐坚定有力，背永远挺直，严肃而古板的铁灰色西装外套下，隐约可见流畅而结实的肌肉线条——办公室工作并未影响她对身体素质的严格要求，她每年的射击测试成绩仍然在 FBI 内部数一数二。正是这种铁娘子般的气质，使得她在以白人男性占优势地位的 FBI 里具有独一无二的威严气势，甚至在负责这个连她自己在内仅有五人的小团队时，也有一种说一不二的权威感。

加特纳简单寒暄了几句，便起身带领他们去参观星月监狱。迈克尔·马科维奇看得出来，他的同事们，尤其是珍妮弗，对此缺乏兴趣，仅仅是出于一种礼貌才跟着加特纳四处逛逛。这也不能怪他的同事们。毕竟，一座高警戒的联邦监狱意味着，在押犯人无一例外地触犯过联邦重罪。而这对任何一个犯罪学家来说都不亚于一座富矿。如果只是参观监狱本身，无疑是入宝山而空手归。

在职业生涯当中，他们都或多或少地和监狱打过交道，然而单个案例远没有如此集中、成规模的学习样本来得意味深远。

加特纳带领着他们向西翼走去。行政楼是一栋外墙由砂石混凝浇筑的灰色建筑，四四方方、线条严整，然而在一整面墙外探出来的玻璃幕墙像是在这长方形水泥块上蒙上了一层水晶，支撑着玻璃幕墙的钢架构简洁而现代，充满了某种冷战时代特有的包豪斯风格。

珍妮弗·特兰多在进入西翼监所之前，最后向它望了一眼。她在心里对这栋建筑发出了一声不赞同的"啧"声。她 1965 年生于一个"蓝血之家"，父亲和叔叔都是联邦警探。她一直记得以前他们周末在家中小酌——冷战时代，这对兄弟变得异常小心谨慎——只有在这种时候才能对联调局的霸权主义作风发些牢骚。

"永远要警惕灰色混凝土大楼。"他叔叔喝下一杯威士忌，把杯子重重地拍在桌子上。

那时候她还是个小女孩，在为父亲和叔叔端去下酒菜的时候听到了这句话，但是并不知道他们所说的灰色混凝土大楼指的是什么。

直到多年以后，她进入了 FBI，才发现那栋灰色混凝土大楼，意味着什么。

她收回目光，走进了星月监狱的西翼监所。

星月监狱与其他监狱最大的不同在于，它并非"一座"监狱，而是好几个监区组合起来的建筑群。六栋灰扑扑的监所大楼以两排三栋的方式排列起来，自成一体又各自独立，每栋大楼都带有自己的院子，每一栋都只有两个出入口，隔绝它们的是 5.12 米高的狱墙，每一栋高墙上都有高压电网和岗哨，持枪的警卫时刻巡视。警卫可以在这些高墙形成的过道上来去自如，然而未佩戴出入许可标识的犯人一旦出现在这些过道里，就会立即被警卫击毙。每天的餐食由中央厨房统一供应，届时由餐车向各个监区准时发放。

加特纳滔滔不绝地宣传着这家监狱的"改造再教育"项目，通过适当的体力劳动让犯人们在工作中重新找回劳动者的尊严，以便在余下的时光中找回人生意义，重新成为遵纪守法的社会良好公民……听到这话，团队中终于有人忍不住打断他："对不起，加特纳博士，这家监狱里不都是重刑犯吗？绝大多数人都是十五年以上的刑期。"

加特纳轻松地耸耸肩——珍妮弗发现他很喜欢这个动作——"这也是我们正在改进的一点。我们认为，通过在星月监狱的改造，完全能让他们洗心革面，出狱后也能很好地适应社会。监狱方也会为他们提供各种评估，帮他们争取减刑或假释。"

提问者点点头，闭嘴不言。

……减刑？珍妮弗飞速地瞥了一眼加特纳，又看了一眼她身边的布拉德·贝里曼，后者脸上毫无表情，但是她知道这位她认识了足有七年的犯罪学专家心里在想什么。这家监狱之所以戒备森严，不是没有原因的：这里面收容了几乎全美最恶劣的罪犯，黑帮分子、犯下诱拐杀人罪的恋童癖、连环杀手和纵火犯。每一个人身上都血债累累，这些人在 FBI 的犯罪档案箱摞在一起搞不好高过拉什莫尔山。而正是这样的罪犯，在所有类型的囚犯当中，也是出狱后再犯率最高的类型。正因为如此，他们的判决中也大多带有"不得减刑、不得假释"的条款。

当然，除去这一部分无可救药的禽兽，这家监狱也有程度"较轻"的囚犯。但是这个"较轻"，也只是在这家监狱各位"同泽"之间的相对之下。加特纳的改造再教育项目当然有其现实考量：现在，美国监狱无论哪一所都人满为患，囚犯年纪越大，监狱为他们承担的医疗成本也就越高，从经济角度考虑，实在不是个好选择。

珍妮弗抿了抿嘴，不再多言。

他们参观的这个监舍，在星月监狱六个监所中排序第六，也是犯人罪行较轻、刑期较短的一个监区。此时正值犯人的劳动时间，里面没有多少人。空荡荡的走廊上，他们的脚步和加特纳喋喋不休的话语形成一阵阵轻微的混响。所有的墙壁都刷成一种淡淡的绿色，据加特纳介绍，这种颜色有助于让人舒缓心境，平和情绪。和电影中那种全由钢管构成的冰冷印象不同，狭窄的走廊两侧是一扇又一扇的门，排列并不十分紧密，每个单间可容纳六人。居住区域看起来更像廉价学生公寓，唯一的区别在于，每一扇大门上都有大得吓人的电子锁。

加特纳重点介绍了这些电子锁，它们能通过中央控制追踪每一扇监舍大门的情况，能够控制单扇门的开关，也能瞬间同时锁闭所有监舍门，整体误差不超过 0.04 秒。与此同时，电子锁在门外和门内都有报警功能，门内与门外均可通过按键触发。触发之后，监狱的中控系统立即收到警报，并派遣与该监舍最近的狱警前去查看。

监舍门早上七点统一打开，晚上九点统一关闭，每个犯人在这两个时间点都必须签出和签入一次，作为其在监的证明。

"整个监狱的签到系统，过去是 IC 卡系统，后来我们发现 IC 卡可以代签，于是我们又升级为指纹系统，这样能够更好地管理所有人员的真实定位。所有囚犯在签出后，领取餐点、到工厂做工、到娱乐区域进行休闲活动时，都需要录入一次指纹，以保证设施能顺利使用。"加特纳不无自得地补充道，"虽然整个系统花了我们不少钱，但是从效果来看，这笔钱花得非常值。自从这个指纹系统开始使用之后，狱方就能知道每一个犯人在每一时间、每一地点做什么，再配合全监狱二百六十个监控摄像头，我可以非常自信地说，每一个犯人二十四小时内的所有行踪，都在我们的掌控之中。"

"很酷。"有人恭维了一声。

"当然很酷，我们还是全美第一个使用这种系统的监狱。"加特纳笑起来，"现在让我们来看看其他更酷的东西……"

珍妮弗对他的夸夸其谈感到厌烦，但又不得不忍受。他们此行的意义并不是为了参观一家高科技监狱是如何把自己变成一个"老大哥"真人秀的，但这些东西却是加特纳必须向他们"兜售"的，以此来证明联邦政府的预算每一分都花得物有所值。

整个参观过程，几乎所有人都在假装感兴趣地陪着加特纳进行这趟炫耀之旅。唯一一个表现出了真正兴趣的人，就是那个高个子亚洲人了。他到处东张西望，用充满好奇的目光到处打量，有时甚至伸出手去摸摸那些电子锁，口中的问题层出不穷。"就是说，这些铁栅栏在警报开启之后会通电？有多少伏呢？"相比其他人敷衍了事的态度，他是这个小团体内唯一能让气氛活跃起来的人，因此加特纳笑容可掬，有问必答："2600 伏，加上 150 毫安的电流。"

这是足以致命的数字，亚洲青年吹了声口哨，加特纳补充了句："整个监区一共六十三扇这样的铁栅格，外加警戒墙上的电网，警报过后五分钟内就能全部开启。"

他语气里的得意扬扬让珍妮弗花了很大的力气才忍住一个白眼，亚洲青年却真心实意地赞叹道："太了不起了！"

"……怪胎旅游团。"珍妮弗背后，一名研究员小声对另一个说，"给他胸前挂个佳能照相机，简直就是热门景点里的日本人。"

另一个研究员低声说："他好像是中国人。"

是的，亚洲青年的姓氏短得有点可笑，这位天性活泼的监狱长甚至在他介绍完毕后，做了一个扭微波炉开关的手势，说："叮？就像这样？"那位丁教授并没有生气，也报以善意的大笑。"对！就是这样，叮！电视晚餐。"

【2】

"幸存者心理互助小组"在这个街区已经开到第二个年头。原本的小组负责人是位黑人女性，她身高约 1.75 米，体形有些过于丰满，走路有一种肥胖者特有的摇摇摆摆的韵律感。她有一双湿漉漉的大眼睛和柔软的嗓音。她永远都带着一点鼻音，好像得了永远也好不了的感冒，总是拿着一张大手帕擦着鼻子，用忧郁的神情鼓励互助小组的成员讲出自己的故事。

互助会的人总是来来去去的，有些人会留在这里很长时间，有些人只会来那么一两次。第一次来的人，有些会哭个不停，有些会突然离席。她总会用那双忧郁的、湿润的大眼睛真挚地看着他们，轻轻地说："释放一下吧，孩子，释放出来。"但是很少制止。

曾经有过一位女同事对博士私下说："她就像文学作品里描述的那种'南方母亲'形象活生生变成了一个人，"她顿了顿，"听起来有点种族歧视，不过我也是黑人，所以这不算。我觉得她一定能做出很好吃的油炸羽衣甘蓝。"

博士对此表示赞同，因为他面前摆着的这盘油炸羽衣甘蓝确实非常美味，因为毫不吝惜油量，好吃到简直有种罪恶感。

苏珊·卡梅森用湿漉漉的大眼睛温柔地注视着他，劝他多吃一点："博士，你太瘦了，你得多吃一点。"

不知为什么，在她面前说一声吃不下仿佛令自己有一种亵渎他人心意的负罪感，但是博士确实吃不下了，尤其是他早已发现了厨房垃圾桶里一家烘焙店的包装袋。他有十足的把握那里面应该盛放过一个蛋糕，即将上桌作为饭后甜品。

他只好露出心虚的微笑，告罪说自己确实吃不下了——这也情有可原，他们已经吃了沙拉、牛排和馅饼。

"好的，那我们来吃甜品吧！"苏珊露出一个大大的笑容，起身去冰箱里拿出一个大托盘，上面果然是一个巧克力冰淇淋蛋糕。博士从内心深处发出一声呻吟。

过于丰盛的餐点显示出旧同事的造访令苏珊开心不已，这是显而易见的。她今年六月份正式辞去了社区工作者这一职务，然而二十六年的倾心奉献令她在辞职之后也收到了不少热情洋溢的回馈。这是一间位于西区的老式红砖公寓，无论外观还是内饰，看起来都有些年头了，屋角的一些地方能够看出有过除霉的痕迹，想来应该是付不出将房子整体重新粉刷的翻新费用，只能年复一年地擦除墙皮上的霉菌。然而，屋子里收拾得非常干净，桌子上摆着一大捧新鲜的鹤望兰，一套镀银的茶具在玻璃柜里发出浑厚的闪光，厨房墙角上贴着一张身高标尺——如果仔细看，能看到一个 1992 年出生的女孩的成长痕迹。

博士打量着苏珊的厨房，冰箱上贴着曾受她帮助的女性的贺卡，还有笔迹幼稚的蜡笔画。看得出来苏珊为此感到十分自豪，把它们贴在了显眼的位置。

他知道那个小女孩并不是她的亲生女儿或者外孙女。苏珊·卡梅森在这个世界上已经没有具有血缘关系的亲人了。那孩子是她的养女，一个有先天性心脏病的弃婴。这个女孩现在正在加利福尼亚读大学，她高中时候获得的奖状被端正地贴在厨房的墙壁上。

她是个好人。博士由衷地在心中赞叹。苏珊·卡梅森丰满的体形仿佛象征着她心中无穷无尽的大爱，毫不吝惜地分发给每一个需要帮助的人，包括他自己。

他刚刚接受这份工作时，曾经有过一段长时间的抑郁时期。他拿了两个心理学相关的学位，人生中有四分之一的时间都在围绕着人类的各种心理问题撰写论文。然而真正接触到心理互助小组时，那些黑暗的故事带着血腥和恶意的腐臭，活生生、血淋淋地摆在他面前，带着受害者的泪水与伤痕，他还是承受不住。

学校提供的辅导员无法解决他的问题，向他伸出援手的正是苏珊。

她轻易地辨认出了他在那些受害者倾诉时双手轻微的颤抖、突然间攥紧裤子时手背上的青筋，以及因为失眠浮现出来的黑眼圈。

有一天她对他说："博士，你知道吗？在我刚开始这份工作时，我一度害怕晚上独自出门坐地铁，我很害怕空无一人的地下隧道。如果背后有人，我会忍不住加快脚步，以求离那人远一点。"

"是吗？"他惊奇地问，忍下了一句"你也是这样吗"。

那时候他们正坐在户外的一张长椅上，东部寒冷的冬天让杯口的咖啡在带着铁锈味的空气里冒出一团团白雾，鸽子在街口起落、盘旋，恐吓着在一辆塔可饼餐车外面排队的每一名顾客，参观博物馆的小孩子排成两行走过，手拉着手向同学兴奋得叽叽喳喳说个不停。寒气从毛衣领子灌进去，博士觉得后颈处起了一层细小的鸡皮疙瘩，他不由得紧了紧围巾。

"是的。"苏珊呷了一口咖啡，"有次我吓到了一个姑娘。那是最后一班地铁，我们两个一前一后出站，她在我后面。路灯坏了，夜里很暗，她留着短发，戴着兜帽，我以为那是个男人，我被吓着了，突然快跑。她以为有什么事情发生，也开始拔足狂奔，我以为她在追我，我跑得更快了……"苏珊大笑起来，"直到她在我后面开始尖叫，我才发现她是个女孩。我停下来看着她，她也看着我，满脸都是泪水，我们才发现这是一场虚惊。"

她歪了歪头，笑道："这账应该记在哈莱姆区的头上。"

博士也笑了。

"人都有这么一步，"她宽慰式地拍拍他的手肘，皮革手套在博士的毛呢大衣上发出轻微的刮擦声，"这是社工的必修课。如果被这种事情影响到，只能说明你是一个好人，你没有真正见过人性当中的恶意。"

博士用叉子挖了一勺蛋糕上的糖霜，放入口中。

苏珊娜是对的。

【3】

休息过后，加特纳借口有个视频会议要开，安排了两名警员带领他们继续剩下的参观之旅。然而，他们刚准备踏出休息室的时候，有个高大而阴郁的男人走了进来，用粗哑低沉的声音说："好了，你们俩去忙自己的事情吧，剩下的我来接手。"

"可是，詹姆，是加特纳博士让我们……"其中一人嗫嚅着。

"我说，剩下的我来接手。"詹姆粗声粗气地说。

两名狱警对视了一眼，做了个"请"的手势，就走了出去。

"我是詹姆斯·莱彻尔，星月监狱的狱警长。"高大男子自我介绍道，"下面由我来向各位介绍本监狱的设施。"

他径直走向珍妮弗："您一定是特兰多女士了。下面不如让我们来看看改造区。"

这不是在征询意见，珍妮弗有些吃惊，不过她同意了莱彻尔的提议。

莱彻尔是个身高看起来足有 1.82 米的壮汉，脸上带着长期户外作业晒出来的雀斑和古铜色。这人看上去四十出头，眉毛中间挤出的皱纹冷得像一块冰。他脸色阴沉，讲解毫无热情，好像对这项工作充满了厌倦和不耐烦，只是出于命令才不得不这么做的。

"本监狱拥有非常先进的改造再教育系统，就是这里，我们称之为改造区。"莱彻尔推开玻璃门，走了进去。

这是一栋有点像大学教学楼的建筑，走廊远比监舍来得宽阔而疏朗，墙壁被油漆刷成上下两种颜色，淡绿色和墨绿色，走廊两边是一扇扇鹅黄色的大门。

一行人随着楼梯拾级而上。

"我想，加特纳监狱长一定为你们讲解过，在监狱体系当中，娱乐与教育是多么重要的一环。事实上确实是这样。本监狱的在押犯人当中有很多黑帮分子，这些人来自世界各地、拉丁美洲、亚洲、欧洲……有些人连英语都不大会说。因此，本监狱聘有英语教师，每周都会来给非英语母语的犯人上课。理论上。"

他推开一扇门，问候道："韦斯特伍德，您好。"

被叫到名字的那位老太太看到他显然非常吃惊，从桌子后面站起来，期期艾艾地说："莱彻尔警官……？你们怎么现在就来了？我还以为……"她看了一眼詹姆身后，闭上了嘴巴。

"我们提前了一小会儿。"莱彻尔说，向双方介绍道，"这位是特兰多探员，FBI 犯罪学专家；特兰多探员，这位是我们的英语教师韦斯特伍德太太。韦斯特伍德太太，不如您来向他们介绍一下课程安排？"

韦斯特伍德局促不安地和珍妮弗等人握了握手："啊，是的，我是这里的英语教师……我一周来三天，这边的学生都很不错……"

也许是有点看不下去韦斯特伍德的结巴和语无伦次，莱彻尔开口道："韦斯特伍德太太是退休的小学教员，不属于政府员工，薪水由本监狱下发。她在教育工作上经验非常丰富。"

"是的！谢谢您为我说明，莱彻尔警官。"韦斯特伍德太太说，她的紧张看起来缓解了一些，"在来到这家监狱之前，我是圣博伦公立小学的英语老师，我在那儿工作了三十年，一直到退休。"

他们又简单地聊了一会儿，便离开了这个房间。

"这边是音乐教室，"莱彻尔打开另一扇门，教室里面空荡荡的，"今天没有音乐课。"

窗帘是拉上的，所以屋子里很暗，但珍妮弗仍然注意到被擦拭得干干净净的钢琴，以及布满灰尘的窗帘。

"美术教室现在也没有课，"莱彻尔带领他们出去，"健身房还没到开放的时间。如大家所见，本监狱有包括英语课、美术课、音乐课等教育项目，只要犯人们有这个毅力，他们也能在狱中完成函授的高中课程。与此同时，在楼上，我们还有专业的心理咨询师和就业培训师……"

他大声地介绍着这些项目，那粗哑低沉的声音在空荡荡的走廊上激起回音，然而，那毫无热情的声音所讲述的监狱仿佛和现实产生了某种偏差。那所设施齐全、活动丰富的监狱，与他们正身处的这个空荡荡、毫无人气的建筑物，仿佛来自另一个时空，而他们是来自另一个时间的旅行者，前来拜访一座史前的遗迹。

"……这里，并没有人啊。"终于，有个名叫金斯堡的组员忍不住开口。

"因为现在没有课。"莱彻尔硬邦邦地回答。

"但是贵司的资料上说这些设施是全天候开放的。"

"我说了，现在没有课。"莱彻尔看了他一眼。

金斯堡仍然没死心，继续追问下去："我记得星月监狱的 PPT 上说的改造项目远不止这些，还有诗歌课程，鼓励犯人进行诗歌创作？"

莱彻尔看了一眼他胸前的铭牌，随即抬起眼皮盯着他："金斯堡先生，当他们学会了如何正确使用英语，当然就会创作诗歌了。理论上。"

"理论上？"金斯堡反问道。

"对，理论上。诗歌可不是人人都写得出来的东西，不是吗？"莱彻尔挑衅似的看着他，"理论上我们还拥有花不完的经费，能去聘请一位专业的诗人来指导这些连初中都没念完的混混来写诗。感谢联邦政府，感谢资本主义。"

珍妮弗猛地看了他一眼，后者直直地回望着她，那目光坚定得就如回以直视就是一种冒犯似的，所以珍妮弗避开了视线，投向教室的窗户。那些窗户上蒙着一层厚厚的灰尘，褪色的窗帘上清楚地被日光晒出一个窗把手的痕迹。

医疗服务室倒是一个重点区域，珍妮弗·特兰多一直想把一台核磁共振仪运进来，以便开展针对犯人的脑神经扫描项目。但是这种机械既笨重又耗电，他们原本想看看医疗服务室是否有足够的空间和插座来安装，然而实地勘察的结果是，搞不好连如何把这种笨重的仪器运进来都是个大问题。一般医院所用的核磁共振仪大多是 1.5T 或 3T 的，而他们借到的这台足有 7T，造价一千四百万美元，当然脑神经成像的清晰程度也是无与伦比的。在试验中，它能使髋臼中薄薄的软骨组织最细微的伤痕也清晰可辨。全国只有一家医学研究室愿意出借这种核磁共振仪，但是禁止他们将其拆分运输，以免在装运中出现操作风险。而普通的集成卡车根本无法承担一整台核磁共振仪的运输精度与重量。

护士为他们送来热咖啡，他们和当值的医生热烈地探讨着技术细节，莱彻尔就一直抱着手臂靠在墙壁上，一言不发。珍妮弗把咖啡杯放下时，余光无意中瞥见莱彻尔从垃圾桶里捡起一张字条，打开看了看，又皱着眉团在手心里。

珍妮弗咬了咬嘴唇。

她隐约看见，那上面有个潦草的涂鸦，是一只猪。

然后医疗室的门突然被打开，加特纳闯了进来。

"……莱彻尔！"他怒气冲冲的声调在收获到一圈注视的目光后迅速刹车，立刻又换成一种虚情假意的腔调。不过半秒的时间，这位监狱长已经调整好了心态，仿佛为了解释刚才的戏剧性场面，用一种女人在抱怨情人晚归时嗔怪的语气说："哦，詹米，原来你在这儿！第三监舍你都找疯了！"

"好的，长官，我这就去。"高大的狱警长放下咖啡杯，带好制服警帽，走了出去。

"真抱歉打乱你们的参观计划！"加特纳振作精神，重新用那种热情洋溢的语调大声说，"不过我想莱彻尔警官也十分尽职……接下来的行程还是由皮涅拉来负责。菲利普？"

一名小个子拉美人从他身后闪出来，穿着西装而不是狱警制服，与他们握手，并自我介绍道："各位好，我是加特纳先生的秘书。"

珍妮弗与他握了手："我想，参观的行程也差不多了，我们现在需要与医疗室沟通一下如何把 MRI 系统搬进来并且成功运转的问题。你看，这里无论是空间还是电压都不够，我怕这台机器开起来的一瞬间，你们的电机就会跳闸。"

加特纳点了点头，说："嗯，这的确是个问题，我们该怎么配合您的工作呢？"

"我们可能需要看一下监狱的电路图，以便确定监狱的电网是否能承受 MRI 的耗电量，如果这东西不能摆在医务室的话，得找个别的地方来放它。"

"唔、唔，"加特纳连连点头，表示赞同，对秘书说："务必协助特兰多女士。实在抱歉，"他又转向珍妮弗，"我是在视频会议中间跑出来的，现在我必须回去了。"

珍妮弗目送他离开，想要收回视线的时候刚好和那位年轻亚洲学者对视了一眼。亚洲人吐了口气，飞速地对她做了个鬼脸。

就在小组商讨工作的时候，珍妮弗准备出来抽支烟。就在她刚咬碎薄荷爆珠的时候，那名亚洲人也跟了出来。

"借火吗？"珍妮弗问。

"我不抽烟。"亚洲人说，"我只是有点心神不宁，想出来呼吸一下新鲜空气。"

珍妮弗嗔怪地看了他一眼："有什么话想说就说吧，不要假装在一个吸烟者身边呼吸新鲜空气。"

亚洲人自嘲地牵起嘴角笑了笑，随即又收敛了笑容。

"特兰多女士，你对刚才那出闹剧怎么看？"

"闹剧？"特兰多弹了弹烟灰。

"你也别假装自己什么都没看见。狱警长莱彻尔和监狱长加特纳之间有点不对付，我们本来应该在午餐后参观这栋楼的，结果他强行截下我们，让我们在上午就来参观。我想你也注意到那几间教室窗帘上厚厚的灰尘了，这说明教室很久没有使用过，钢琴、画架、桌椅都是最近才擦过一遍，让它们看起来不至于太像废墟。"

他顿了顿，低头看看自己的鞋尖，"我直说了吧，星月监狱并没有PPT说明上看起来那么好，它根本没有提供什么改造再教育活动。"

珍妮弗吸了口烟，没说话。

"那名英语教师，是小学教师，而且是退休后被重新聘用的，这说明她是人力资源市场上能找到的同类雇员中最便宜的。她能教会二年级小学生如何拼写，我毫不怀疑。但她是否有能力辅导这些囚犯中任何一人凭函授考到高中文凭，我非常怀疑。只要查一下这家监狱过去有多少囚犯获取过高中文凭，就能佐证我的……"

"你来星月监狱的项目是什么？"珍妮弗打断他。

亚洲人硬生生地吞回要说的话，回答道："……心理评估对出狱后再犯罪的准确性。"

"高中文凭和这个项目有什么关系？"

"……没有直接关系，但是……"

"没有什么但是。"珍妮弗说，"我们受命来对星月监狱的重刑犯人做一次心理评估。这个项目的意义，是由 FBI 犯罪学基金资助的一项犯罪学研究，仅此而已。"

"但是联邦政府也希望从这个项目当中，对星月监狱的资质进行评估，不是吗？"亚洲人反驳道。

珍妮弗把烟头熄灭在她随身携带的便携烟灰缸里："是评估，不是调查。"

亚洲人微微张大了嘴巴，一脸不可置信地盯着她。

珍妮弗叹了口气，四下望望，确认周围没有什么人之后，说："丁教授，我明白你的疑虑，但是星月监狱的故事……远比你想象中复杂得多。"

是的，星月监狱，远比这位年轻的、在象牙塔里待了一辈子的亚洲学者所能预想的要复杂得多。

星月监狱，是第一家被私人"改造集团"承办的联邦监狱。

它的承包商 CAC，是全美最大的私营监狱集团。自上世纪四十年代以来，美国犯罪率激增，所有监狱都人满为患，而由政府主导的基础建设跟不上囚犯数量的增长，因此，由私人企业承包运营的监狱便应运而生。CAC 公司是在这个浪潮中掘到了最早也是最大一桶金的企业，也得益于它与政府的密切关系，以及军方背景。事实上，很少有人知道，CAC 与全美最大的安保公司"褐石"的幕后大股东，几乎是同一拨人。这两家公司都没有上市，是私人公司，因此这些信息也从未被公开披露过。它的董事席，穿过层层复杂的股权关系，来自于美国一个历史悠久的老钱家族，其影响力不仅能直接干预白宫，甚至能直接干预五角大楼。

私人承包监狱业，最初只限于州立监狱，由承包商自行承担基础建设与运营。然而这些监狱运营得实在太好，最早，他们还需要拿联邦政府的补贴，然而后来，不仅能实现收支平衡，还实现了平均每家监狱每年七千万美元的利润，是每个州重要的纳税户。与此同时，私人承包的监狱里，囚犯的待遇，无论是住宿、伙食、医疗、卫生，也明显比州政府运营时上升了不少。对比之下，每年都需要联邦政府高额补贴的联邦监狱，就显得又落后又碍眼。甚至在新晋政客当中，不少人都持有"既然私营企业做得比国家好，为什么不交给企业来做"的观点。当这种呼声越来越高时，两年前星月监狱，全美最大的一所联邦监狱，就与 CAC 签订了运营合同。

所以目前，星月监狱，是一家半私有化的联邦监狱。CAC 负责物业、餐饮等日常运营，也招揽工程项目，利用监狱里大量的人力，为自己实现盈利。

然而，州立监狱的成功经验，似乎要在星月监狱这里栽个跟头。

州立监狱的犯人，通常犯的是轻罪，刑期短，白领犯罪者也较多。这种犯人当中没有多少帮派分子，反而能经常看见戴着眼镜、一脸苍白的前公司财务，因为为公司开具假发票而入狱，或者策划过庞氏骗局的前华尔街精英。不消说，这些人的危险性远没有那么大。

CAC 接手星月监狱四年之后，政府补贴不降反增，CAC 今年甚至提出了比去年增加 40% 的预算，使得四年来一直质疑私营监狱承包商的反对意见越来越大。虽然监狱承包合约并未到期，但是 CAC 决定对此采取行动挽回公众形象，积极与联邦政府展开合作项目，便是其中一着。

于是，才有了这个代表团。

"……所以，"珍妮弗拂去袖子上的一片烟灰，说，"做好我们自己的事情就可以了，其他的别去管。"

亚洲人深深地叹了口气，说："也许你是对的。"他话锋一转，"我们什么时候能直接与犯人对话？"

轮到珍妮弗深深地叹一口气了："狱方对此一直有些阻力，他们之前安排的是我们与他们甄选出来的犯人面谈，我认为我们应该自由选择谈话与评估的对象。不过你放心，我会推进这件事的。"

亚洲人耸了耸肩："我有个提议。"

"说说看？"

"让我住在这里。"亚洲人看到珍妮弗目瞪口呆的样子，对她浮起一个微笑，"反正我带了自己的牙刷。"

【4】

弗朗西斯科·里德 1983 年生于加州圣莫尼塔市。他的父亲只在医院里看了一眼这个脸色红润、哭声洪亮的婴儿，就消失在了医院。很显然，婴儿深邃的肤色证实了他长久以来的疑问：他的妻子是否在背着他和别的男人偷情。

事实上，佳思敏·维拉从来没有和这个男人有过正式的婚姻，他们初次相遇是在一家酒吧，几杯龙舌兰下肚之后彼此调情，就这么勾搭到了一起。这段浑浑噩噩的关系经历了几次分分合合，最后在维拉女士找到一份麦迪逊饭店酒廊的调酒师工作后有所缓解，毕竟他们之前吵架的主要原因是缺钱。

佳思敏·维拉的这份工作，比起她之前那些酒水推销的零散工作来说，收入颇丰，她私下还做一些类似于暗娼的工作。麦迪逊饭店不是柏悦、四季那种适合度假的高级饭店，但对于商旅客来说档次尚可，酒廊里常聚集着结束了一天工作、想要找点乐子放松一下的出差人士。他们需求简单，出手却大方。

理论上，她应该攒下了不少钱，但是怀孕让她丢掉了调酒师的工作。毕竟，没有酒店愿意让一个大肚子孕妇在酒廊为顾客倒酒。而男友的离去又让她不得不停工半年独自抚养这个婴儿。

从一些迹象来看，佳思敏·维拉并不是没有过要当一个好妈妈的念头。最初，她会给婴儿买自己能力范围内最好的尿片和婴儿玩具。然而得不到充分休息，存款又在不断变少，让佳思敏·维拉烦透了婴儿的哭闹。根据儿童福利保障机构的记录，弗朗西斯科还不到一岁时，佳思敏就经常把他从摇篮里抓出来用力摇晃，仿佛这样就能阻止婴儿的大声啼哭。

弗朗西斯科快两岁的时候，佳思敏又交往了一位男友。新男友自称是个建筑承包商，当佳思敏发现他不过是个筑路工的时候已经晚了，她还有两个月临盆。这次她生了一个女儿。她和筑路工共同生活了三年，这期间两人吵架逐渐升级，发展为严重的家庭暴力，最后筑路工因为酒后斗殴而入狱，两人分道扬镳。

再次失去收入来源的佳思敏，此时已经差不多有五年没有一份像样的工作了。她不停地换男朋友，不停搬家，房租一次比一次便宜。在拮据的生活中她还染上了酗酒的恶习，年轻时那点明艳动人也被生活逐渐磨去了光泽，同样被磨去的还有耐心。只要男友对她挥起拳头，暴力之后，她就会把被揍的痛苦与怒气原样发泄在儿子身上。

弗朗西斯科甚至认为，母亲有些时候，是憎恨过他的。

弗朗西斯科·里维拉是个好看的男孩子，从他湿润而动人的棕色眼睛、瓷器般光滑的深色皮肤和深邃的五官来看，他具有拉丁美洲和高加索混血儿的典型特征。母亲曾经在某次酒醉后对他承认，他也许是麦迪逊饭店游泳池那个英俊的墨西哥裔救生员的种。

随着年龄增长，小小的弗朗西斯科长得越来越像那个英俊的墨西哥人，他继承了父母双方容貌上的优点，混血儿的面容带有一种天然的野性，而忧郁的棕色大眼睛总是带有一层水汽似的，看上去仿佛蒙了一层霜。他母亲醉酒时会说，是他吸走了自己的青春、美貌，以及未来。

到了入学的年纪，他很少在同一所学校待一年以上，原因是他们总在频繁地搬家，从一个地方搬到一个更便宜的地方。佳思敏靠打零工维持生计，但是为数不多的薪水只有一小部分用在两个孩子身上，大部分都被用来购买各种廉价的酒精。尽管经常生活在贫困和家庭暴力的阴影下，弗朗西斯科学习成绩也一直处在中下游水平，在学校中很少因为行为不端而受到处罚。回溯他的童年学校记录，老师的评语大多是"安静、乖巧"，鼓励的话语大多是希望他能更开放地表达自己。

他们后来搬到堪萨斯定居，因为佳思敏在那里找到了真爱：乔纳森·里德。乔纳森·里德是堪萨斯人，在旧石镇开一家农用机电维修店，客户主要是周边的农民，生意还算平稳。在遇到佳思敏的前半生里，他一直是个单身汉。佳思敏在一家高速公路旁边的休息站打工，有时弗朗西斯科周末不得不待在母亲工作的地方写作业和照看妹妹，因为他们周末无处可去。乔纳森驾车去外地采购零件时便会光顾这里，有时遇上，觉得孩子可怜，会给他们买个甜甜圈做点心。

这桩婚姻来得有些突兀，尽管中间有接近二十岁的年龄差异和相识不过三个月的短暂时间，佳思敏还是急不可待地答应了乔纳森的求婚：那时候她的生活实在无以为继，再这样下去，她迟早要变成一个服务长途卡车司机的廉价站街女。哪怕乔纳森·里德大腹便便，头发都快没了一半，对她来说，也不啻于穿着银甲的骑士了。

重组家庭的一家四口过了一段相对富足、平静的日子，当时弗朗西斯科九岁，他的异父妹妹丹妮尔六岁。此时距离惨剧发生，还有三年，很少有人知道这三年当中，这个家庭究竟发生了什么。

根据周围邻居的说法，这是个非常普通也非常温馨的家庭。丈夫年纪虽然大了些，但对他的新婚小娇妻非常体贴，对两个孩子视若己出，每天早上出门上班之前，会依次亲吻他们作别。妻子虽然没有彻底戒除酗酒的习惯，但是努力打理着一家四口的生活，为丈夫和孩子准备三餐，吸尘、洗涤、清洁。这是个偏僻而且安静的小镇，距离最近的城镇开车需要约四十分钟。如果乔纳森没有出差，那么周末他们就会去镇子上玩一天，逛游乐园、看电影、吃晚餐。后来，两个孩子便改姓里德。

弗朗西斯科在村子里唯一的一家公立学校上学，他妹妹在案发前是同一家学校的一年级小学生。里德兄妹长得都很美，是那种具有异国风情的美，在一座以白人居多的南方小镇学校里十分罕见，以至于事情过去很多年后都有人记得他们。

丹妮尔是个活泼可爱的女孩，她漂亮却并不高傲，对人友善，尤其是笑容十分有亲和力，因此一入学就受到了不少同龄孩子的欢迎。无论是男孩还是女孩，都很喜欢她。她在学校成绩中等偏上，但展现出了出色的声乐才能，参加了学校的唱诗班。

"她真的是个小天使，"音乐老师评价，"丹妮尔优美的童声响起时，任何人都会为此屏住呼吸。我毫不怀疑，只要有正确的练习，她将来一定能在声乐上有所成就。"

很显然，里德太太也这样想。她与邻居的交往不多，但是交谈的话题往往都和丹妮尔有关，她总是骄傲地宣称丹妮尔将来一定能当歌星。南方小镇民风保守，很少会有母亲如此不加掩饰地炫耀子女。然而奇怪的是，邻居太太们却在这件事上保持着和里德太太相同的立场，她们也认为，面孔和歌声一样甜美的丹妮尔绝对是当大明星的料儿。她们甚至建议里德太太带女儿上电视去参加比赛。

相比之下，她的哥哥弗朗西斯科则平凡多了。

"弗朗西斯科是个很有礼貌的好孩子，"他的一位老师回忆道，"他很规矩，现在很少见了：哪怕在校外遇到，都会恭恭敬敬地向我问好，称呼我为'夫人'。"

弗朗西斯科的成绩不太好，但是他一直很用功。他在体育上倒是有些天分，曾经参加过田径社，但后来很快又退出了——他摔伤了腿，小腿上的瘀青很久才消退。也许是因为过分溺爱孩子，佳思敏禁止他再参加田径社，导致他的体育老师兼田径教练惋惜了很久。

弗朗西斯科是个非常安静的孩子，上课很少主动回答老师的问题。有位老师认为，他似乎怕出风头、怕被人注意到，故意把自己隐藏在角落里。但是这个早熟的少年十分珍惜他的妹妹。丹妮尔入学的第一年，他牵着她的小手，一直把她送进教室门。

在邻居的印象中，里德家安静而有礼，但是与邻居们的交往十分有限，大多只限于遇到时打个招呼。尤其是佳思敏，她很少出门，孩子在学校的活动都是由乔纳森代为前去的，邻居家的太太认为她毕竟是从加州来的，不太习惯和南方佬交往。但是总的来说，他们只不过是这个风气保守、安宁祥和的南方小镇上，极为普通的一家。

如果日子就这么过下去，也许里德家，不过是美国南方小镇无数平凡家庭中的一个。鉴于年龄，也许乔纳森会先走一步，但是一辈子辛苦工作攒下的积蓄足够他的遗孀和两个继子女生活了。两个孩子顺利长大，也许考上大学去外面的世界，也许留在老家找份工作，结婚、生子，再将一辈子坎坎坷坷的母亲待奉终老，度过平淡、安稳的一生。

直到1995年7月4日的那天晚上。

那天是独立日，镇子上有烟火表演，因此附近很多人家都赶去参加这一盛会，包括里德家的邻居，一对新婚夫妇。7月5日凌晨，新婚夫妇看完烟火表演后开车回家，正在把车停进车库的时候，弗朗西斯科浑身是血地从里德家的后门狂奔而出，用力地拍打他们的车窗。夫妇二人吓了一跳，从浑身颤抖的孩子口中听说有人闯入他们家中，并且杀死了他的父母。

年轻的丈夫也是镇上的农夫，南方人家里几乎人人都有支猎枪和一腔热血。一听说年幼的女孩儿还在屋子里，他立即命令妻子报警，并将弗朗西斯科带到自己家保护起来，自己则从车库里拿了他的点三八猎枪，从后门走进里德家。

后门上有血迹，血脚印一直倒溯至主卧。他没有进去，而是端着枪，蹑手蹑脚地走进了孩子们的房间，并且在壁橱里找到了盖着一堆毯子、为了忍住哭泣把小脸憋得涨紫的丹妮尔·里德。

他立刻抱起女孩逃出房子。几分钟后镇上的警察就赶到了，并且在主卧室里发现了死去多时的里德夫妇。

入室谋杀，两起人命，在这个平静的小镇上，已经多年没有发生过了。警方极为重视，从郡警处抽调人手展开调查。他们对男孩和女孩分别取了证，根据弗朗西斯科的描述，他和妹妹睡上下铺，因为睡前偷喝了果汁感到尿急，半夜去厕所的时候，看到有人偷偷溜进家里，摸进主卧，并且用匕首残忍地杀死了他的父母。他赶紧回到自己的房间，把妹妹从床上抱下来，躲进壁橱，用毯子盖住自己和妹妹。其间，隔着厚重的毛毯，他隐约听到有人进入他们的房间，然后又出去了。

女孩的口供也相差无几。她说，她半夜被哥哥抱起来塞进壁橱，用毯子裹得严严实实，哥哥说家里进了坏人，让她千万不能发出一点声音。她怕得要命，只好紧紧地咬着嘴唇，不发出一丁点声音，直到她听见哥哥说，坏人好像走了，他要出去求救。女孩儿小声哭着要求哥哥不要离开自己，但是哥哥说他必须去求救，给女孩儿盖好毯子后便离开了。她在黑暗中绝望地等待着，直到隔壁邻居找到她，并且把她抱出去。

比起女孩在叙述中不停哭泣甚而打断询问，男孩则显得冷静许多，他的临危不乱拯救了自己和妹妹的生命，让女警和儿童福利社工都为之心碎。当地报纸称他为"英雄男孩"，并为兄妹俩的悲惨遭遇和未来命运担忧不已。

然而，在郡警这边，随着调查的深入，疑点越来越多。

首先，歹徒挑 7 月 4 日这天下手，或许是因为这片街区的住户大多去镇上观赏烟火表演，是闯空门的绝佳时机。但是，里德家并不是这条街上最富有的住户，他家的车子还停在前院停车场上，非常明确地显示了这家人并未外出。而隔壁有好几家住户，远比里德家有钱，因为烟火表演结束得太晚，准备在镇上住宿一夜再回来，他们的车子没有停在房子前面，家里一片漆黑，明明是入户偷窃更好的选择，而歹徒却直奔里德一家而来，这是为什么？

其次，里德家遭窃的东西，是挂在门廊上的里德太太女包和里德先生公文包里的一些现金，和里德太太梳妆台里的一些珠宝，那些珠宝并不值钱，合计不到三百美元。然而，里德先生位于一楼的办公室抽屉里，有一沓两千五百美元的旧钞票，这是他周五刚从一位农场主那里拿到的欠款，因为临近银行下班没来得及存。歹徒完全没有去办公室翻找，轻易地就放过了这些现金。是因为杀人后他心虚了，所以迅速逃离现场吗？

第三，里德夫妇是在睡梦当中被杀的，凶手向乔纳森·里德刺了十二刀，佳思敏五刀，致命伤均在咽喉，而且均是第一刀。换句话说，在第一刀刺下之后，里德夫妇便当场身亡，而凶手仍然丧心病狂地刺了余下合计十五刀，乔纳森的脸部被扎得稀巴烂，几乎无法辨认。如果说这单纯是为了使他们瞬间死亡并失去反抗能力，似乎不是事实，因为凶手是刺了乔纳森十二刀之后，才杀死了佳思敏。为什么睡在丈夫身边的佳思敏毫无反抗？为什么凶手能好整以暇地在乔纳森身上发泄完残忍之后再刺杀佳思敏？

基于这些怀疑，法医在尸检中安排了毒理测试，随即发现，里德夫妇血液中含有大量安眠药成分。这一发现让警方的调查方向完全改变，也让接下来的调查指向了一个令人惊心动魄的可能。

佳思敏·里德有失眠症状，因为镇子上只有一家诊所，她倾向于每个月去一次，一次性开一个月的量。案发前三天，她去了一趟诊所，根据药房记录，她领取了一个月的分量。然而从浴室里找到的安眠药瓶来看，有三分之二的药片不翼而飞。

里德夫妇习惯于睡前喝一杯红酒。由于乔纳森·里德爱整洁的习惯，睡前他把酒杯放进了洗碗机，但是从那瓶未被喝完的红酒中，检验出了高浓度的安眠药成分。而当晚，根据孩子们的口供，他们是在自己家吃了晚饭，并未有外人到访。

鉴于这一切，警方不得不开始考虑家庭内部成员作案的可能。

由于乔纳森·里德被刺中了大动脉，凶手快速举刀又快速扎下，床头护板和墙壁上溅有大量血液。现场的照片被送至郡警的实验室，血迹鉴定专家在仔细分析了血迹方向后，断定刺杀者臂展约四英尺八英寸，比美国成年男子的平均臂展——约为五英尺五英寸——短许多，刚好符合一个十二岁男孩子的标准。

当调查线索逐渐集中到弗朗西斯科·里德的身上之后，另一条令人不安的线索出现了：他曾经在童子军夏令营得到过"探索勇士"勋章，而这个勋章伴随的奖品，则是一把货真价实的猎刀。无论是锋刃，还是背面的锯齿，都与这桩双重谋杀案中的凶器一模一样。

当警方把这些事实摆在弗朗西斯科面前时，男孩突然沉默了下来，无论警官威逼、利诱、哄劝，他都一言不发，两片嘴唇像是被铁水焊死了一样死死闭住。

无论如何，警方缺乏能够定罪的直接证据，而男孩的拒绝也让他们无法找到谋杀动机。就在案件陷入僵局的时候，两桩意外事件推动了案子的最终侦破。第一件是在乔纳森·里德的办公室里找到了一个隐藏起来的保险柜，里面储存着大量儿童色情录像带。郡警忍着作呕的冲动挨个检阅，发现大多是家庭录像，有别人的，也有乔纳森·里德的。在里面，他录下了他对弗朗西斯科犯下的罪行，然后寄给全国各地那些与他有相同癖好的恶棍，彼此交换。

第二件则是丹妮尔·里德的崩溃。九岁的小女孩听说自己兄长可能犯下罪行后，哭着告诉陪伴她的儿童福利社工：案发之前约一星期，继父把她叫进房间，脱掉她的衣服并且开始抚摸她，弗朗西斯科随后进入了房间打断了他们。继父非常生气，提起男孩的领子把他扔给自己的母亲，并且叫妻子"好好管教一下这个小杂种"。然而，这个小插曲打断了他的兴致，这桩丑行并未继续。

虽然缺乏关键证据，但检方立案，并且指控弗朗西斯科·里德为凶手。鉴于他的未成年人身份，法庭没有进行公开审理，而是私下组成了合议庭。庭上，尽管这桩双重谋杀案手段残忍，公派律师和地检助理还是一致向法庭求情，并且列举了大量弗朗西斯科·里德在学校里的良好表现，来说明他是由于长期受到继父性侵，加上母亲因为不想再回到居无定所的拮据日子而不闻不问——这一切他都默默忍受，直到继父把主意打到妹妹头上，才精心策划了这桩谋杀案。

"这是一桩骇人听闻的恶行，"公派律师不无伤感地总结道，"不是两个成年人被残忍地杀死，而是一名十二岁的男孩，长期忍受的性侵和虐待。"

最终，法庭接受了检方的建议，判处弗朗西斯科进入少年感化院四年。

进入堪萨斯雷德维洛少年感化院登记时，教员问道："全名？"

他回答："弗朗西斯科·穆里·里德。"

这是自从他被指控谋杀的那一刻之后，这个十二岁少年第一次开口。在司法流程的整整七十六天之中，这个少年始终一言不发，死寂一般，接受了他的命运。

至此，"旧石镇谋杀案"尘埃落定。

【5】

博士呷了一口红茶。大吃大喝一顿之后，一杯浓淡相宜的柠檬红茶简直沁人心脾。

他抬起眼来，看着面前的苏珊："我最近过得不太好。"

苏珊点点头："说吧，孩子。"

"我是周五下午圣奥斯本教堂互助小组的主持人，你知道的，这个小组都是匿名参加。我有一个组员，她用的名字是克莱尔，我十分确定那是一个假名，她……"博士顿了顿，摘下眼镜，用眼镜布缓慢地擦拭着，"她曾受到过一些非常严重的创伤。"

博士犹豫了一下，苦笑道："你知道，这种互助小组的内容应该是保密的，我不应当对任何人提起。但是我真的有点受不了了，苏珊。我连向我的心理导师倾诉都做不到，我只能想到你。但是，你毕竟已经退休了，尽管我对你的品德有百分之百的信任，你绝不会把我所说的东西泄露出去，可我担心这些事情会变成你的负担。我们都知道这些事情的阴影能有多长、多重。"

苏珊端起茶杯，略略沾唇，却没有饮下。最终她也放下茶杯，叹气道："我明白，博士。不过，我有一点比你强：我做社工已经做了二十年。我以前是儿童福利机构的社工，后来是受虐妇女保障协会的主任，之后又做了互助小组的组长。相信我，我知道那些黑暗，我也有办法对付它。说吧，孩子。"她重复道。

博士紧张地绞着双手。

"克莱尔……她长得很美。她有一种脆弱、动人的气质。我说不好。这也算是我在临床实践中的一种直觉吧：有些受害者，会在事件发生之后，带有那种气质，仿佛一件被打碎了又黏回去的精美瓷器。有些人把自己黏得很好，看起来是完整的，表面光滑、花纹平顺，但是那些胶水并不总是那么牢固。你会担心，稍微触碰一下就会有一片碎片掉下来……这样说很不职业，"他苦笑，"但就是有这样一种联想。"

"我懂。"苏珊把椅子拉近，安慰式地拍拍他的手背。她肥厚而宽大的黑色手掌温暖而干燥，让他联想到非洲的大地，莫名让人感到安心。

"克莱尔小时候曾经遭受过继父的骚扰，只有抚摸。但是这件事造成了长期的心理阴影，她一直无法彻底走出来。后来她进入福利体系，换了名字，被人收养。她的养父母只知道她吃过苦，但是并不知道事情的全部真相，她也没有告诉过他们。克莱尔是个优秀的女孩子，成绩很好，考进了一所常青藤大学。她的养父母收入不算多，但是为了让她专心学习，没有让她去借学生贷款，他们省吃俭用地为她准备了未来四年的全部学费。我能感受得到，克莱尔很感激他们，因此她也很用功，一心想要毕业后找到工作好减轻双亲的负担。"

博士脸上不自觉地浮起一丝微笑："她成绩非常好，大二的时候得到了一家华尔街投行的暑期实习机会，如果表现优异，就能获得一份回归合约，毕业后可以直接进入这家银行工作。她那时开心坏了，谁都知道这有多不容易。"

然而，他的笑容很快就消失在嘴角："但是……在三个月的实习期快结束的时候，她被侵犯了。"

苏珊静静地听着，没有打断他。

克莱尔的经历并不是个案。太多实习生在竞争少得可怜的正式职位，所有人都名校毕业，野心勃勃，哪怕只是实习生，女孩子们每天也都画着精致的妆容，穿着名牌西装，足蹬昂贵的尖头高跟鞋。这让一个出身底层的穷女孩相形见绌，克莱尔只能用加倍的努力来弥补。然而，她心里也知道，这些男孩和女孩当中，很多人的家世是她完全无法企及的优势。只要一入职，他们的父母立刻就能帮助他们签下巨额的交易单，而她住在布鲁克林的父母，为了付她的大学学费，已经连续几年都没有度过假了。

很多实习生会组织各种联谊和酒局，以此来建立自己的人际关系，而她并不参加这些，一半的原因是她付不起那些昂贵酒吧的酒水费，也没有去这种场合的漂亮衣服；另一半原因是，她永远在加班。

有个同期的男生一直在追求她，试图送她昂贵的礼物，约她去看戏，都被她拒绝了。

"事实上，"博士觉得说话时自己喉咙发干，他的声音一定是因为这样才如此干涩而嘶哑，"克莱尔还是处女。多年前曾经被继父骚扰的阴影让她无法接受被异性触碰，更别提那种亲密的举止……所以她从不接受任何人的追求。"

实习期即将结束，每个人都面临是否能拿到那份合约的压力，而克莱尔的压力最大。在这段时间里，她的表现确实出色，然而同期的实习生中，已经有人托赖祖荫，为公司签下了很多合约，相比之下，她的努力似乎完全不值一提。

那个男生来自纽约的一个富有家庭，父亲是一家大科技公司的CEO，母亲则是前纽约州议员。男孩子告诉她自己已经被内定了，这并不出人意料。然而他说，他有办法能让克莱尔也得到那份合约，只要跟他吃一次饭。

"只是一顿饭而已，克莱尔，我需要的只是一个机会。"男孩子如此恳求道。

克莱尔犹豫了。

一旦进入这家投行，不消几年她就能赚到足够的钱，帮父母还清房贷，还能让他们出国度假，能把家里年久失修的车库翻新……也能实现她长期以来的梦想：成为一名独立、自信的职业女性。

再三考虑之后，她答应了。

男孩非常高兴，可以看得出，他确实用心，地点选在一家豪华酒店的餐厅，他甚至为她准备了适合去这种高级场所的衣服。餐点美味可口，男孩殷勤备至，克莱尔有些飘飘然，甚至有那么一瞬间，觉得也许和他交往也不错。毕竟，最坏的情况能是什么？

……但是早上在这家酒店的客房醒来，她发现自己一丝不挂，浑身瘀青，下体疼痛得像要撕裂。

而身旁睡着那个男孩。

克莱尔逃回公寓，她发疯似的脱掉那件昂贵的裙子，想要冲洗掉自己身上的污垢，然而开水龙头前一瞬间，她想到，自己应该报警。

那名青年很快被逮捕，DNA和指纹证实了他与克莱尔发生了性关系，然而男孩自辩那是克莱尔自愿的。克莱尔晚餐时喝得有点多，向他提议开间酒店房间休息。

男孩的律师拿出酒店的监控录像，证实克莱尔在晚餐时喝醉了，然后和男孩子一同上楼，走入了酒店的房间。在这些视频当中，她虽然看起来有些脚步虚浮，然而神志并非不清醒，甚至还挽住了男孩的手臂。当男孩为她刷卡打开酒店房门时，她是率先、自愿进入酒店房间的。男孩的律师来自一个强大的律所，律师经验丰富又战意十足，圆滑而委婉地向警方暗示她不过是个掘金者。

克莱尔无法解释为什么她没有丝毫记忆，自己是怎么结束了晚餐，怎么来到酒店房间的。她只能一遍又一遍地重复"我没有答应，我没有提议，我真的没有"。然而，检方最终还是做出了不起诉的决定。

克莱尔没有得到那份回归合约，事实上，哪怕给了她，她也完全无法接受。事情发生以后，她回了父母在布鲁克林的老家，把自己关在房间里，闭门不出，也再没有回学校上过课。

她的双亲伤心又担忧，最终劝她来到这个互助小组。

"克莱尔取得了很大的进步，"博士又喝了一大口茶，"她天生感情脆弱而敏感，这样的人同情心强烈。一开始她完全不能讲述自己的遭遇，然而大家的倾诉鼓励了她。她一周参加两次，大概有半年时间，我非常欣喜地看到她开始变得开朗。上个月她告诉我，她向学校申请复学了。苏珊，我好开心，那时候，我告诉她说等她回到学校我要送她份礼物，我甚至都开始构思要送她什么了，我原本想送她支漂亮的钢笔……"

"但是……"

博士不得不大大地咽下一口空气，才能压制住喉咙里的一声微
弱哽咽。

但是，"那个"视频出现了。

克莱尔被击溃了。虽然她的律师告诉她，这个视频能证明她在
整个过程中处于毫无意识的状态，足以将那个男孩定罪，然而克莱
尔还是被击溃了。她像行尸走肉一样配合司法程序，也不再有规律
地来互助会，哪怕到场，也是一言不发。

"我很担心她，所以我违反了规定，私下联络了她的父母，想
要知道她的情况……"

事实上，这起案子轰动一时。毕竟，不是每一个豪门家族的年
轻继承人都能被爆出这种丑闻。然而随着知名度的提高，那个视频
的流传度也越来越高。

克莱尔的父母甚至上门去哀求那个男孩和他的父母，求他们阻
止视频的传播，得到的却是一张人身禁止令。更何况，这种视频一
旦上传网络，就会像病毒一样蔓延开来，无人可以阻止。

最后，男孩一方的律师，向克莱尔提出巨额和解。

"这种案件会持续很长、很长时间，变数也很大，想想 O.J. 辛
普森。"律师对她的父母说，"我们注意到令爱的状态实在不好，你
们得多为她着想，她的状态能够支撑她走完整个流程吗？这个和解
金额足以实现她的任何梦想，为什么不接受它，展开崭新的人生
呢？毕竟，她的幸福才是至关重要的。惩罚另一个犯了错的年轻人，
不能带给你们任何好处啊。"

听到这段转述，苏珊皱起了眉头。

他们当然知道这是错误的。比起接受赔偿金，看到犯下罪行的

人得到他所应得的惩罚，才能令受害者感受到"终结"，才有真正放下过去、迈向新生活的可能性。

然而，这个清贫的家庭被这起事件折磨得疲惫不堪，而克莱尔仿佛随时处于崩溃的边缘。于是，她的父母接受了和解。

"从那时开始，她再也没有来过互助会。"博士说。

苏珊用一张手帕捂着口鼻，轻微地咳嗽了一声。这无疑是个悲伤的故事，但是，在她二十年的职业生涯中，这种故事她经历过无数次。她叹了口气，站起来，略显蹒跚地挪动着身子，给博士和自己的茶杯中添满热茶。

"如果说我过去的职业经历告诉过我什么，博士，那就是，面对这种悲剧的时候，如果你只是随波逐流地被同情心吞没，那么你无法帮助那些该得到帮助的人。"

博士低下头，看着自己的双手："不，苏珊，这不是我困惑的点。"

他抬起头，双眼在清澈透亮的镜片后面有些发红。

"我困惑的点是，我的痛苦。"

他深深吸了一口气，又慢慢地吐了出来，仿佛吐出某种在胸腔里郁结已久的东西。

"苏珊，在克莱尔的故事中，我深深地感受到了一种痛苦，它不是生理上或者精神上因为同情而感受到的悲伤，也不是因为自身束手无策的无力感带来的愤怒。自从来到这个互助小组，这种感情在我身体里逐渐成形。一开始，我的症状只是失眠。那时候你帮助过我，听我倾诉，告诉我如何排解这些情绪。我照做了，也确实有些效果，但这些、这些就像拿消炎药对抗发烧，然而我身体里的肿瘤却一直存在，虽然体温恢复了正常……但是……"

"但是那个肿瘤一直在那里，是吗？"苏珊问道。

"是的。"博士摘下眼镜，用手揉搓着额头。有一瞬间苏珊觉得他可能要哭出来了，但是他并没有。

"直到遇到克莱尔，我才能给这种负面情绪下一个定义：它就是痛苦。为了确定这痛苦的根源到底在哪儿，我甚至借口生病翘了一次互助会，然后我发现，那痛苦并未消失，甚至加剧了。我才发现，克莱尔，或者互助会里任何一个幸存者，都不是它的根源。"

他往前凑了凑，上半身挨近苏珊，耳语般说道："它的根源，是那个侵犯了她的男孩子。或者说，是让这些幸存者来到这里的那些'原因'。"

苏珊定定地看着他，半晌才开口："博士，你知道为什么在互助会里，我们称呼他们为'幸存者'，而非受害者吗？"

"知道。避免那些事件让他们继续感受到无力，提醒他们自己的现状，并激励他们有勇气继续生活。"他轻笑了一声，"就好像伤害他们的不是某个人，而是一场天灾似的。"

"博士，你不该这么想。"苏珊的目光中带有一点严厉，"我确实遇到过一些幸存者，他们对过去的悲剧无法释怀，去袭击了当年伤害过他们的人。但是这并没有带给他们任何益处，相反的是，他们为此背负上了更多的负担。这个小组的意义，不在于为受害者伸张正义，而在于帮助他们走出阴影，迎来新生活。"

她端起茶杯抿了一口，放下，杯底在碟子里发出清脆的轻响。"关于你的痛苦，我认为，你应该试着把它转化为工作的动力。帮助他们，帮助克莱尔，我相信，等她真正复课的那一天，你会发现那种痛苦变成了喜悦。"

"你……确定吗？"他哑着嗓子问道。

"我当然确定，孩子。"她伸出手，轻轻摩挲他的手臂，"我毕竟做这一行，已经很多很多年了。"

这天下午的谈话不能说令人愉快，但就苏珊看来，还算卓有成效。博士离开她家的时候，她认为这个青年看起来已经比他来的时候好了很多。这让她如释重负。

这是个好孩子，她情不自禁地想，是那种看了就想帮助的优秀青年。诚实、上进，富有同情心。好吧，也许同情心富余了一点。

起初，基金会录用他来接替自己的职位时，苏珊觉得有点不可思议。"幸存者互助小组"由一家慈善基金会出资并管理，人事录用不是她的职责，然而这种工作一般是由经验丰富的社工来担任的。从人选上来看，她这样年长的女性会让组员们更能感到安心，有些组员根本无法面对年轻高大的男性。而且这个人正在攻读他的心理学博士学位，实践经验比起社工们来说少得可怜，时间也不充裕。

但是，他的表现非常出色。不知为什么，也许是他的某种姿态，也许是他说话的语气，也许是他的举止，总之，他身上有种奇妙的气质，能让人感受到"他站在我这边"。对于那些受过性侵的女性，她们经常会感到极端的不安全感，博士反而会让她们感到放松，仿佛是从小一起长大的兄长，在危险来临时能把妹妹护在自己身后，愿意为保护她们而不惜一切。

苏珊轻笑了一声，开始冲洗碗碟。家里的洗碗机坏了，她不得不用手刷洗这些盘子锅子。这项工作多少有些枯燥，所以她打开了厨房里的电视，准备一边听新闻一边洗。

新闻频道里没有什么新鲜东西，无非是恐怖主义、经济泡沫这些日复一日的废话。直到一条插播新闻吸引了她的注意。

她在听到"自杀"这个词的时候猛然回头。

电视里，金发碧眼的女主播在用一种急切而快速的语气播报："……今天中午，性侵案受害者阿比盖尔·克莱蒙特在家中被发现上吊身亡。警方已排除谋杀的可能。此前，克莱蒙特家已经接受了被告律师提出的和解，然而克莱蒙特家对于阻止性侵视频在网络流传的努力未见起效。有关人士认为，这或许是压垮阿比盖尔·克莱蒙特的最后一根稻草……"

那只只用来招待客人的美丽盘子从苏珊手中掉落在地，飞溅成一地的碎片，然而她此刻的注意力已经完全不在盘子上面了。她看了看时钟，觉得博士这时搞不好还在地铁上。她想不了太多了，抓起手机便拨了过去。

电话很快就被接了起来。

"喂，博士？你有看新闻吗？你在看吗？"

对方没有应答。

苏珊的眼泪夺眶而出："噢，天啊，我简直不敢相信，我一直知道你说的就是阿比盖尔·克莱蒙特，那段时间新闻上全都是她……博士，博士？你在听吗？"

电话中一片死寂。

【6】

珍妮弗向监狱长提出了请求，双方争论了十几分钟以后，监狱长不情不愿地接受了。由于丁的研究目标主要是连环杀人犯，那么他大部分时间都必须待在第一监区。监狱长提出，他行动时必须有狱警陪同，如果要去其他监区，要向狱方报备。

"底线是，他不能干扰监狱的正常运行。"加特纳警告道。

"我认为他有能力控制自己。"珍妮弗不卑不亢地回答。

事实上，像丁这样胆大妄为的，在小组里并不是很受欢迎。回到旅馆以后，贝里曼来到她的房间找她。

他一进门就开门见山地质问道："珍妮弗，你脑子里到底是怎么想的？"

从语气上看，回来的这一路，他已经憋了很久了。

"放松点，布拉德。"珍妮弗给他倒了杯酒。

贝里曼接过来，却没有喝。这是个身高中等、戴着黑框眼镜的非裔犯罪学家，他有些谢顶，现在光秃秃的脑门上因为愤怒而变得油亮亮。

"放松？我们不是来野营的，珍妮弗！你怎么能答应这样荒谬的要求？这是全美警戒级别最高的一家监狱，里面塞满了全美国最恶劣的犯罪分子，他们会把丁活活吃下去，一根骨头都不剩！"

"我倒是看不出你如此关心这位年轻人的安危。"

"我担心的是我们整个项目！"贝里曼更生气了，神情激动地往前踏了一步，"我的课题研究已经进行到最后一部分了，我不能让一个年轻学者的胆大妄为使我过去四年的努力打水漂！"

"加特纳给了他单独的囚室，如果你担心他会在睡梦中被一把削尖的牙刷刺死的话。"珍妮弗向他举起杯。

"这太冒险了。我们要在这里待差不多三个月，有必要在第一天就如此冒进吗？"

珍妮弗吞下了一口酒。

"你的项目是什么，博士？"

"监狱黑帮问题。"贝里曼硬邦邦地回答。

"按你的调研方法，无非是口头访问、调阅档案、整理数据。你不觉得如果丁的方法能成功，他带回来的第一手资料，会对你的项目帮助更大吗？"

"这我不否认！"贝里曼声调有些高，"但是……"

"好了，布拉德，"她安抚式地阻止了他即将出口的话，"我们认识七年了，你什么时候看我做出过不理智的决定？"

贝里曼沉默了许久，最后叹了口气："珍妮弗，我希望你是对的。我只是不明白加特纳为什么会答应这种要求。"

珍妮弗轻轻地笑了笑，没有说话。

布拉德·贝里曼今年六十岁，他是底特律人。昔日辉煌的汽车城衰落之后，犯罪猖獗。从小在街头犯罪的阴影下成长起来，年轻时的贝里曼在学术研究时，几乎毫不犹豫地选择了犯罪学。那时候，系统而学术地研究有组织犯罪，仍然是社会学中少有人踏足的领域。

他发表过一篇阐述青少年犯罪近五十年来改变与进化的论文，引起了 FBI 的兴趣。匡提科打电话询问他是否愿意接受一个由 FBI 主导的项目，研究有组织犯罪，也就是俗称的黑帮。对于当时正在为捉襟见肘的经费发愁的贝里曼来说，这个项目简直是救命稻草，他几乎想也不想就答应了。

他为这个项目进行了大量的社会调查，充足的经费和扎实的研究结出了丰硕的成果，他关于黑帮犯罪研究的专著一经发表便引起轰动，里面总结了黑帮的运营模式和行为模型，为 FBI 打击有组织犯罪提供了具有实践意义的建议。FBI 高层对他的研究成果大为赞赏，为他颁发了特别奖章，贝里曼也因此在学术界名声大噪，各种访谈节目随之而来，出版商也蜂拥而至，甚至好几家大学都增设了犯罪学研究的项目。

然而，由他一己之力掀起的学术热潮也引发了大量的模仿者，虽然他自认为是这个领域的第一人，但在这几年的学术竞争中却渐渐有落于下风的趋势。贝里曼认为，如果想有所突破，那么必须选取一个未曾有人踏足的处女地。

因此，他选取了监狱黑帮，作为自己的主攻方向。

对于犯罪者，监狱是个有双重意味的地方。在善良又无知的平民眼中，监狱是犯罪的终结之所，然而对于很多罪犯来说，它则是一所高等学府。

一旦进入监狱，囚犯的第一反应就是寻求自保。在人员高度密集的情况下，只有团结起来一致对外，才能保证自己不被弱肉强食。监狱黑帮就应运而生。

监狱中的囚犯们如何选择自己的帮派，其首要的条件莫过于血缘，换言之，就是人种。监狱中的帮派多以人种区分，而帮派中的上位者，大多是入狱前已经取得一些"江湖地位"的黑帮分子，他们在入狱前的权势延续至监狱里，如果在监狱里经营得当，还能延续到出狱之后。

因此，星月监狱里最大的三个帮派，也正是纽约州最大的三个黑帮的监狱分部：由白种人占多数的"至尊雅利安"，由黑人占多数的"血帮"，和拉美人占多数的MS-13。

相对于至尊雅利安和血帮，MS-13是后起之秀。但是，正像贝里曼在他的著作中写的那样：

"……黑帮的崛起之路必定是血腥的，任何一个新生力量想要在一个具有稳固边界的版图中划出属于自己的势力范围，只能通过更加疯狂、更加残忍的血腥手段。"

正因为如此，MS-13，是目前星月监狱里势力最强的黑帮。

访谈这些黑帮分子，是很不容易的。他们的行为有严格的规范，那是一套地下社会的规矩，这帮亡命之徒也许完全不在乎法律，但是却不敢违背这套规则分毫。比如他面前这位卡梅隆·罗德里格斯。

他坐在贝里曼对面，不耐烦地抖着腿，双手抄在胸前，和脸上满不在乎的神情刚好相反，这个身体姿态表示他正处于非常警惕的防卫状态。这样的姿态贝里曼见得多了。他托了托黑色边框的眼镜，问道："你要不要喝点水？"

罗德里格斯发出了非常响亮的一声"啧"，但是没有回答他的问题，只是嘲弄地盯着他。

贝里曼双手摊开，做出一个无奈的姿势，说道："别这样，孩子，我既不是警察，也不是律师，干吗这么防着我？我只是一个老书呆子，想要跟你聊聊天而已。"

"我们之间能有什么好聊的？"那年轻人有点惊奇地问道，"省省这些废话吧，老头儿。我被逮进来之前，FBI、NYPD，五花八门的条子轮番审了老子两个月，老子他妈的说了什么？啥都没有。"

"我懂，"贝里曼柔和地说，"我不是想问你任何会触犯你利益的话题。你大可以放心。我只是想知道你在监狱里过得好不好。"

罗德里格斯匪夷所思地盯着他看了半天，然后疯狂大笑起来，几乎呛到自己。

"你、你说什么？真抱歉，你说了个啥？哦，好的好的，那我告诉你，这家监狱好得不得了，我们每天吃牛排，晚上看电视，周末开联欢会，过得舒心快意极了！要是能叫几个妞来爽一爽那就完美了，我能在这儿待到一百二十岁。"

"每天都吃牛排？真的？不腻吗？"贝里曼故作惊奇地发问。访问过太多黑帮分子，他很清楚如何利用自己的优势：他微胖的脸上一派汤姆叔叔式的忠厚与可靠。

这过分天真无知的问句让罗德里格斯吃了一瘪。他停止抖腿，开始认真观察起对面这个黑人老头来。

罗德里格斯二十二岁，相貌英俊，肌肉健美，橘色囚服下的胳膊上布满文身。他是纽约一个贫困的波多黎各移民家庭的儿子。他十二岁就开始混街头，凭着打架时一股不要命的血勇被 MS-13 看上，成了一个小马仔。他父亲早亡，十六岁时母亲因为工伤失去了劳动能力，一大家子弟弟妹妹顿时失去了生活来源。他的老大向组

204

织求情，让他试着管理一个街口。罗德里格斯得到这个机会后，立刻把他的竞争者、同一个街口的毒贩子给杀了，于是当年那个街口的销量就翻了倍，他也得以在 MS-13 中立足。

和很多人不同，罗德里格斯对帮派的忠心耿耿不是口头说说的，他感激帮派，可以说是帮派给的这个机会，让他能养活自己的母亲和弟妹们，让他们不至于流落街头。也正因为如此，组织要求他为一桩自己完全没参与的谋杀案顶罪时，他想也不想就答应了，连眼皮都没眨一下。

他现在坐在这里，心里知道自己的家人在外面能被照顾得很好。每个月，接替他那个街口的人，会从销售额中抽出八百美金交给他母亲。

"……这话是什么意思？"罗德里格斯反问。

"不，我只是说，你们这儿有这么多拉美人，狱方会不会做点塔可饼、玉米粽子什么的。我超喜欢塔可饼的。我在纽约的时候特别喜欢第十三街的一家，他们会在肉馅上浇一种加了辣椒的奶酪酱，口感非常香浓又有点刺激……叫什么来着？胡椒妈妈？胡椒叔叔？"

"……是胡椒婶婶！"罗德里格斯忍不住纠正他，"那家早就搬了，他们不在第十三街了。再说他们做的也不正宗。"

"我觉得很好吃！"贝里曼孩子气地争辩道，"那个辣奶酪酱，哦，天哪！"

"……那个奶酪酱是超市卖的成品，你这个老傻瓜！"罗德里格斯不屑地反驳道，"你应该去尝尝看第二十八街的那家，那才是最正宗的墨西哥塔可饼。"

"是吗？"贝里曼兴味盎然地问道，"它的拿手菜是什么？"

罗德里格斯静静地看着他，突然笑了笑。

他把上半身撑在桌子上，头向前探出去，笑嘻嘻地说："老头，我们省省力气吧。我可以坐在这儿把纽约最好的墨西哥餐厅一个一个地跟你报一遍，但是我们都知道这场谈话最终会走向什么地方，不是吗？我小学都没念完，而你是，什么精英知识分子之类的，但是你得明白，我并不傻。"

他靠回椅子，脸上挂着一种精明的笑容："你和条子是一伙的，这决定了我们之间谈话的本质。我不会出卖我的帮派哪怕一个字母，但是如果你想问点什么别的，为什么不拿点东西来换呢？比如，香烟、拉面、《花花公子》。当然如果能有点叶子就更好了，不过我赌你没胆子弄进来。"

贝里曼哑口无言，他只能坐在那里继续听他滔滔不绝。

"我们能搞东西的渠道比较有限，但是你们不一样，你们可以自由出入这里，一个月好几趟。而且我听传言说你们还要搞一个，叫什么、什么扫描仪的大玩意儿进来，扫我们的脑袋，是不是？那么大的东西，里面总有空间藏点什么别的吧？只要你愿意，我这边有的是路子帮你。东西只要进来，我绝对乖乖合作，除了我们帮派的事情，你想让我说啥我就说啥。怎么样？考虑一下吧。"

说罢，他站起身来，敲了敲这间会谈室的门："警官！我们谈完了！我要出去尿尿！"

这是一个毫无收获的上午。中午贝里曼和同事们一起在警员餐厅吃午饭，迈克尔·马科维奇端着餐盘走过来，碰碰他的手肘。"怎么样，老伙计？"

贝里曼对着餐盘里的猪肉馅饼大大地叹了口气，摇摇头道："这帮小子比在外面时更难缠，迈克尔。"他突然想起什么似的往四周看看，皱眉道，"那个愣头青呢？"

"丁在一监区的犯人餐厅吃饭，"马科维奇舀了一勺土豆泥塞进嘴巴，"他今天过得比你好多了：他访问的是连环杀手，那个著名的'蛇头杀手'皮涅里迪尼。连环杀手最喜欢炫耀了，你知道的，他们什么都说。"

"他还在犯人餐厅吃饭？！"贝里曼又惊又怒。

"别担心，那里哪怕是吃饭时都有警卫守着，不会出什么乱子的。而且你等着吧，吃个一两天他就会跑回来的。据说为了让犯人们缺乏打架的精力，犯人的餐食只放一半的盐。现在泡面都变成监狱的硬通货了，比香烟都贵。"马科维奇咀嚼着食物，突然想起什么似的说，"你知道吗？你应该去和监狱里的神父谈谈。"

"这鬼地方还有神父？"

"他叫何塞·埃切维利亚，在这个监狱的拉美囚犯里声望很高。拉美黑帮分子大多都是天主教徒，你知道的。"

"我在哪儿能见到他？"

马科维奇想了想，说："行政楼旁边有个小教堂，他每周都来布道，据说每次都会提前一天来布置。你可以去那里碰碰运气。"

吃过午饭，贝里曼果然在行政楼旁边找到了那个小教堂。它外观十分朴素，只不过是主楼延伸出来的一个小小灰色小屋。大门是虚掩的，他推开门走了进去。里面陈设简单而干净，有些掉漆的深褐色长椅整齐地摆放着，长久的使用让它们具有一种润泽的反光。圣坛所在的位置挂着一个朴素的十字架，天窗倾泻下来的光线投射在上面，让整个屋子具有某种严肃而圣洁的味道。

他的健步鞋没有在地板上引起什么声响，直到他问了声"有人在吗"，才在空荡荡的厅堂中引起一点回声。很快，一个穿着白衬衫的人影从准备室里探出头来："是谁？"

穿着白衬衫的男子迅速走了过来。那是个三十出头的男子，棕色的卷发有点长，好像很久没有修剪过了，凌乱地搭在头上。天气并不炎热，他却汗流浃背，白衬衫湿透了一大块。

贝里曼首先伸出手去："我是 N 大学的布拉德·贝里曼。我是来这里做一个监狱研究项目的，想必您听说过。"

白衬衫男子露出一种惊讶又惶恐的表情，伸出手来又缩了回去，先在裤子上使劲抹了一下才握住贝里曼递出去的手："您好！我是何塞·埃切维利亚，这里的神父。真抱歉，我刚才在拖地，手上沾了不少清洁剂。"

他周身确实漂浮着一股淡淡的消毒水和清洁剂的味道。

"您没有助手吗？"贝里曼的印象中这种粗活儿似乎一向是由牧师的助手负责的。

埃切维利亚神父笑了笑，笑容中有种对无知者的宽恕。

"这是监狱教堂，教授。我们坐下聊吧。"

贝里曼简单地向埃切维利亚神父介绍了一下自己和自己的项目，但是他看得出埃切维利亚神父对他们已经有所了解，想必这个小组进驻星月监狱的事情已是众所周知。埃切维利亚神父也向他简单地介绍了一下自己：他从宗教学校毕业以后，便立志服务上帝，考取了神职，还随教团的基金会到南美洲参加过当地的慈善扶贫项目。在那里他了解到很多"受困的灵魂"参加了黑帮，决心让他们重新接受上帝的庇佑。因此，回国后，他便在黑帮猖獗的街区进行传道，后来又来到这里工作。

通过交谈，贝里曼发现，这位神父是个非常务实的人。作为一个无神论的科学研究者，他对宗教人士的印象多少有点偏见。然而，这位神父对上帝的热爱似乎并未影响他的工作。他对监狱里帮派的了解搞不好比加特纳还要多。

"MS-13 确实是我最了解的，他们大多是教徒，或者来自笃信天主的家庭。我不得不说，白人、黑人和亚洲人，对我的尊敬远比他们少。不过神平等地爱每一个子民，他的仆人也理应如此。我花了很多时间让他们习惯来教堂，但当时最大的阻力其实是监狱管理层……"他犹豫了一下，抿了抿嘴唇，仿佛是在思考背后说人过失算不算违背了上帝的训诫。

他带着歉意微微笑了笑，继续说道："我花了一点努力向他们争取了固定的布道时间，这意味着周日来听布道的犯人可以不去工作。"

联想到那个自大狂加特纳，这"一点努力"，想必也是艰苦卓绝的。

"周日他们也要工作？"

"哦，犯人们是轮休的，"神父说，"他们的班次是每工作六天能休一天。有时加班，积攒的假期可以过后弥补。"

贝里曼呆了呆。他在思考监狱里的犯人是否同样受劳动法的保护。

"……您，不知道吗？"他的反应让神父变得有些小心翼翼。

"不知道什么？"

神父犹豫地咬着下嘴唇，思考了半天，才鼓起勇气说："知道星月监狱劳动的性质，教授。这是我一直试图向外界传递的，他们的劳动条件和劳动时长都是不人道的。但是我不敢完全公开这件事，我怕失去这份工作，那样的话，这里的孩子们会更加孤苦无依的。"

那天晚上，布拉德·贝里曼在回程的车上沉默不语。车子到达他们入住的旅馆的停车坪时，他径直走向旅馆旁边的一所酒吧。马科维奇有些惊讶地看着他的背影，喃喃道："和黑帮分子谈了一天就有这种作用吗？"

"怎么了？"珍妮弗走过来。

马科维奇耸了耸肩："我也不知道，我觉得老布拉德精神状态有点萎靡。中午的时候，他说面谈进行得不太顺利，我让他去找监狱的神父谈谈。一整个下午他都不见人影，晚上回来直接去了酒吧。"他抬腕看了看手表，"现在才六点半！我还想找他一起吃个晚饭来着。"

"你说的神父是指，埃切维利亚神父？"珍妮弗问道。

"对。"马科维奇点了点头，"你也知道他？"

珍妮弗没有作声，拍了拍他的肩膀，便同样走向那所酒吧。

也许她并不像外表那样冷酷无情。马科维奇打开自己房间门的时候心想：她还是会关心别人的。

周日那天，埃切维利亚神父主持的弥撒照旧是座无虚席。他首先领颂了三钟经，然后讲解了《但以理书》中的一节。最后，信众们依次上前领取圣体。来参加弥撒的大多是拉美裔囚犯，也有少部分的白人、黑人与亚洲人。和在外面不同，每个人脸上的表情都很虔诚，保证了这个简短的仪式得以在庄严肃穆的气氛中顺利完成。圣事之后，有囚犯留下来请求帮神父打扫卫生，被神父婉言谢绝了。"现在回去，你还可以在自己床上午休一会儿。去吧孩子，天父也允许你今天不必那么辛苦。"

他开始用抹布擦洗长椅，擦到第三排的时候，一个声音响了起来。

"刚才的演说非常激动人心，埃切维利亚神父。"

神父扭过头，发现是一个中等身材的金发女性，站在长椅旁边。她的声音听上去比面貌要年轻一点，毫无脂粉的面孔上深深的皱纹让她看起来有些严厉，那双澄蓝色的眼睛正在不带任何感情色彩地审视着自己。

"谢谢您，女士。"神父有礼貌地回答。

"如果您在监狱以外担任圣职，想必能够招揽不少信众。"她说。

"天主仁爱众生，不分高低贵贱。"

女士轻轻一笑:"所以，这就是你写信给我的原因吗，埃切维利亚神父？告诉我关于星月监狱的重刑犯人被迫在有毒化工废料回收工厂工作的事情？"

埃切维利亚神父不由得挺直了背，凝视着面前的女人。

她伸出手来:"初次见面，埃切维利亚神父，我就是珍妮弗·特兰多。"

【7】

周五的互助会上，那个女人又来了。

博士看到那个穿着黑色天鹅绒连衣裙的女人时，心里不由得叹了口气。

和往常一样，哪怕在正式开始前的互相问候环节里，她也没有开口。她涂着玫瑰色唇膏的嘴闭得紧紧的，像一只蚌。

博士也和往常一样，尽量忽略她的存在，转头向其他人发问:"今天，有没有人想分享一下自己的故事？"

一个年轻女孩先发言。她来这个组已经半年了。她是个夜班护士，回家很晚。八个月前，她下班回家，打开房门时被邻居猛地推了进去，就在自己家里被强暴。事后她报了警，邻居被逮捕。因为事实确凿，案子很快得到了判决，这名邻居因强奸罪被判有期徒刑六年。然而，那邻居的一句自辩却让她留下了更深刻的心理阴影:"她总穿着短裙经过我门前……"

她在法庭上尖叫起来:"那是医院制服，你这个不要脸的臭杂种!"

法官没有判她咆哮法庭。然而，此后她却无法面对那件曾经让她自豪的护士制服——她出现了严重的 PTSD 症状。

在参加这个互助会半年以后的今天，她跟大家分享了自己的进步：她能够在天黑之后独自出门，去街角的商店买瓶牛奶了。

"……我姐姐回长岛去了。她有孩子，不能永远在这里陪着我。我很感谢她的陪伴。我尝试了你们教我的办法，从一小步开始，比如天黑以后出去，先走到走廊里，下个星期走到公寓外面。再下个星期，走到街角……当然，我兜里永远有一把匕首。我还参加了一个女子防身术的课程。这些尝试都会有效的，大家。谢谢你们。"

很多人为她鼓掌。

"布兰妮，我真为你感到高兴。"博士赞许地说，"下面还有没有其他人？"

一个年轻男孩迟疑地举起手来。

"西维尔？"博士点了他的名字。

西维尔是个长相有些阴柔的男孩，目前就读法学院二年级。他的情况有些特殊：大一开学不久，他在兄弟会被自己的直男室友绑了起来，并且在无润滑的情况下用一根 dildo 插入，只因为他们在嘲笑"娘炮"的时候，他激动地站出来告诉他们自己就是个"娘炮"，以及"同性恋也是人"。他参加这个互助会一年了，将来想做一名平权律师。

"我、我这周很平常，没什么新鲜事值得分享。但是，"他犹豫了一下，鼓起勇气直视着博士的眼睛，"我们真的不讨论克莱尔吗？"

博士的手颤抖起来。他不得不摘下眼镜擦拭，靠这个动作来平复自己心中激荡的情绪。

"这是个匿名……"有人小声说。

"匿名互助会，我知道！"西维尔抗议道，"但是我们都知道她是谁了，不是吗大家？她就是新闻上说的阿比盖尔·克莱蒙特！天哪，我们必须谈谈这件事，要不然我要从这个小组转去'你的朋友自杀了'互助会小组了！"

刚刚发过言的布兰妮用手捂住嘴，发出一声呜咽。

"……抱歉，布兰妮，我不该说得这么过分。"西维尔说，"但是，她来这个小组这么长时间了，她是我们的朋友，不是吗？布兰妮，我知道你们一起出去喝过咖啡；约瑟芬，她给你带过甜面包圈。我没有和她私下接触，但是……"他说不下去了。

一时间，气氛非常沉重，布兰妮小声压抑的啜泣回荡在大厅中。

"好吧，"博士慢慢戴回眼镜，"我们今天确实必须谈谈克莱尔。我想，由我开始吧。"

他深吸了一口气："我非常喜爱克莱尔，想必在座的各位都是。克莱尔聪明、积极，而且富有同情心。哪怕在她最坏的境地里，她也没有吝于帮助其他人。这个小组里的所有人，包括我自己，都从她身上受益匪浅。我们大家都怀念她。

"听说那件事的时候，我还在地铁上，我是一路哭着回到家的。我不能控制自己的情绪，整个周末我都过得很糟糕。我翘掉了会议，什么都不做，就在床上躺了整整两天。但是促使我从床上爬起来的，除了我没做完的工作，还有你们。"博士平静地说，"我为这个互助小组工作两年了。在这个小组里，我和很多人分享过悲伤的故事，但同样也分享过喜悦。我曾经认为，只要我不遗余力地做好我的工作，去帮助每一位组员，我就能拯救每一个人——抱歉，用了这样的字眼，我或许不应该说'拯救'。"

他在椅子上换了个姿势。

"这份工作对我来说并不只是个'工作'。我在这里感到的，更多是一种义务和责任。现在想起来，我可能有些天真了——有太多的事情我无能为力。在今天来之前，我其实计划好了一篇说辞，比如，我留下来是为了让更多的人得到帮助；比如，毕竟有更多人在这个项目中康复；比如，我们都要向前看，诸如此类。但是刚才我发现，我说不出来。"

博士苦笑："我，和你们一样，感到非常无助。我无能为力。其实，这一刻，我非常希望我自己能高高在上地劝导你们每一个人要保持积极向上，不要被其他人的悲惨故事干扰到自己的康复进程。但我做不到。克莱尔的死让我觉得心里好像空了一块。也许……"

他声音颤抖起来："也许我确实不太适合这份工作。"

西维尔有些不安："不，博士，我不是这个意思。"

另一位组员打断了他："博士，你非常胜任这份工作。我们大家都认为你是最好的互助小组主持人。"西维尔随之用力点头。

"谢谢。"博士苍白地回应道，"克莱尔——阿比盖尔的追思会在下周五举行，如果有谁想前去道别，我这里有地址。"

其后，有其他组员也同样发表了对克莱尔的怀念，有人在这个过程中哭了起来。博士对此加以鼓励。在这个小组里，所有悲伤、愤怒，或者一切不便于对外界展示的情绪，都可以发泄出来，不会有人因此而责备他们，也不会有人因此而可怜他们。在这里，他们是幸存者，是彼此依偎取暖的同命人。

然而，黑衣女子仍然一言不发。

她从来不说话。被人问到名字时，她的回答是："蕾提森特。"

鉴于很多"幸存者"都会使用一个化名来命名自己，也有很多人对于自己身上发生的事情心有余悸，参加互助会却拒绝分享自己故事的人也有很多。"不能逼迫任何人开口说话"，也是互助小组的原则之一。他们愿意分享时，自然会分享。

然而，"黑衣女人"已经逐渐变成了这个小组的某种传说。她大概是八个月前来到这个小组的，所说的话仅限于回答自己的名字。她永远穿着黑色连衣裙，裙摆拖地，甚至盖过脚面，然而裙摆却从不见有任何污渍。那些裙子从不重复，但是看上去面料昂贵，剪裁合体，以至于无论站起还是坐下，在她纤瘦的身体上制造出的褶皱仿佛被人为控制在最小的范围之内。她有时会戴一顶便帽，帽子上笼着网状黑纱，有时会戴一副黑色墨镜，这些装饰盖住她的眼睛，让人不知道她在看向哪里。

但是博士知道，她在看自己。"黑衣女人"只有在他主持小组的时候才会到场。有时候，他能感受到黑纱或者墨镜之下，有两道目光目不转睛地落在他身上。博士面容英俊，接受女性的注视已是他二十多年的人生中习以为常的事情。然而这两道目光不同，它们不是爱慕，也不是猎取。他说不好那目光中的意味是什么，是审视还是评价？他也遇到过某位组员向他倾诉自己的恋慕，但她从不与任何人搭话，包括他。

从墨镜或者黑纱未曾掩盖的脸部皮肤上来看，她已经不年轻了。她涂着暗红色唇膏的嘴唇周围有了一圈不容忽视的皱纹，笔挺的坐姿让她的下巴向外突出，看起来尖削而严厉。

她看起来就像来参加葬礼的。博士，和很多组员一样，都猜测过她的身份，他认为，她也许是某位幸存者的母亲，在自己的子女受到侵害后，来到这个小组寻找某种慰藉。因此他从未逼迫她开口过。毕竟，一个女人每周按时参加性侵受害者互助小组，来倾听这些悲惨到能让人晚上做噩梦的故事，似乎看不出这能带给其自身任何益处。

然而，今天不同。博士几乎快爆发了。她不该今天还这样的，无论如何，起码今天，表现得像个人吧！他知道自己的怒火来自悲哀的一种转化，这在互助小组里经常出现。让他还保持着理智外表的唯一动力，在于他知道主持人如果也失去冷静，会对组员们产生多坏的影响。他一直小心翼翼地让自己的视线偏离黑衣女人，但是今天，在整个互助会的分享过程中，黑衣女人仍然在看他，那双香奈儿墨镜下的目光从未从他身上挪开过一分一毫。

他在停车场拦住了她。阳光非常炽烈，把她黑色的天鹅绒长袖长裙照射得仿佛一件丧衣。他不得不眯起眼睛。

周围一个人也没有，黑衣女人停下脚步，笔直地站在他面前，宽檐帽在她面孔上投下一片阴影。

"女士，"博士用尽量平稳的语气说，"如果你来这个互助会的目的只是听听别人的凄惨故事来取乐，我希望你能停止这种行为！参加这个互助会的人，都是受害者！他们在互助会上分享的故事，不是用来给你这种有钱人打发无聊时间的。如果你不是……"

"但我是。"

有那么一会儿，他怀疑自己听错了。那声音低沉而优雅，平滑得仿佛她身上穿着的天鹅绒。

"……你是？你是什么？"

黑衣女人仍然笔挺地站着，看不出丝毫动容或退让。突然，她抓起他的一只手，在他来不及反应的时候就捉着它伸进自己的胸口。这略微有点变态的行为让博士无比震惊，并且本能地想要抽回手去，却被黑衣女人牢牢地按住了。她没穿胸罩。

……一丝异样的触感令他僵在原地。他掌心没有接触到理论上女性人体在该处应有的那个凸起，却有一些粗糙的、理论上不该是女性胸部皮肤的……

"……是咬痕。"黑衣女人松开了自己的手。

博士触电般缩了回去。

"我是受害者。"黑衣女人说，然后摘下她的墨镜。一双棕色的眼珠盯着他的脸。

她递给博士一张名片，头也不回地走向停车坪一隅的一辆黑色宾利。

博士愣在广场上很久才回过神来，看着手里那张单薄的卡片。

卡片是黑色的，上面镂空刻出了简短的一行字和一个电话号码。

Deinceps Silentium。

……所以她说自己名叫蕾提森特，不是说谎。

博士拨弄着那张名片。

缄默天使。

【8】

埃切维利亚神父来迟了，他到的时候，珍妮弗正在喝她的第二杯咖啡。

神父为自己的迟到道了歉，一脸无精打采的女招待过来问他要吃点什么，他点了美式早餐。

"不是好选择，"珍妮弗说，"从咖啡来判断，这家店的早餐一定非常难吃。"

然而，之所以选择这家地处偏僻、食物难吃、服务又差劲的家庭餐厅，最主要的原因就是这里客源寥寥，几乎无人光顾。他们坐在店里最远的一个角落，确保自己的对话不会被其他人听到。

"无所谓，我来这里不是为了吃饭的，点了单不那么容易招人怀疑。"埃切维利亚神父在座位上长出了一口气，把一个牛皮纸档案盒放到了桌子上。

珍妮弗想要伸手去拿，盒子却被埃切维利亚神父一下子抽了回来。她抬起头来，却发现那双褐色眼珠正在紧紧地盯着自己。

"……神父？"

"我当初写信给你，是因为你与众不同。"埃切维利亚神父脸上没有丝毫笑容，他脸上有被南美阳光留下的晒伤痕迹，使他看起来比他实际年龄苍老很多。

"不同？"

"和其他 FBI 探员不一样，特兰多女士，尽管你看起来铁面无私，但是你有人情味儿。我调查过你，女士，你会接那些没有人肯做的案件，只因为你关心受害人和他们的亲属，而不是单纯为了升迁。"

特兰多面无表情："谢谢你如此厚爱。"

埃切维利亚神父低下头，用手抚摸着文件盒："所以我才给你写了信……我只能把希望寄托在你身上了，只有你才能拯救这里的犯人。"

他把文件盒推了过去："拜托了，特兰多女士。"

这时他的餐点到了，神父毫无胃口地开始吃吐司。珍妮弗在服务员离开后才打开那个盒子。

盒子里的内容令人触目惊心。可以看出，埃切维利亚神父为了收集这些资料花了很多时间。

作为一家由私营公司负责日常管理运营的监狱，星月监狱的收入来源，其中很大一部分来自它的外包劳动。星月监狱曾经承接过干洗和建筑工作。在监狱内工作的犯人实际上每周工作六天，每天工作时长也远超它对外宣称的八小时。工作强度过大，劳动保护几乎等于零，犯人们受工伤是家常便饭。

"但是他们的考勤记录……"

"一切记录都是电子化的，意味着从后台篡改非常方便。你继续往后看，女士。"埃切维利亚神父催促道。

珍妮弗翻了一页。

接下来的报告更令人不安。这些报告，由以前被大巴车运送至外面从事建筑工作的犯人们讲述，他们的工作从挖坑和砌墙，变成了在一家工厂处理化工固体危废。根据这些犯人的描述，他们被大巴车拉到一个封闭式的工厂，大巴车的窗子是看不见外面的，工厂内也没有任何标示，也禁止与工厂内的工长交谈，因此没人知道这个工厂在哪里。

他们的工作，包括对化工废料进行压实、破碎和分选。

"……我们先从一个桶里把那些难闻的液体倒进一个大池子，然后有个大机器不停地在里面搅拌。池子往外接着很多管子，不同的管子能排出不同的液体。那池子里的东西臭死了，"一份口述中写道，"有时候池子会排干，需要有人跳下去把下面沉淀的东西刮起来，然后再装在别的桶子里。他们发给我们一些看着跟外星人一样的衣服和手套，但是没什么用，皮肤上稍微被溅到一点儿东西就痒得要命，又痒又疼，那个感觉好几天都下不去。有时候还会起溃疡。"

"我的工作是把一些东西从桶里弄出来推进一个大炉子里去烧。那个味道让人窒息。自从开始做这个，我就经常咳嗽，整个人没什么力气也没什么精神。有天我咳出了血。"

后面还有一份星月监狱犯人的死亡报告，里面列举了八十多起非正常死亡案例，死者在死前有恶心、呕吐、便血、皮肤溃烂等不同表现，符合重金属中毒的特征。这些犯人无一例外，都在星月监狱的劳动改造项目中承担"外勤作业"。其中，还附上了一些手机偷拍的照片，记录了这些囚犯临终前的惨状。

然而，这些人的死亡记录，有些被记录为斗殴，有些被记录为自然疾病，甚至还有些根本不存在于官方记录上——换句话说，在档案当中，他们仍然活着，监狱则仍然从联邦政府那里，按人数领取补贴。

可以看出，作为一个非专业人士，埃切维利亚神父已经尽了一切努力收集证据，想要让这份报告看起来更加可信一些。他甚至查到了这项工作的承包商，在一份开给监狱方的发票上，落款是一家劳动中介公司。

就是这一点让珍妮弗皱起了眉头。

"这看起来只是一个空壳公司。"珍妮弗说。

"但是，只要查下去，就能查到关于这个公司的信息了，不是吗？它支付给监狱的那些钱，总得有地方支付给它，不是吗？"埃切维利亚神父急切地看着她。

珍妮弗避开了他的目光。

这谈何容易。

从未从事过调查工作的外行人总以为事情会像 HBO 犯罪电视剧里演的那么简单：你正吃着午饭，就有个低级探员从后面拍拍你，给你递来一份报告，然后说，"现在已经查明了，这家空壳公司的背后是……"

然而，空壳公司之所以被大量运用于犯罪活动，就在于它的账目轨迹实在难以查询。最大的可能是，这家公司连地址都是假的，除了一个开立在银行的账号，它不存在于这世界上任何一个地方。在没有证据的情况下，检察官不会签发调查令。而没有调查令，凭借为客户保密的义务，银行则不会向任何机构提供其客户的任何信息。说服检察官，这些证据远远不够，而哪怕能拿到它的账目。这些钱的轨迹，则来自一个又一个层层叠叠的机构，只要其中一个断掉，整个链条就会彻底坍塌，其背后真正的主使，就会像米诺陶一样，彻底消失在迷宫里。

珍妮弗沉思了半晌，抬起头来："神父，你能不能弄到一张关于犯人们在那个工厂工作的照片？我需要一些过硬的证据。"

"……过硬？"

希望，连同血液一起，一瞬间从神父脸上同时消退得干干净净。

他苍白的嘴唇哆哆嗦嗦地喃喃道:"过硬的证据? 这些、这些还不够吗? 这、这可是八十二条人命啊,这只是我记录下来的,只要、只要特兰多女士你能组织一次调查,只要一次! 你知道,现在监狱里的人数和记录中的是对不起来的。还有一些犯人,他们体内绝对都有重金属残留,我知道他们是谁,每一个我都能叫出名字……"

珍妮弗不得不打断他的话:"发起这种调查,不是我一个人就能做到的,需要组织很多资源。而要做到这些,我需要过硬的证据,神父。我和你一样想帮助他们。"

"……那就做点什么!"神父压低了声音吼道,"自从你们进驻以来,加特纳就停止了这项外包工程,有几个参与过的犯人被找茬儿关了禁闭,大部分人都遭受到了监狱的直接威胁,还有人被狱警……"他突然闭口不言,珍妮弗心中一动。

神父清了清嗓子,低声说:"加特纳,一直对我十分警惕。他讨厌我,也不喜欢我在监狱的囚犯中有这么高的人气。他当着所有人的面叫我'guru'(大师)。如果他能在外面找到一个愿意来一家重刑犯监狱担任圣职的神父,恐怕我早就被替代了。但是,我觉得我们已经没有多少时间了。"

他抬起悲悯的眼睛,看向珍妮弗。

那棕色的漂亮眼眸,被从窗子里透出来的晨光照得活像一块琥珀。她脑袋里不知从哪儿突然冒出一个念头:不知道耶稣基督被钉在十字架上时,是不是也用这种目光看向脚下的罗马人。

"最近,不知道为什么,很多犯人会互相传递这个东西。"

神父从口袋里掏出一张字条,递给了珍妮弗。那上面寥寥几笔,潦草地画着一只猪。

珍妮弗心中一动,想起那天莱彻尔悄悄藏起来的那张字条。

【9】

犹豫了几天以后，他打了那个电话。

电话响了三声才被接起来，电话那头的女声低沉而顺滑，像黑色天鹅绒般令人沉醉。

"博士。"

"……你好。我……"

"请问，这周六晚上，你有时间吗？"

"有的。"他吞了口唾沫。

"好的，请在家等待，八点钟我会派车去接你。"

电话随之挂断，留下一片死寂，如同一片重逾千钧的羽毛，落在地板上。

博士的心脏怦怦直跳。

他从未对互助小组的任何一人透露过自己的家庭住址。

整个周六，他坐立难安，食物在口中味同嚼蜡。他醒得太早，睁着眼睛看着天色从黯淡的灰蓝，在自己小小公寓的天花板上逐渐变成清澈的白光。为了平复心绪，他干脆回到学校办公室整理论文所需要的数据。他选择了最枯燥最无聊的工作，机械式地将数据一行一行录入系统。

晚上六点钟，他回到自己租住的公寓，给自己做了简单的晚餐，吃完，刷洗了碗盘。他不知道黑衣女人的目的，因此选了一件便于行动的外套。似乎也不需要过于正式，毕竟，他不认为黑衣女人想要带他去看歌剧。

八点钟，门铃准时响起，他打开门，发现外面站着一位头发斑白的绅士。

这是一位年约六十的老年男性，身穿笔挺的西服，面目可亲，态度文雅地向他问候过晚安，便做了个请的手势："博士，夫人在车里等您。"

比起那天耀武扬威的宾利，今天停在外面的是一辆朴素的别克汽车。车型并不夸张，是几年前的旧款，只是擦拭得十分干净，黑色车漆在夜色中黑沉沉地反着光。

后座上，黑衣女人端坐在车内。她今晚穿着一件以前没见过的丝绸长裙，袖口一如既往地长到足以覆盖手背。博士怀疑，搞不好她的衣柜里打开就是一片漆黑，全都是各种各样的黑色长裙。

黑衣女人看了他一眼，向他微微颔首，动作幅度恰好保持在礼仪的最小范围之内。

他关上车门之后，车子便悄然发动。留心听时，这辆别克车或许经过了什么改装，不但噪音非常小，连颠簸程度都不像这个车型所应有的品质。

"我们，这是要去哪儿？"他小心翼翼地发问。

"'花剌'。你知道是哪里吗？"

博士摇摇头："从来没听说过。"

"一家热门夜店。"

博士有些惊讶地看着她。黑衣女人的穿着看上去无论如何不是像去跳舞的。

"不，我们不去跳舞。"她仿佛有读心术似的说出了他的疑问，"但是，某个人会去。"

车子安静、平稳地行驶在纽约夜晚的街头，时速保持在法定限速以内，普通、平凡得像一滴混入洋流的水珠。最终，停在某个巷道前面，把那条巷子堵了个正着，让它成了一条死胡同。

车子熄火了。

这是一条偏僻的小巷，周围既没有这年头无处不在的治安监控摄像头，也少有行人经过。一盏破败的路灯孤独地垂悬在巷子里，有气无力地散发出一点惨淡的光芒。

无论是那位年长的司机，还是黑衣女人，谁都没有动。

博士直觉有什么事要发生了。

这个巷子太像一个舞台了，有些不寻常的、惊人的事情即将在这个舞台上演。他心跳加速，手心出汗，奔流的血液在耳道内呼呼作响，如同擂鼓。但是他什么也没有问，只是坐在那里，沉默地等待着。

大约过了十五分钟，从巷道的另一头，突然传来急促而杂乱的脚步声，有人向这个方向奔跑过来，紧接着是其他脚步声，他身后，两个人影紧紧地追着他。

也许是看见小巷的那头有一辆非法停驻的车子，被追赶的那人尖叫起来："救……！"

话音未落，一声沉闷的"噗"打断了他的求救，然后就是一声惨叫，被追逐的那个人应声而倒，跌倒在地的姿势显示他被击中了一条腿。这人一边尖叫，一边奋力挪动着那条伤腿，想要逃离追踪而来的歹徒。后者的身影出现在灯光里的时候，其中一人手上拿着一把消音手枪。他们靠近了那个缩到墙角、因为恐惧和痛苦而泣不成声的人，在他面前站住。

拿着消音手枪的人把手枪递给另一个，从怀中掏出了另一样东西。路灯反射出一点锋利的白光，在暗巷中如一抹涟漪在夏日的湖面上一闪而过。

那人面对着他的猎物，蹲了下去。

猎物带着哭腔向对方祈求。然而很快，他的求饶声变成了尖叫，最后渐渐微弱，直至消失。

猎人直起身子，活动了一下肩膀和手臂，掏出手帕擦抹利器上的血迹。

另一个人蹲下身子，开始翻捡死者身上的东西，把钱包、手表、手机等值钱的东西统统取了下来，装进一个塑料袋里。然后，他从地上捡起一块小石头，在手里抛了两下，向头顶一掷，街灯"啪"的一声熄灭了。

然后，那两个人影，便消失在巷子尽头，如同晨曦中的一抹青烟。

整个过程没有超过十分钟，简洁、干净、快捷。

博士的手开始剧烈地抖动。他额头上的汗滴到了眼镜上，不得不哆哆嗦嗦地摘下来在衣服上胡乱擦拭着。

这时，车窗被敲响。黑衣女人将车窗降下一条小缝，从缝隙中可以看见一双薄薄的、形状美好的嘴唇，对车窗内的女人低语道："夫人，请收下我对您的感激，弗朗西斯科欠您一次。"

黑衣女人毫无反应，沉默地把车窗关了起来。

车子再次发动，向博士的公寓驶去。

最小幅的颠簸也让他感觉胃里翻江倒海，尽管晚餐他吃得并不多，此时却感觉所有未消化的食物都在胃里作乱，争先恐后地想要从嘴巴里涌出来。

车子在他家门口停下的时候，他从车里钻出来，然后对着门口的垃圾箱"哇"的一声呕了出来。

他像个周六的醉汉一样在自家门口大吐特吐，直到眼冒金星，直到呕出来的东西只有胃酸，才略微喘出一口气。

再回头时，车子已经不见了。

【10】

罗德里格斯痛恨这帮人，因为他们无知。

FBI 派了一个专家团队进驻星月监狱，最早的风声是因为搜查传出来的。有大概一周的时间，狱方莫名其妙地开始搜查牢房，没有任何先兆，混账莱彻尔带着人大晚上来到他的监区，把所有灯都他妈打开了，大家伙儿正准备睡觉，一下子被灯光晃得眼都睁不开。

所有人都被要求在牢房外面站成一排，双手高举在头顶。他住的是个二人牢房，走出去一看，旁边的"肥佬"多里南嘴里正在喃喃自语不干不净地骂着脏话，狱警里最傻的那个小个子拉乌尔晃晃悠悠走来："肥佬，你他妈嘴里在说什么？"

"没什么，长官。"

"你再说一个脏字儿，我就让你一个星期没办法用自己的牙嚼东西，听懂了吗？"

"懂了长官。"肥佬闭了嘴。

拉乌尔长相极其粗蠢，三十多岁的人还一脸青春痘，那些大包活像长了一脸梅毒，也不知道是不是因为长得太丑，才憋成这个熊样。罗德里格斯在心里把他祖宗三代都骂了个遍。这傻 × 以为自己是谁呢？这家伙没少收他的好处。作为 MS-13 的老大，他为拉乌尔每一包偷运进来的香烟支付二十美元，这傻 × 还以为他只有自己这一个运香烟的渠道，所以得意得不行。

狱警们搜查完了肥佬他们的房间，搜出来一堆色情杂志，几个狱警羞辱了肥佬一番，接着往罗德里格斯的房间里走来。

"放轻松，长官们。"他们进去之前，罗德里格斯说了句。

拉乌尔和他的搭档看了罗德里格斯一眼，没说话。

"你个人物品很多嘛，罗德里格斯。"拉乌尔在里面说，"这些零食是哪儿来的？"

罗德里格斯看了一眼自己的马仔里诺，里诺赶紧说道："长官，是我的！"

"你的？"另一个狱警在里面冷笑了一声，"想必这些香烟也是你的了。"

"是的，长官。"

"这么多香烟，你怕不是要用来做杀虫剂吧？"

"我烟瘾大，长官。"

"这他妈的是什么？"拉乌尔走出来，拿着一张字条举到他鼻子底下。

纸条上用几笔简单的线条，涂鸦出一只猪的形状。

"随手乱画罢了，长官。"

拉乌尔哼了一声，拿走了香烟："如果你不能清楚地解释这些香烟的来源，那就得没收！"

没收你爸的蛋子，罗德格里斯心想，拉乌尔，你说我该怎么解释这些他妈的香烟！你以为你给我弄进来的那几条才够卖多久！

拉乌尔离开之前，在他旁边站定，用只有他们两个人才能听见的声音低声说："我没有搜床垫里面。罗德，皮给我收紧，最近不要卖那玩意儿了。"

罗德里格斯像没有听见一样，直到拉乌尔若无其事、大摇大摆地走过去，才盯了那个趾高气扬的背影一眼。

这个蠢蛋还以为，在那些崩坏的弹簧与被掏空的棉花之间，藏的仍然是海洛因。

不过这样也好，起码，他的秘密是安全的。

拉乌尔他们一间一间地搜过去，用来装违禁品的箱子很快就满了，几名拿着长筒猎枪的狱警在走廊上虎视眈眈地看着所有人。

这种不同寻常的大搜查，显而易见是在为什么事情做准备，要先杀杀他们的威风。罗德里格斯对这种事嗅觉一向灵敏，他立刻通知了帮里所有兄弟，让他们这几天皮收紧一点，不要惹是生非。他的弟兄一向机警又听话，俄罗斯人和福清帮平时一向安静，只有关键时刻才会玩命。要说起来，全监狱最蠢的就是那帮白狗子和黑鬼，果不其然，第二天还没到吃午饭的时候，白狗子的老大罗比·沙利文就因为挑衅狱警，被按在地上揍了个狗吃屎，直接进了医院。瘸帮的泰罗则因为打篮球时犯浑，被关了禁闭。

晚上吃饭的时候，泰罗的副手"高仔"端着盘子坐过来，罗德里格斯身边的拉美孩子噌的一下站了起来，被他一个眼色制止住了。

"高仔不是来找茬儿的，是吗，高仔？"

"是的，罗德，咱们单独聊聊。"

其他人端着盘子走开以后，高仔用勺子搅着塑料碗里淡而无味的刷锅水，说："你听说了吗？这场闹剧到底是他妈的为什么？"

"听说要来视察。"罗德里格斯吃着自己的食物。

"听着，罗德，我又不是傻子。我在这个监狱三年了，视察从来没有这么大阵仗过。别跟我玩儿这套，大家都有几个装在口袋里的条子。我今天下午去找皮特问我们老大什么时候放出来，那个傻逼只说让我最近乖乖的别惹事，好像我他妈是个三岁小孩。拉乌尔没跟你说什么？"

罗德里格斯横了他一眼："FBI 来视察。"

高仔呆了呆，傻里傻气地张大了那双厚嘴唇，半晌才"哦"了一声。

两个人沉默了一会儿，谁都没动自己面前的食物。

半晌，高仔才开口问道："你觉得，会和那件事有关吗？"

"如果他们知道那件事，你觉得搜查会搜出几本《花花公子》就完事儿了？"

高仔推开自己面前的盘子，长叹了一口气。

"说到底，大家都是人。"高仔有些疲惫地搓搓脸，"无论在监狱里还是在外面，我们想要的，无非也都是好好活下去。"

"说得好像他们会尊重你这个想法似的。"罗德里格斯盯着自己餐盘里那摊让人难以下咽的东西。

"无论如何，口风要紧。"高仔说，"不要对白狗子说什么，更不要对亚洲佬说什么，他们都是一群能为一管牙膏就出卖你的杂种。"

"你还不如警告你自己的人，高仔，"罗德里格斯扫了他一眼，"我对我的弟兄们有信心。"

高仔罕见地没有和他斗嘴，只是面无表情地看了他一眼，端起餐盘走了。

罗德里格斯的日间工作是在监狱自己的小农场里耕作，这可能是全监狱最轻松的活儿。这片区域是第一监区和第二监区之间的一片空地，自从加特纳上任以来，就把它开垦出来作为一个小农场，"让犯人们自己耕种健康的有机蔬菜，在亲近泥土与自然的劳动过程中洗涤身心"——好像什么灵修会似的。

理论上挑选去农场工作的犯人，条件是有务农经验，罗德里格斯是在纽约街头长大的，他连棵盆栽都没种过。但是鉴于他和狱方的"良好"关系，他获得了这份工作。

在农场工作最不一样的地方在于，他们偶尔能遇到第一监区的人。

星月监狱的第一监区，面积很小，只有一个足球场那么大，那栋建筑物只有三层，里面所有的囚室都是单间。这里面关押的犯人，刑期最高的，是罗德里格斯的整整十倍：一百五十年。那个囚犯，就是著名的"河谷绞杀者"比利·纽黑文。他见过比利，也见过"分尸者怀特"，还见过"食人本尼"、"炸弹客穆利特"。

他们偶尔会被允许来外面放风，散散步，守卫们远远地站在墙根下避开强烈的阳光，而他们就隔着空地上的铁丝网看农场里的犯人种土豆和卷心菜。有时还会交谈几句，问罗德里格斯他们要根烟抽。

观察第一监区的这些居民是件有趣的事儿，毕竟在别的地方你很难见到这么多真正的衣冠禽兽齐聚一堂。

打心眼儿深处，罗德里格斯觉得他们，和自己是不一样的。从手上的人命来说，罗德里格斯不认为自己会输给他们——虽然导致他落到这个鬼地方的那起案子确实不是他干的。要知道食人本尼不过才杀了两个人而已。但把他们的肝和苹果一起烤着吃了是另一码事。

罗德里格斯杀人是为了生计，第二监区的大部分人也差不多都是这样。没办法，这是个人吃人狗咬狗的残酷世界。

但是这帮人不一样，他们杀人没有什么特别的理由，就是为了找乐子。

帮派中确实有炫耀自己干掉过多少人的风气，能做掉一个对方帮派成员是件荣耀的事情。但是他并不能对第一监区这帮人产生同等的敬仰。

事实上，他对第一监区的第一印象是：这帮人怎么全是白狗子。

他发现这些人当中，有一些头脑不大灵光，另一些根本就有点不正常。比如分尸者怀特。他只跟怀特说过几次话，但是就这几次简短的交流，他发现怀特的思维完全是单向的，仿佛别人说什么他虽然能听进耳朵，但是到达不了大脑，他脑壳里的那团玩意儿根本无法正常处理与别人的交谈，因此只能自说自话地输出自己的观点。罗德里格斯也只能礼貌地对怀特笑笑，然后继续拿着胶皮管去给卷心菜浇水。

"你知道胶皮管像什么？"怀特在铁栅栏另一边对他喊，然后一手食指拇指握成个圈，另一手的食指在里面进进出出。他咧开一口黄牙大笑起来，仿佛自己说了个世界一流的笑话。

联想到他对自己杀掉的那些女人做过什么，罗德里格斯觉得胃里一阵恶心。

这杂种要是在外面，我肯定把他肠子扯出来。罗德里格斯心想。

在第一监区的所有囚犯当中，只有一个人，让罗德里格斯印象最为深刻，那就是皮涅里迪尼。

首先，他是第一监区里唯一的一个有色人种，来自危地马拉。第二，他不仅正常，看起来还有点聪明。第三，他是个前丛林游击队转行的蛇头。

皮涅里迪尼是个"娃娃兵"，危地马拉内战时成年男子都在战争中死得差不多了，游击队开始掳走小孩子补充兵力，皮涅里迪尼就是其中之一。他被训练成一台杀人不眨眼的战争机器，后来阿本斯政权倒台，皮涅里迪尼当时才十六岁，作为污点证人在法庭上指控了多起针对平民的屠杀。此后这人就消失了，直到后来被捕，人们才知道他隐姓埋名，逃到了美国，靠在美国接应偷渡客为生。

罗德里格斯接触过很多蛇头，他讨厌这帮人。要是所有地下勾当里有什么职业比他们贩毒的还要神经质，那就是蛇头了。这帮人又胆小又残忍。他知道有个蛇头为了躲过检查情愿把二十多个男女老少活活闷死在集装箱里。

皮涅里迪尼不止如此。后来他被发现，他会挑选他所"接手"的偷渡者作为猎物，一般是漂亮的年轻女孩和年轻男孩。他把他们囚禁在一个偏僻的地方，无所不用其极地折磨他们，然后再故意制造一个逃生的机会，让他们以为自己有一线生机而拼命逃跑。他就拿着猎枪，跟在他们身后。他把这个称之为"狩猎"。

在被逮捕之后，皮涅里迪尼交代了自己的藏尸地点，FBI从里面挖掘出了十五具人骨，最小的只有十五岁。

今天皮涅里迪尼倒是出现了，他和以前一样，在慢悠悠地踱着步，只不过身边还有一个人。

罗德里格斯从地上站起来，眯起眼睛看着他们。

那人他见过，是那个中国人。

皮涅里迪尼看见他的时候，中国人也看见他了，抬起手臂向他远远地挥手，脸上浮起一个友善的笑容。两个人一起向这边走过来。

"嘿，罗德！"皮涅里迪尼问候道，"Buenos días！你见过丁教授了吗？"

"你好！"丁教授笑着对他说，"真抱歉现在不能和你握手。"

这他妈的算什么。罗德里格斯心想，草坪社交吗？

"介意我下午和你谈谈吗，我已经跟狱方申请过了……"他后面的话并没有说完，一阵轰隆隆的巨响传来，盖过了他的下半句。

所有的犯人都直起腰来，所有的狱警也都伸长了脖子望着声音传来的方向。一辆集装箱卡车缓缓驶入，顺着外面坑坑洼洼的柏油路，像头笨重的大象小幅度地摆动着身体，开进了主行政楼。

"哦！这是核磁共振仪。"丁教授急急忙忙地说，"我要帮金斯堡他们看看怎么安装这个玩意儿……罗德里格斯先生，你介意下午和我谈谈吗？"

"不介意。"罗德里格斯回以一个礼貌的微笑。只要他想，他还是能做出一副讨人喜欢的样子来的。

"说定了！"中国人说完，就急切地向一号监区的大门跑去了。

这就是我讨厌你们的原因。罗德里格斯心想，你我皆是蝼蚁，完全不知道下一秒钟，上帝会不会支使一个顽童把沾满泥巴的脚丫子踩在你的蚁巢上。

【11】

午餐时间结束之后，罗德里格斯遇到了莱彻尔。魁梧而沉默的狱警长喊了一声："罗德里格斯！过来打扫二楼的厕所！里面都他妈脏成什么样子了！"

他没有吭声，跟着莱彻尔走进二楼的男厕。

狱警长把一个"清洁中"的牌子挂在外面，锁上了门。

"神父今天来问我，有没有办法能让一个自己人进医院。"他紧紧地盯着罗德里格斯。

罗德里格斯扫了一眼他攥着警棍的右手："你想在这儿给我来一棍？"

"我想的是精明仔。我会弄一台可拍照的手机进来，然后精明仔找人打一架，严重到足以进医院，但是又要清醒到能去特别监护区。"

罗德里格斯的嗓子眼顿时干燥起来。他双手颤抖，不得不紧紧地捏着橙色的囚服才能维持住自己的镇静："这意思是说，你和神父搞到的那些东西，那个 FBI 婊子觉得不够，还是说她根本没放在眼里？"

莱彻尔静静地看着他，说："听着，罗德，我不喜欢你，你也不喜欢我。唯一能让我们俩忍受彼此在同一间屋子里还不把对方脸皮撕下来的理由，就是我们都不喜欢加特纳，还有他干的那些脏事。

但是，如果你想搞什么小动作，你最好搞清楚这是哪里。只要你还在星月监狱一天，你不过是一只我随时可以踩死的蚂蚁。"

罗德里格斯噘了噘嘴唇，浮起一抹冷笑："你也得出去，长官。"

"想报复我你也得等等。要是我出了什么事，你以为你尊敬的神父大人能干点什么？嗯？加特纳现在只允许他礼拜日进来了，这周刚通知到他，你不知道吗？"

他确实不知道。

罗德里格斯想了想，说："好吧，我会安排的。精明仔确实是最合适的人选，我想伪装个脑震荡对他来说并不困难。"

莱彻尔点了点头："医院那边，我能做的有限。我可以画张地图给他，标出特别监护区和医生办公室，让他尽量拍到重金属中毒的囚犯和他们的病历。"

莱彻尔本来想走，手握住门把手时又停下，扭头看着他："那个亚洲人，丁教授，他有没有问起过什么特别的东西？"

"没听说过。今天下午他要我去面谈，有什么我需要注意的话题吗？"

莱彻尔皱着眉头想了想，挥了挥粗壮如狗熊的手臂："算了，也许是我多心。我听说他老打听四年前的那场暴动。"

"那我可不知道多少，"罗德里格斯耸了耸肩，"暴动主要发生在第一监区，那天晚上我们在房间里被锁了一夜。"

莱彻尔点了点头，把一个桶子踢到他面前："好了，现在开始擦地板吧。"

终于把那间又脏又臭的厕所清洗完毕，罗德里格斯走向第二监区的会客室，那个中国人正在里面等着他。

桌子上摆着冷水瓶和杯子，水瓶中漂浮着一片柠檬。在他拉开椅子坐下的时候，丁教授正在笔记本上飞速地写着什么。

"没有录音机吗？"罗德里格斯问道。

"那东西会使人紧张，我一向偏爱传统的记录方式。"丁教授从笔记本上抬起眼睛，倒了一杯柠檬水推给他。

干完体力活儿，那杯柠檬水确实沁人心脾。罗德里格斯一饮而尽，放下杯子，抹抹嘴："你想问什么？"

"实际上，"丁教授在椅子上调整了一个舒适的姿势，"其实对我来说，你是个确定的案例。我并不认为监狱改造能对你起到什么效果，出狱后你必然会再次参与帮派活动，直到下次被抓，或者死去。"

罗德里格斯抬了抬眉头："你知道吗？你和你那个同事，黑鬼贝里曼，完全不一样。"

"对啊，我不是黑鬼，我是亚洲佬。"丁教授自嘲道。

罗德里格斯笑了笑，没接茬儿："那你还想问什么，既然我这个案例在你面前这么透明。"

"我想了解的是另一件事，关于四年前第一监区的那场暴动。"丁教授拿起钢笔，在手中把玩，"你知道那件事的什么情况吗？"

"哥们儿，你也说了，那是第一监区的暴动。事情发生的时候我们只听见整个监狱警报呜哩哇啦地乱叫，然后所有牢房的电子锁就锁上了，第二天都没解锁，差点把我们饿死在牢房里。等下午允许我们出来的时候，只能看见第一监区那边在冒着浓烟，狱警都慌慌张张地跑来跑去。过不久 FBI 也来人了，我们一切活动全部取消，每天只能待在牢房里看电视。我能知道什么？"

"不，我说的不是这个，"丁教授稍微蹙了一下眉毛，似乎在斟酌即将出口的词语，"四年前，第一监区的暴动，只有一个人逃出去了，查德·赖。"

"你认识他吗？"丁教授的双眼紧紧地盯着罗德里格斯，"据说，四年前你们都是监狱乐队的成员，是吗？他教了你弹吉他。"

罗德里格斯安静下来，静静地凝视着面前的男人："你想知道关于赖的事？"

丁教授挥了挥手："在现实世界里哪有天天遇到一个货真价实的邪教教主这样的好事？我最近在研究邪教问题，对他有点着迷。"

这轻描淡写的说辞并不能让罗德里格斯放松。如果这是在纽约街头，他手下的小弟看到自己老大用这样一种安静的方式微笑，会吓得屁滚尿流——MS-13 人人都知道，罗德里格斯真正浮起杀意时，往往是笑的。

"查德的吉他弹得很好，他说那叫古典吉他。他是受过良好教育的人，和我们不一样，"他看着自己手指上一个旧茧，"我知道他血统很杂，他父亲是华裔，母亲是德国和越南的混血儿，他在德国上过大学，在那儿认识了一个美国妞并且和她结了婚，然后就来到了美国，拿了绿卡。"

他顿了顿："这些是报纸上说的，他并没有跟我讲过。"

"听说他是个很有魅力的人。他在美国创办的无上法门会，全球信徒总数据说最高达到三百万人，仅在加州就超过六十万。传说当他凝视你超过十秒钟，你就能感受到来自宇宙的神力。"

罗德里格斯嗤笑了一声："要是真能这么灵就好了，他每周教一次吉他，到最后能学会的也没几个人，包括我。不过他确实是很有魅力的一个人。"

"在哪方面？"

罗德里格斯想了想，说："各方面吧。当你说话时他会认真倾听，眼睛一眨不眨地看着你，让你感觉自己是联合国秘书长什么的。他总有一种巧妙的方式去……我说不好，也不是恭维，也不是阿谀，总之，他让你觉得自己非常重要，非常有智慧。所以当他求你帮忙的时候你也很难拒绝，就因为怕让他失望。"

"他求你帮忙了？"丁教授问。

"卖给他香烟而已，"罗德里格斯警觉地说，"我和他策划的那场越狱没有任何关系。我猜他搞定了第一监区不少人，不止犯人，还有狱警。你要是真的想知道，我得告诉你一句真心话：疯子更容易受人蛊惑。"

丁教授点了点头："你说得对。他的法门经常会用打坐和冥想让人进入一种群体性癫痫的状态，他称之为'胎婴境界'，说是只有到了这种境界才能让真法之力渗透心灵。实际上从心理学的角度来讲，这时候人的警觉性和防御心被降到最低，很容易因此被洗脑。他有没有说过自己在狱外有什么亲戚之类的？比如他越狱之后要去哪里？"

罗德里格斯双手一摊："丁教授，你要明白，四年前 FBI 来监狱调查的时候，给任何愿意提供线索的人提供了减刑的机会。如果我真的知道，我不会等到现在的。"

丁教授微笑了起来。他的表情非常轻松写意，好像自己身处的不是全美安保级别最高的监狱，而是在中央公园的长椅上，沐浴着阳光和湖畔的清风。

"不过，这起暴动也让狱方非常头痛，不是吗？"丁教授把双手放在桌子上，撑着自己的身体，兴致勃勃地盯着他，"据说，赖提供了一个有趣的思路。当时爆炸发生后，第一监区的警卫慌张之下启动了门闸，导致其他监区赶来增援的警员被关在门外。等到有人重启了门闸，狱警冲进来的时候，他早已换上了狱警的衣服，脸上涂满鲜血，假装自己是受伤的狱警混了出去。而在他的囚室里被烧焦的尸体，实际上是那个倒霉的警员。要不是那个警员是个犹太人，尸检时发现他做过环切术，赖就能瞒天过海了。"

罗德里格斯漫不经心地把玩着手里的杯子："聪明人。"

"可是，如果有人想复制他的招数，就不那么简单了。被私营企业承包了以后，监狱加固了电网，还给所有的牢房门装了电子锁。只要主行政楼一个按钮，各个监区就立即封锁成一座孤城。除非……"

他对罗德里格斯莞尔一笑："除非有人能让主行政楼断电。"

罗德里格斯呼吸一窒。

"不过，"他很快接了下去，"囚犯如果没有特别原因不能进入主行政楼，不是吗？主行政楼的电力室守卫森严，还有一套备用的电力系统，所以监狱的安全性毋庸置疑，看来我是有点杞人忧天啦！"

丁教授对罗德里格斯伸出手去，罗德里格斯不得不和他握了一下。

他快乐地对罗德里格斯笑着，用力地摇着那只汗津津的手："罗德里格斯先生，谢谢你今天抽出这么多时间来跟我谈话，这对我启发很大。我们下次再见。"

罗德里格斯走出会谈室的时候，感觉自己心跳过速，奔流的血液让他有一种踩在云端一般的不真实感。他必须竭力控制着才能让自己不在走廊上飞奔，竭力控制着自己不要大叫、不要颤抖。他每路过一块能反光的物体就会看一眼自己在这些镜面上的形象：是否看起来镇定而自然，是否在大量出汗，是否面色发红。

他很快来到活动区的操场。因为最近没有"外勤"可出，这里白天也聚集了大量的犯人。他直奔"瘫帮"的地盘，一个室外的篮球架。一帮黑人囚犯聚集在这里打球，他的出现引发了一阵小小的骚乱，在有人要跳出来找茬之前，"高仔"抓住了他。

"你疯了？你来干什么？"高个子黑人小声斥责道。

"……要提前动手了。"罗德里格斯看着他，听见自己话语中的颤音。

他向"高仔"摊开自己的手掌，里面是一张被攥得湿漉漉的纸条，上面露出一个潦草的猪形涂鸦。

【12】

最新型的 7T 核磁共振仪是一台白色的庞然大物，由法国施耐德公司制造，比起 1.5T 和 3T 的旧型号能够多做 21 种测试，扫描还原精度也强很多，因此要比原先重 2.4 吨。这台机器非常精密，运输时需要超强的保护，谁也说不准震动和颠簸会不会影响里面的精密电子元件。这个项目被批准立项时，FBI 的预算部门一听他们要购买这种机器，几乎想也不想就否决了，珍妮弗等人不得不动用了自己在全美所有高等学府的关系，好不容易才从霍普金斯医学院的医学实验室那里租到了一台。然而，霍普金斯的人不允许他们将机器拆分运输，以免精密仪器在装运过程中受损。而一般的集装箱卡车又无法承受这台机器整体的重量与体积。最后，还是霍普金斯的人好心地找到了当年运送这台机器的集装箱卡车，以及施耐德公司的电气工程师，以便保持整个运输过程不出问题。

现在，他们聚集在主行政楼的一间闲置会议室里，紧张地盯着仪表盘上的数据。表示"测试正常"的小绿灯依次亮起，屏幕上的数据滚动完毕，"FUNCTION"的字样显示出来的一瞬间，整个屋子里的人都忍不住发出一声欢呼。

"能说服霍普金斯学院把他们宝贵的仪器外借、找到能够运送如此庞大而沉重的仪器的运输车辆，包括在星月监狱找到合适的空间来放置，这一切简直是神迹。我现在简直想去开瓶香槟庆祝一下了！"马科维奇欣慰地去拥抱施耐德派来的那位工程师。

"能说服加特纳才是真正的神迹。"珍妮弗笑着摇摇头，并拒绝了他热情的拥抱。

她的组员并不知道她为说服加特纳耗费了多少力气。在仪器运送来之后，加特纳才突然提出，这台仪器的功率太大，电压过高，很容易烧坏监狱的电网，因此拒绝他们使用。

珍妮弗气得发抖，为了避免后期各种意外，在向监狱方递交调查申请时，她特地制作了一份确认清单，每一项后面都有个打钩的空格。这里面就有一条是确认监狱电网可承受的最大电压，后面明明白白地打了个钩，而且给出了数据，显示完全是在可承受范围内的。

她太熟悉办公室政治的官僚主义手段了，这只是个借口。她拿出一份星月监狱的年度维护报告质问加特纳，报告上记录了CAC集团接手星月监狱后，特地对监狱的电网进行的升级改造，以便所有的电子锁和门禁系统能正常使用。这份报告上关于星月监狱电压最大承载量的数据，和那份有加特纳签名、亲自填写的确认清单上的一模一样。

在她的强压之下，加特纳最终软化了态度，做出了极不情愿的退步：他说第四监区和第五监区的犯人白天都在工厂工作，牢房没人。也就是说他只能提供限时供电，在这台机器启动时，切断第四监区和第五监区监舍的供电，以保证电压不会超载。

珍妮弗在心底冷笑，脸上却立即换上了和蔼的微笑："监狱长，您提供的帮助对我们的研究至关重要，我简直不知道该怎么感谢您才好！"

当然，作为交换，她再没提起去犯人工作的地方查看的要求。

埃切维利亚神父交给她的资料，她详细地看了四五遍。作为一名曾经的FBI调查员，这份资料的漏洞太多了，这上面几乎全都是口述，口述的资料又没有经过签名，她怀疑其中一些人已经死去，变成了骨灰盒里小小的一撮灰尘。没有工厂的明确位置，没有照片、没有视频，甚至没有录音，它们太零散了，形不成完整的证据链。

她并不怀疑埃切维利亚神父说的都是真的。在旅馆里，她好几个晚上彻夜难眠，始终在扪心自问：珍妮弗·特兰多，如果是十五年前的你，你会怎么做？那个充满正义感的热血警探，在性别歧视如此严重的年代里，以最优异的成绩在她的男性同僚中脱颖而出，成为一名 FBI 探员。

　　她从床上爬起来，到洗手间里用冷水洗脸，从镜子里盯着自己的眼睛。那双蓝色的眼睛一如既往，在黑暗中坚毅地回望着自己。

　　她从未改变。然而，她比过去更加沉稳了。

　　她来星月监狱之前，她的上司曾经找过她。

　　那个男人很少对下属推心置腹，却在喝了一大杯威士忌之后对她说："珍妮弗，这世界上最危险最肮脏的地方不是帮派分子的老巢，而是政治。我们就像非洲草原上和象群一起迁徙的狐獴，只能在巨兽的脚下左躲右闪寻找可以容身的地方。"

　　这位上司对她传达了一项任务。

　　CAC 集团代表的是保守党派的势力。而自由党派想要剪除他们的势力，没有什么能比让星月监狱陨落，从而让推动私营监狱计划的议员与州长下台更完美的了。

　　星月监狱的情况确实非常糟糕。从目前掌握的证据来看，伙食很差，CAC 集团承诺的改造项目也没有完全落实到位。事实上，甚至还没有过去联邦政府负责运营时好，CAC 接手后，逐步停止了犯人组建的乐队、美术教室、健身房等项目，只是保留了这些设施，以便应付检查时拿出来表演一番。他们以极低的费用将犯人的劳动进行外包，缩减休息时间和降低劳动保护。然而，这些东西并不足以撼动 CAC 集团的根基——如果这些事情被揭发出来，他们只需要把加特纳推出来当挡箭牌，只要对国会稍加游说，就能继续获得续约。

　　然而，揭发这些事情的人，比如她自己，可能就要倒大霉。

　　除非一击致命，打得对方毫无还手之力。否则，贸然出击，只能落得个自身难保的下场。

　　因此，她才找到了丁。把那张画着猪形涂鸦的纸条交到他手上的时候，她说："丁教授，我需要你的帮助。"

　　年轻的亚洲学者听着她的讲述，不自觉地用手捂住了嘴，从指缝中漏出一声轻微的呻吟："天哪！这也……太可怕了……"

　　"我知道你并不是执法者，教授。"珍妮弗绞着手指，"但是，你是现在唯一能在监狱里自由活动的人，加纳特对你的防卫心并不高。我需要你去一趟那个医院。只要几张照片就好。"

　　只要几张照片就好。

【13】

　　丁教授被揍了。

　　他在监区和 MS-13 的罗德里格斯讲了几句话，一开始罗德里格斯只是静静地听着，然后突然就变了脸。据当时在场的狱警说，罗德里格斯脸色发白，青筋暴起，看上去好像要把那个亚洲人给活活撕碎了一样。但是以他在监狱的地位，亲自动手未免太有失身份。所以罗德里格斯只是冷笑了一声，转身离开。他走后不到三分钟，几个拉美人把亚洲人拖到一个监控死角胖揍了一顿，在狱警到来前一哄而散，只留下那个小白脸趴在地上，在自己的呕吐物里呻吟着。

　　此时此刻，他们坐在莱彻尔的办公室里，莱彻尔把冰袋递过去，让他敷一敷颧骨上的瘀青。

亚洲人对他扯出一个比哭还难看的微笑，还说了声"谢谢"。

太有礼貌了。莱彻尔忍不住长叹一声。让这种小白脸住在监区本来就是个坏到不能再坏的主意，他完全不明白加特纳同意这个要求时脑袋瓜里装的是什么。不过，这顿拳脚应该足以让这个书呆子清醒一点，然后打消这个念头了。

"你一定很好奇我对罗德里格斯嗦了很么……"亚洲人口齿不清地说，因为扯到了嘴角的裂口，忍不住又"嘶"了一声。

"我不好奇。"莱彻尔冷冰冰地说，"在监狱里，有时候打别人一顿是团队建设的好方法。"

亚洲人苦笑了一下："你说得对。"

"回去住吧，和你的 FBI 同伴们在一起，我听说那家酒店相当不错。"莱彻尔站起身来，打开门，"今晚你不能再住在任何一个监区了，我怕有人半夜对你不利。来吧，我带你去警卫休息室。"

他把亚洲人送回警卫室，道了晚安，就回到了自己的休息室。

作为狱警长，莱彻尔有自己的屋子。这是个二十平方米的小单间，尽管莱彻尔在这儿住的时间比在家都长，但是屋子里朴素而整洁，能彰显个性的个人物品并不多，大多是一些生活必需品。唯一一点不同的东西，是一张 1994 年的《肖申克的救赎》电影票根，贴在小书桌一张双人合影的相框上。

《肖申克的救赎》上映的时候，莱彻尔刚刚结束休假，从菲律宾美军基地回到国内，新婚不久的妻子拉着他一起去看电影。热恋中的人永远多愁善感，他和妻子为结局热泪盈眶。电影结束后，妻子吸着鼻子对他说："我不懂，亲爱的，为什么还会有人愿意一辈子待在监狱里？"他揽过妻子，吻她头顶的发旋儿："亲爱的，我也不懂。"

然而，十年之后，他们离婚的时候，妻子在律师事务所恶狠狠地签下自己的名字，把钢笔往桌上一拍，对他说："你就和你的监狱过一辈子吧！"

前妻起诉时坚决要求获得孩子的监护权，并且提交了他在监狱执勤的工单作为证明。他请的律师看了那串长长的单子一眼，就小声对他说："……我们还是放弃监护权比较好。"

事实上，他并不认为自己能赢。他甚至知道，自己哪怕争取到了监护权，反对得最厉害的人，搞不好就是孩子们。

他的两个孩子对他毫无感情，而这并不是他们的错。他还记得他教小女儿骑自行车的时候，大女儿从房子里冲出来，一把把哇哇大哭的妹妹揽在身后，对他大吼："她不是你监狱里的囚犯！"

她保护自己小妹妹的样子像一只瘦弱又坚定的雏鸟，明明羽翼未丰，眼中却充满熊熊怒火——那眼神深深地刺伤了他。

到头来，莱彻尔也在问自己同样的问题：难道一个人在监狱里待久了，真的就离不开这个地方了吗？包括狱警本人吗？

十几年前，他在菲律宾认识了在那边教英语的一位女教师，他们在异国他乡的热带风情里相爱，并且结婚。那时候两个年轻人斗志昂扬，认为尘世间没有任何事情能阻挡他们的爱情。然而后来回忆那段疯狂的青春岁月，莱彻尔总有种怀疑，是第三世界国家给了两个美国人这样不切实际的幻想。

退役以后，莱彻尔回到妻子的出生地纽约定居。他有很长一段时间无法适应新的生活。他做过一段时间警察，但最终因为无法和搭档好好相处而辞职。那段时间他四处投简历，大多杳无音讯，直到有人给他介绍了一份狱警的工作。虽然离家比较远，但是他需要养家糊口。

然而入职不到一周，他就发现，这可能是最适合他的地方：作息有规律，纪律森严，上下级关系明确。这里和军队简直……没有什么两样。

他似乎天生就是这块料，很少出现狱警们普遍厌倦又消沉的情绪。他甚至主动替同事承担了很多轮替，以保证他们能在想要的时间段休到想要的假。而这也不是全无代价的，他几乎从未和家人度过一个完整的圣诞节或者感恩节，每次休假回家也只是收拾一下替换衣服，然后拿着一瓶啤酒呆坐在沙发上看电视。

在离婚之前，前妻曾经恳求过他、威胁过他，让他换一份工作，以便能多陪伴一下家人。但是莱彻尔并不愿意。

他十八岁那年加入军队，一直到二十八岁退伍。他来自一个平凡无奇的南方小镇，出自平凡无奇的家庭，第一次来到纽约时就感到无比恐慌，仿佛自己随时会被淹没在人潮中。浑浑噩噩的少年时代之后，是军队教给他纪律、尊严，以及人世间的一切规则。他不懂最流行的网络用语，也不太适应人际关系中那层圆滑的虚伪，他在外面永远像个大号宝宝，笨手笨脚，幼稚可笑。他宁愿回到监狱，这里有他熟悉的一切东西。

四年前暴动发生的时候，他是第三监区的区长。警报响起之后，他第一反应是清点狱警人数，确保值班警员全体都在，然后确认牢房门是否锁好。这之后，他把人分成两部分，一部分留在第三监区警戒，另一部分人由他亲自带领，驰援第一监区。然而还没到第一监区的大门，他发现其他监区，甚至主行政楼的狱警都在向大门口跑，于是他改变主意，带着第三监区的狱警们奔向第一监区的一处矮墙。那里曾是一个紧急出口，后来被填上了，但是施工比较粗糙，墙面上永远有一道大裂缝。不出所料的是，他们赶到时正听到里面传来汽车轰鸣声，有人偷了第一监区运输物资的皮卡车，正准备开动它撞塌那堵墙。莱彻尔要求所有狱警一起对墙内大喊：他们已经在外面布置了机关枪，敢从里面冲出来的一律扫射。迫使墙内的人放弃了这个疯狂的举动。

最后，由于他的调度有方，本监区内没有出现任何一个犯人趁乱越狱，也为第一监区的增援起到了关键性的帮助。由于当时的狱警长殉职，他则因这次出色的表现受到嘉奖，被任命为星月监狱的新任狱警长。

然而这四年里，他过得并不舒心。这一切，都要怪那个加特纳。

他第一次见到特里佛·加特纳的时候，对方介绍说自己有丰富的管理经验——就像他到处吹嘘的那样。然而上任不到半年，莱彻尔就发现，加特纳所谓的"管理经验"，就是为私营企业在东南亚运营血汗工厂，他对于监狱管理一无所知，仅有的那点知识，搞不好还是看《越狱》剧集得到的。真实的监狱不是电视剧，加特纳那套管理方式无非是胡萝卜加大棒，一方面对狱警权力刻意纵容，另一方面对犯人内部的违禁视而不见，听而不闻。

莱彻尔仅有高中学历，曾经对这位有着光鲜履历的上司充满敬意。他试图和加特纳深入地谈谈他的看法，但是加特纳仅仅是摆了摆手。

"莱彻尔，你要明白，这些人就像老鼠。最有效的方式，就是让他们互相撕咬，选出一个头目，我们控制住这个头目，就等于控制住整个群体，你明白了吗？"

莱彻尔当然明白。他明白这是二十年前《肖申克的救赎》里的管理方法！现代监狱早已不是这样子的了！

不明白的人，是加特纳。

星月监狱里的重刑犯，除去第一监区那些变态疯子、连环杀人狂不谈，剩余的监区中约60%的因犯都有帮派背景。加特纳认为，犯人们会在"撕咬"中彼此对立、仇视，事实上他们不需要"撕咬"就能选出自己的头目，这些人在进监狱之前就有自己的江湖地位和帮派等级。狱方对待因犯的高压手段很多都超过了人道主义的容忍范围，更让因犯们产生了一种必须联合起来才能在这个地方活下去的信念。

　　加特纳认为，纵容犯人私下倒卖香烟、色情杂志，甚至毒品，是狱方的小恩小惠，然而这却给了狱警们一个赚外快的机会。监狱中有自己公开、合法的超市，然而目前监狱里流通的各种生活用品的总量，搞不好已经是超市存货的十倍以上！而且完全不需要用良好表现赚取的积分兑换，只需要对帮派首领表现忠心即可！这么多非法物品是怎么走私进来的？那只能靠狱警。每一个狱警结束休假后，带回来的行李总是满满当当的。加特纳根本不知道这有多可怕，四年间，狱警们发财的方式已经不仅是靠贩售比市面价格贵一倍的香烟，他们甚至在狱外直接与黑帮联系，帮他们安排与狱中帮派分子会面。

　　加特纳大错特错了。他的方式，使得整个星月监狱的犯人，前所未有地团结起来，甚至一些非帮派出身的普通人，入狱后一旦看清形势，就会迅速向狱中的帮派组织靠拢，以求得到庇护。

　　这个地方不是军队，而是帮派。

　　莱彻尔和加特纳彻底翻脸，因为一名女牙医。

　　这名牙医已近五十岁了，赘肉满身，而且又丑又老，但囚犯们绝对没有非超模不可的挑剔。牙医自有场地，只需要把房门一锁帘子一拉，看诊台上就能完事。她收费公道，口活二十，全套五十，但是必须二十分钟内完事，免得耽误她下一单生意。莱彻尔对此忍无可忍，加特纳却觉得让犯人们有个发泄渠道也没什么不好。两人发生了激烈的争执，莱彻尔威胁如果不辞退此人就要向司法部举报，这势必招致联邦监狱局的严格审查，加特纳不得不妥协，开除了那名女牙医。

　　因为莱彻尔不属于私人安保公司，他是一名具有执法资格的警务人员，因此加特纳无权直接开除或者调动他的岗位。他能做的，就是玩弄办公室政治，孤立莱彻尔。

就在接到 FBI 的研究申请之前，大概有整整半年，莱彻尔在星月监狱彻底变成了一座孤岛。他无权调动狱警，他做的一切决定都会被加特纳推翻重来。加特纳要么随机布置一些又累又脏的杂活儿让他去做，要么干脆什么任务都不给他，让他无所事事地在监区之间游荡。没人敢向他表示稍微一丁点儿的示好，相反，只要将他的一举一动报告给加特纳，就能换取加薪或者更好的工作时间。

莱彻尔用他"骄傲的南方人"的态度默默应对了这一切：忍受，但是不妥协。他认真核对执勤记录，审核会面申请，安排常规检查……就是没有提出加特纳希冀已久的辞职申请。

莱彻尔在狭窄的小盥洗室里仔仔细细地洗了脸、刷了牙。他本来想冲个澡，但是今天发生的事情太多了，他感到一种从内到外的疲惫。

他躺在床上，盯着霉点斑斑的天花板，这是好几个雨季以来留下的痕迹。

所有的警卫室都很久没有翻新过了，包括这间。加特纳对于监狱的运营管得很紧，他一上任就解聘了之前的财务与会计，新带进来的人都是他在做私企运营时的旧部。这些人每个月只来那么几天，做完加特纳指示的账务之后，立刻就走，绝不停留。他们经手的账目被锁在加特纳的保险箱里，没人能经手。要不是一次偶然的机会，莱彻尔得知他们去年的经费支出中有一项居然是警卫休息区装修费用，他可能永远也怀疑不到这上面。

他通过层层关系找到了一个监狱管理局的会计，付了她一笔钱，让她把星月监狱的财务报表复印给他看。也许是为了彰显私营企业的优势，账目做得异常清楚而专业，一目了然，让他这种毫无财会背景的人也能发现，上面很多支出根本不是事实。

监狱在日常运营方面的支出太大了，有些从未发生过，是彻头彻尾的谎言。比如警卫休息区翻新，只这一条就花了接近十万美元；比如对监狱电网的升级改造，这一项列了六十五万美元。而实际上，只有几个电工时不时会来修一下灯泡，整个监狱沿用的仍然是六年前的旧管线。因为电压过大，夏天夜里他们会停掉监区的空调，犯人们不得不睡在水泥地上，以免被热出褥疮。

他曾经向司法部写过匿名举报信，然而这些信件石沉大海。他想，他需要一个更有力的、更具爆炸性的丑闻，而这一次，必须一击制胜。

他知道犯人们的"外勤"，除去从不出外勤的第一监区，每一个监区都有囚犯陆陆续续生病，都是一些莫名其妙的怪病：咳血、便血、腹痛、头痛、呕吐、皮肤溃烂……按照监狱卫生条例，他们要对当局报告传染病的可能，然而加特纳只是命令把这些人立即转移到医院的特别监护区。那是医院的五楼，自从第一个病人进驻后就被严密监视起来，名义上是防止传染，而监区里只是象征性地喷了一些消毒剂，再没有别的动作。

令人不安的传言在犯人之间流传，所有人都在悄悄谈论一家化学危废回收工厂。加特纳的应对方式简单而粗暴：不许谈。所有人对外联络的手段都被监视，所有向外面传递的信息都被监控，犯人们互相告密，被揭发者就会被狱警随便找个茬儿，打碎下巴。多年以来，加特纳在这家监狱造成的高压氛围让犯人们无法信赖任何人。

加特纳或许对自己造成的这一切充满得意，但是莱彻尔知道，这不对。当你给一个密闭的空间施加了太大压力，就会把它变成一个高压锅，稍有不慎，它就会从内部爆开。

这也是他不得不和埃切维利亚神父合作的原因。他负责收集证据，而埃切维利亚神父负责将它们传递出去。

然而事实上，他并不信任埃切维利亚神父。他们俩之间唯一的共同立场就是想让加特纳滚蛋，至于怎么处理他们之间的分歧，那可以日后再提。

……埃切维利亚神父。

莱彻尔阴沉地盯着镜子里自己的倒影，倒影也在回瞪着他。

如果他得到的信息是正确的，那么这个人，也许是他毕生所见过的、最危险的人。

突然间的黑暗打断了他的思绪，莱彻尔茫然地眨了两下眼，几乎以为自己是瞬间失明了。

他猛地打开盥洗室的门，窗外暗淡的月光洒进室内，屋子里的一切都仿佛蒙上了一层白惨惨的薄雾。

他没有失明。

星月监狱的供电被切断了。

【14】

莱彻尔把手枪装在枪袋里，又拿了双筒猎枪，冲出门去。

走廊上已经有当值的狱警冲出门来，他们只能凭走廊上幽暗的月光看清彼此的制服。

"长官？"对方试探着叫了一声。

"我是！你们一共有几个人？"

"十八个！"对方咒骂了一声，"为什么备用电源没有启用？"

"那破玩意儿需要人工启动。总控中心！总控中心！"他在无线电里叫道。

总控中心很快回话："莱彻尔长官！我们五个都在，电力被切断了，现在屏幕上什么都没有。"

"我派两个人上去，然后你们把大门锁起来，谁来也不许进入，明白了吗！"

"明白！"

莱彻尔点了两个人让他们去总控中心："剩下的跟我去备用电力室！"

他们向一楼的备用电力室跑去，莱彻尔猛地想起来："那个亚洲佬呢？"

"……丁教授？"几名狱警面面相觑，"我以为他和你们在一个房间。"

"不，他和乔尼他们在一个房间。"

"乔尼的房间锁了……"

几个人在楼梯上愣住了，这时无线电里有人在叫："莱彻尔先生！"

是丁教授。

"丁教授！你在哪儿？"

"我在一楼！我看到有人从备用电力室跑出来，别过去！我怀疑那里有炸……"

话音未落，突如其来的爆炸声轰然响起，灼人的明光一下子吞没了他们的视线，随之而来的是飞石与爆炸气流，几个人一下子被掀翻在地。

莱彻尔的视野被无限地拖慢了，仿佛进入了电影中的子弹时间。他能看到鲜血从自己额头流下，把视野染得鲜红，他的灵魂与肉体像被爆炸强大的冲击力分离了，一个透明的自我漂浮在被爆炸摧毁的楼梯上，束手无策地看着那具肉体还在挣扎着坚持站起来。

很快，他看到一双脚向他跑过来，亚洲佬的脸出现在他面前，正在激动地向他大吼着什么，可爆炸引起的耳鸣导致他一个字都听不见。亚洲佬和旁边的一名狱警把他从地上架起来，拖着他拼命地向前跑去。

然后，世界就陷入了一片混乱。

莱彻尔再次醒来的时候，发现自己在一个狭小又黑暗的空间里，有人正用一块难闻的破布擦拭着他的脸。

"莱彻尔警官！"亚洲佬惊喜地小声叫道，"太好了，你醒了，我还以为你死了。"

"这是哪里……"莱彻尔抬起手来，扯掉了那块沾满血渍和油污的破布。

"他们进入主行政楼了！"有人大吼一声。

一阵密集的枪声哒哒哒传来，莱彻尔猛地坐起来。

这里是主行政楼顶楼的会议室，他们被困在这里已经一整夜了。

昨晚，星月监狱突然断电，造成了所有监区的电子锁瞬间失效。几乎是同时，有人炸毁了备用发电机。从第二监区到第六监区，犯人们利用削尖的钢管与狱警展开肉搏，尽管武器极其原始，人数上却占绝对优势，当值的狱警几乎毫无招架之力，要么当场被杀，要么被俘，剩下的一小部分人逃往主行政楼。

然而，由于在楼梯上遭遇爆炸，主行政楼留守的十八名狱警中，有两人当场死亡，四人失去战斗能力，莱彻尔因被流石击中而昏迷不醒。群龙无首的狱警们无法有效反击，只能坚守在主行政楼里，一边对外求援，一边封锁所有进出口，希望能在外援到来前尽量拖住囚犯们的进攻。

尽管莱彻尔未能指挥战斗，但是这部分狱警还是展现出了可贵的战斗组织能力。一方面，他们利用消防水喉喷射任何试图进入大楼的犯人，另一方面，他们死死守住了位于主行政楼的军械库，没能让犯人们靠近。

然而，这些囚犯不同于平日里的纪律散漫、彼此争斗不断，表现出了高度军事化的纪律性与战斗能力。他们使用在各个监区搜集来的军火、汽油，以及自制炸弹不断进攻，并且向消防水喉投掷尖头钢管，扎破水管。凌晨一点多时，他们成功地在一楼制造了一起火灾，逼得狱警们节节败退，不得不一再向楼顶移动。

在数次转移中，狱警们好几次想要把昏迷不醒的莱彻尔留在原地等死，反而是一直被他叫作"亚洲佬"的丁——当时留宿在行政楼，因为找厕所而目睹有人在备用电力室放置炸弹的那个书呆子倒霉蛋，坚持背着他一起撤离，才让他活着目睹了这场落败。

是的——这场防守战，必定要以失败告终了。

莱彻尔捂着脑袋，丁撕下自己衬衣的袖子给他包扎了头部。眩晕感让他觉得胃里有种翻江倒海的恶心，这是脑震荡的症状。他忍住呕吐的欲望，挨到窗边查看情况。

这时天色还没有大亮，整个窗外却亮如白昼，从三楼的位置向下看去，院子里到处燃烧着火光，一丛灌木被整个点燃，枯焦的枝丫间腾起熊熊浓烟，飘散在天空中。火光之间可以看到遍地横尸，有些是穿着橙色囚服的犯人，有些是穿着卡其色制服的狱警。

他们躲在三楼会议室里，楼梯口被横七竖八地堆上了很多办公家具，铝合金制的柜子被推倒当作掩体，地上到处是水渍，随着犯人们关掉主行政楼的水闸，消防水喉也不能用了。

一些杂七杂八的枪支弹药横在会议室中间，是狱警们在撤离时从枪械库里抢出来的。然而他们肯定拿不完。剩下的那些，此刻正在楼梯上哒哒作响，试图把狱警们的防守线撕开一个口子。

莱彻尔拿过一支步枪，准备加入战斗，这时听见窗边有人欢呼起来："看！军用直升机！"

一阵轰鸣声随即传来，灼人的白光从空中落下，探照灯的圆柱形灯光在院子里扫来扫去。同时，扩音器里传出"放下武器！放下武器！"的吼声。

"外援到了！！我们有救了！！"狱警中有人欢呼起来，有人喜极而泣。

然而，欢呼声还没有过去，一声尖啸破空而去，一枚火箭筒发射的破甲弹击中了直升机，后者在半空中徒劳地旋转着、旋转着，最终跌落在监狱外面的海崖上。

爆炸声之后就是火光与浓烟。

室内一片死寂，衬托得外面犯人们的欢呼声极其刺耳。

"投降吧。"莱彻尔扔掉了手中的步枪。

"……他们会把我们都杀光的！"有人尖叫道。

"继续抵抗也是一样，"莱彻尔叹了一口气，厌烦地踢开一只空箱子，动手撕扯窗边的旧窗帘，"他们拿了枪械库里的火箭穿甲弹，但是却没有用来进攻，这说明他们想让我们活着——给他们与司法部的谈判增加筹码。"

莱彻尔的想法是对的。

天色蒙蒙亮，淡淡的天光照亮了满目疮痍的院子，到处都能看到激烈的肉搏战留下的痕迹，血迹、弹孔……一棵被烧得只剩下枝干的树，枯黑的枝丫上还有余火未熄，正绝望地向天空喷发着淡淡的黑烟。穿着橙色囚服的犯人在院子里跑来跑去，把死者的尸体拖到一起集中起来。

罗德里格斯命令俘房们在室内篮球馆集合在一起，所有人都双手抱头，跪成三排。围绕着他们的约五十名囚犯，每个人都荷枪实弹。罗德里格斯叫莱彻尔和丁跪在前排，然后拿出一个智能手机，对准了自己，以及身后的犯人。

"早上好，"罗德里格斯对着手机的前置镜头说，"我名叫卡梅隆·罗德里格斯，是星月监狱的一名犯人。如果有人早上看过早间新闻，大概就会知道，昨晚我们这里发生了一次暴动。我们，也就是囚犯们，大获全胜。"罗德里格斯把手机稍稍往后侧了一下，让跪着的狱警们入一下镜，"这边有二十二名狱警和一位 FBI 犯罪学专家，他们现在是我们的人质。"

"……这家伙在……？！"莱彻尔不由得喃喃自语。

"直播。"丁在他身旁小声地说。

罗德里格斯继续对镜头说："在媒体开始大规模审判我们之前，我希望公众能先听听我们的故事：究竟是什么使得我们走上了暴动这条路。"

他对身后的囚犯们做了个手势，有人扯开一条床单，上面用简单的几笔，画出了一个猪的形状。

犯人们齐声呼喊起来："如果不能活得像个人，起码不要死得像头猪！""如果不能活得像个人，起码不要死得像头猪！""如果不能活得像个人，起码不要死得像头猪！"

整齐划一的呼喊声越来越高，越来越大，无数只手捏成了拳头，像一只只愤怒的枝丫伸向天空，像要把那晴空撕裂一般挥舞着。

"如果不能活得像个人，起码不要死得像头猪！"

呐喊声响彻云霄。

在丁教授他们到来之前，星月监狱内犯人的生存状况，已经坏到一个不能容忍的地步了。每个人每月只发一小片肥皂和一卷手纸，想要得到足够的生活物资，哪怕只是一管牙膏，都要靠没日没夜的工作来换取，尤其是"出外勤"，也就是在一家神秘的化学危废工厂工作。据犯人自己统计，约有二百人参与了这项工作，八十人因重金属中毒而死亡，幸存者也多半落下了无法治愈的疾病。犯人们通过合法的渠道向司法部提交过申诉，但是无一例外地石沉大海。他们认为，有某种神秘的政治力量阻挠了这件事的曝光，如果不采取极端手段，迟早自己也会因为这项工作而丧命于此。

"我们是为了活下去。"一名犯人在镜头面前举起他关节肿大、流着脓血的手指，"我有十五年刑期，但是十五年之后我还想活着出去看一眼我的家人，我不想死。"

"我们申诉的材料或许不够充分，我们只是一群囚犯，能收集的资料有限。但是我们现在把这份材料放在网络上，由大众来自行判断。"

"我们的要求如下：第一，立即免除特里弗·加特纳监狱长一职，并且对狱方的腐败行为展开调查；第二，我们要求对参与此次暴动的犯人进行赦免，由纽约州法院签字盖章，保证不对任何参与此次暴动的犯人进行起诉；第三，我们要求对在化学工厂工作的犯人进行全面体检，由政府支付幸存者的医疗费用以及对死者家属的赔偿。"

这场直播持续了整整43分钟，白种人、拉美人、黑人、亚洲人，不同种族的犯人前所未有地团结一致，在镜头面前讲述他们的故事。有犯人拿着一台笔记本电脑看着实时直播，在警方强行切断他们的直播之前，点击率已经超过五百万，约有二十万人在网络上收看了这次直播。

犯人对此早有准备，他们注册了好几个账号用于继续在网络上发布视频。与此同时，联邦监狱管理局的电话打了进来，通过莱彻尔的手机。

罗德里格斯从一个囚犯手上接过来，按下了免提键："请讲。"

对方大概是没有想到他的语气如此冷静，迟疑了一秒才开口："我是联邦监狱管理局局长格里高利·克雷恩，你是？"

"我是这次暴动的总负责人，你应该在刚才的直播中见过我了，我是卡梅隆·罗德里格斯。局长先生，我想我们就免去寒暄的必要，直接来谈谈条件吧。"

在罗德里格斯与监狱管理局谈判的时候，莱彻尔一直在观察。整个篮球馆就像一个临时的指挥室，周围不断有人来来去去。有几个囚犯专门负责在社交媒体上关注事件热度和舆论，有人报告大门处堆障的进度，有人对罗德里格斯的谈判过程进行记录。然而无论做什么，这些囚犯的纪律性远比莱彻尔想象的好太多了，训练有素，纪律严明。周围持枪走来走去警戒他们的犯人当中，不乏以前被狱警痛揍过的，然而没有人，没有一个人对他们做出哪怕是吐口水这样的侮辱行为。

"……他们，"莱彻尔顿了顿，"行动就像部队。你不觉得这很奇怪吗？"

丁如梦初醒地扭过头来，看着他："你在跟我说话吗？"

"废话，还能有谁。我不懂，这些人在做囚犯的时候没有一天安生的，然而现在，"莱彻尔抬抬下巴，指着周围一言不发、警惕地盯着身边来回走动的巡逻者，"拉美人，黑人，白人，统一行动，服从命令……这是怎么做到的？"

"我以为这就是监狱的意义了，"丁苦笑了一下，又问道，"罗德里格斯为什么把我们两个单独撤出来？"

"你们两个！不许说话！"一名囚犯对他们叫嚷着。

丁举起双手，做了个合作的姿势。

"没关系，"罗德里格斯打完电话，走了过来，顺手把手机递给一名囚犯，"我想，让莱彻尔警官了解一下目前的形势，有助于培养和他的合作。"

罗德里格斯双手抱胸，好整以暇地坐在他们面前的一张椅

257

子上。

莱彻尔观察着他。面前这个人，浑身上下透露出来的是冷静、理智，甚至还有一种让人信服的权威感，和他印象中那个鲁莽而凶狠的黑帮分子完全不一样。如果这是演技的一部分，那么好莱坞应该对这枚遗珠大为惋惜。

"我承认，你让我非常惊讶。"莱彻尔说。

罗德里格斯微微侧了侧头："所有的狱警大概都这么认为。"

"你们策划了多久？"

罗德里格斯仰起头，稍稍计算了一下，说："三个月。说真的，我原本没想到会这么成功，毕竟，一开始我们的武器只有削尖的水管，这还是在修理厂工作的兄弟们偷偷弄回来的。至于炸药嘛……"

"是你从农场弄回来的，"莱彻尔疲倦地搓了一把脸，"一股化肥的臭味儿。"

"硝酸铵、还原剂，再加一点燃料。"罗德里格斯对他微微一笑。

那是一抹不带任何感情色彩的笑容，既没有胜利的喜悦，也没有抓住猎物之后的得意，似乎只是觉得，这时应该笑一笑，才做出这种表情的——这让罗德里格斯一瞬间看起来像个假人。

那个笑容转瞬即逝，罗德里格斯站起来，对他们说："莱彻尔狱警长，我先警告你，反抗是无谓的。我们攻破了你们的枪械库，现在看守你们的弟兄们手里都有枪，你们没有机会。所有活下来的狱警都是我们的人质，也是我们和联邦政府谈判的筹码，我不希望你们受伤，所以在我们与政府达成一致之前，我们会提供力所能及的食物、水和医疗。但是，最轻微的反抗，也会导致当场射杀，你明白吗？"

"明白。"莱彻尔说。

"好的。"罗德里格斯点了点头。

目前，星月监狱共扣押了二十三名人质，这也是罗德里格斯手中最有用的筹码。他在谈判中一再保证，只要不对监狱强攻，他就不会伤害人质。至于什么时候释放人质、交出监狱，则要看联邦政府何时能答应他的要求了。

莱彻尔太熟悉政府的谈判套路了，无论罗德里格斯提出什么要求，他们必定不会同意，也不会否决，只是不停强调自己需要时间，自己没有权限。理论上他们说的确实没错，特赦令只有总统才能签发，州法院对此并无管辖权。作为谈判善意，司法部应允对特里弗·加特纳进行调查，然而其他的东西，都需要时间……总之就是拖，拖到能得到上级部门一个明确的方案，保证自己不在行动过程中负有关键责任。

然而，新媒体时代，犯人并不需要接受媒体采访才能传递自己的信息，他们直接利用直播向公众传递信息，告诉他们星月监狱里的种种腐败与恶行。这些直播给政府造成了极大的压力，所有的社交媒体、所有的新闻频道都在谈论此事，虽然调查尚未展开，舆论的导向却对犯人一方极为有利。因为强大的舆论压力，当天上午，司法部便宣布暂停特里弗·加特纳的监狱长一职，并对他展开行政调查。当天下午，又同意了犯人一方引入一个谈判中间人的要求。

理论上，联邦政府不会允许这种事情：无论是谈判专家还是执法人员，送人进去，最大的可能，不过是多了一个人质。然而，罗德里格斯提出的人选，却让联邦政府大跌眼镜。

他们要的，是埃切维利亚神父。

【15】

当天下午，风尘仆仆的埃切维利亚神父进入了星月监狱。他的出现，受到了小范围的欢迎。

尽管被囚犯们热情地拥抱来拥抱去，埃切维利亚神父的脸上却没有什么笑容。正相反，他显得忧心忡忡。

　　这时，距离暴动发生已经过去了二十九小时。

　　埃切维利亚神父带来了一些医疗用品，这些都是州政府提供的，算是对犯人一方释放出的善意。作为回应，罗德里格斯同意将重伤者转移出监狱，由未参与此次暴动的轻刑犯护送。医院特护区重金属中毒的犯人也被一并送出了监狱，作为化学危废处理工厂事件的证据，取证，并由专业医院进行治疗。

　　作为谈判的中间人，埃切维利亚神父忠实地履行了自己的职责，他面见了所有的人质，并且对外报告人质的人数、健康状态、待遇等问题。他对外界一再保证，自己未受人身威胁，并且一定会从中斡旋，尽力使星月监狱事件早日解决。

　　罗德里格斯关上了监狱长办公室的大门，现在，屋里只有他和神父两人了。

　　"你们之前要求与州长直接对话，我得到的确切消息是，这不会发生了。州长甚至不会直接出面，他的秘书向司法部转达了他的拒绝。"

　　罗德里格斯呆了呆，苦笑了一下，骂道："怂包。"

　　"州长都不会出面，就别谈总统了。你们不会得到特赦令的。"神父叹了口气，把手指伸到自己领子里，扯了扯咽喉处的白色圣痕，减缓一些脖子处的压力。

　　"真正的坏消息是，如果你们不妥协，特警队计划在六小时后发起强攻。他们认为，在最恶劣的情况下，应该进行无差别扫射，不管是人质还是囚犯，一律杀死。事后再把事情栽赃到暴动者身上就行了。"

　　罗德里格斯豁然站起："……什么？！可是他们在电话里……"

"那是政治姿态！"神父吼道，"没有人愿意承担无差别杀人的责任！他们只是摆出一副愿意和谈的姿态来而已，他们耍了你，卡姆！"

罗德里格斯把面孔深深地埋进了手掌中，颤抖的手指把头发撕扯得越来越紧。

埃切维利亚神父皱着眉头，把手放在他的肩头，用尽可能温和的语气说："卡姆，我觉得这件事不……"

话音未落，他的嘴已经被另一双嘴唇堵住了，他的秘密情人忘情地亲吻他，吻得如此绝望，仿佛死神正在他们身后窥探。

神父不得不用力才能推开他，压低了声音怒吼道："卡姆！你疯了！"

"我当然是疯了！"卡梅隆·罗德里格斯吼回去，"你不是一直就这么看我的吗？一个精神失常的疯子？"

神父捏紧了拳头，又慢慢地松开了手，低低地叹了一声："……卡姆，你知道我从来没这样想过。"

"……我们，都要死了。"罗德里格斯颓然地坐回椅子上，目光空洞地喃喃道，"全完了，一切都是徒劳。"

两人之间横亘着一片死一样的寂静。

最后，神父走上前，把罗德里格斯的脑袋搂进怀里，温柔地亲吻着他的发旋儿："不是没有转机的，卡姆，不是没有转机。你听我的，我会把咱们都救出去。我们逃离这里，逃离黑帮，我们可以偷渡去墨西哥，在那里自由自在地生活……"

"我听你的，弗兰奇。但是要怎么做？"罗德里格斯抬头看着他，眼睛里萌生出十几岁孩子般的欣喜。

"第一监区的犯人现在在哪儿？"

"还在第一监区。他们没参加暴动，也没有伤亡，我只是让人看住了他们而已。"

"好的。"神父捧起他的脸，定定地凝视着他的眼睛，"我们得找到皮涅里迪尼。"

"……为什么？"罗德里格斯困惑地问。

"因为他的室友，查得·赖，是这世界上唯——个从星月监狱成功逃出去的人。"

罗德里格斯更加困惑了："可是新闻上说他是假扮狱警混在人群中逃出去的。"

"不是这样。他们只是从死在他囚室里的那个替死鬼，穿着查得·赖的囚服推断出的这一点。实际上，那天晚上收治的犯人和狱警都有记录，并没有狱警中途逃离救护车的记录。没人知道查得·赖是怎么做到的。"神父吻了吻他的额头，"除了皮涅里迪尼，赖的前室友。"

"他在告解时亲口对我说的，只有他才知道赖是怎么逃出去的，以及，他如今在哪里。"

暴动当晚，虽然所有的电子锁都骤然失效，但第一监区，却是唯——个没有直接参与暴动的监区。鉴于四年前由第一监区发动的那场小规模暴动，第一监区受到了最严密的监控，被隔绝于其他监区之外，既不跟他们一起工作，也不跟他们一起活动。因此，他们也完全没有收到当夜暴动的消息。断电之后，有一部分犯人根本毫无知觉，在漆黑的房间里呼呼大睡，另一部分人则茫然地待在房间里等待狱警到来，直到犯人们迅速攻破第一监区的大门，他们才如梦方醒。

罗德里格斯对这些人并没有什么好感。电力恢复之后，他命令继续关押这些人，不许自由活动。对这些人来说，日子没什么区别，只不过看守者从狱警变成了囚犯。

在入狱之前，罗德里格斯确实听说过皮涅里迪尼的名字。他在危地马拉帮派中还没有被忘却，然而任谁说起来，都会叫他"那个死疯子"。对于以人口贩卖为主业的帮派来说，他只挑最漂亮的受害者下手，简直像是在一筐苹果里挑最饱满的那个咬一口扔掉，是很大的资源浪费。更何况，因为这件事闹出了很大的舆论争议，而当时的州长在上任时把打击犯罪当作竞选宣言，搞得警方颜面尽失，报复性地把所有拉美黑帮，不管是危地马拉、波多黎各、墨西哥、洪都拉斯，都扫了一遍，搞得道上一时间人人自危。

这是罗德里格斯第一次面对面地审视皮涅里迪尼。拉西奥·皮涅里迪尼是个矮个子，棕黑色的皮肤粗糙得像个体力劳动者，一团和气的脸上总是挂着一丝微笑，说话时还带着浓重的西班牙口音，就像每一个中产阶级家庭雇来洗游泳池的拉美小子那样，只要给他十块钱小费，就会忙不迭地跟你说句"Gracias! Señora（谢谢！夫人）"。

然而事实是，这个矮个子手上血债累累，仅在美国，就杀死了十五名偷渡者。

皮涅里迪尼对被带到监狱长办公室似乎有些意外，当罗德里格斯单刀直入地抛出那个问题之后，他的表情立刻变得狡黠起来。

"你们是想知道查德是怎么逃跑的……？"他慢慢地说，丑陋的面孔上浮起一个狐狸一样的笑容。

然后他耸了耸肩，故作轻松地说："Lo siento（真抱歉），这个我可不知道。"

"你告解时说过。"神父提醒他。

"哦，我是瞎编的。Menti（我撒谎了）！"

罗德里格斯非常干脆地抽了他一记耳光。这一下抽得稳准狠，皮涅里迪尼把歪掉的脑袋慢慢转回来的时候，嘴角缓缓流下一丝鲜血。

然后他紧盯着罗德里格斯，古怪地咯咯笑了起来。

"你笑什么？！"罗德里格斯怒斥道。

"Eres ingenuo,hijo（你的天真，孩子）.我成名的时候你才多大？十五岁？十六岁？第一次听说我的名字应该是在电视上吧，'前危地马拉杀人狂魔再犯血案'——是的，我是从危地马拉的丛林里出来的，你知道在那里他们怎么对付敌人的吗？"皮涅里迪尼对他亮出一排白森森的牙齿，"而你，只选择打我一个耳光。"

罗德里格斯一下子噎住了。

埃切维利亚神父问道："皮涅里迪尼，你想要什么？"

"这可不好说，"皮涅里迪尼摊了摊手，"取决于你们能给什么。比如，自由？"

罗德里格斯扯了一把神父，在他耳边小声说："我们不能信任这家伙。他会为了一支牙刷就出卖我们。"

神父点了点头："你说得对。我想到一个人。"

一名囚犯到关押地点带走丁时，莱彻尔激烈反对，并且为此挨了一枪托。

"他不是狱警，看在上帝的分儿上，他只是一个学者！"莱彻尔叫道，"如果你们真要干什么，让我去吧！"

"罗德里格斯不会杀我的。"丁安慰他道，"警官，别担心。"

他拥抱了大个子狱警长，轻轻地拍了拍他的背，轻声说："保重，朋友。你是个好人。"

莱彻尔急切地在他耳边低语道："你要小心那个神父。他不是你想的那样。"

丁在监狱长办公室里见到了罗德里格斯。

罗德里格斯伸出手去："我要对你正式表示谢意，教授。听说你一直试图帮我们揭发监狱内的腐败。"

"……真可惜，我没帮得上忙。"丁回握了一下，苦笑道，"你们自己解决了问题。"

"现在我有需要你帮忙的地方了，"罗德里格斯用下巴指了指角落里的皮涅里迪尼，"我听说你在匡提科的专长就是对付连环杀人犯，你最擅长从疯子嘴里撬出有用的信息。"

"……那取决于你要让我问什么。"丁谨慎地看着他。

"我需要知道当年查德·赖是如何从星月监狱逃走的。"

"等等……警方说……"丁的惊异之色只持续了短短几秒钟，他很快就明白了，然后叹了一口气。

"……好吧，让我试试。不过我需要你们都离开，让我和他单独待着。"

"听你的。"罗德里格斯重重地拍了一下他的肩，"请带给我好消息，教授。"

丁和皮涅里迪尼在里面待了足足两个小时，其间罗德里格斯在监狱长办公室一墙之隔的秘书室里待得相当烦躁，不停在房间里走来走去。神父不得不把他按在椅子上："卡姆，有点儿耐心。看会儿新闻吧。"

他打开电视，新闻里铺天盖地全都是星月监狱暴动事件，神父切着台，突然在其中一个频道停了下来，里面是珍妮弗·特兰多的采访。

FBI专家一脸憔悴，似乎一夜之间老了十岁。她双眼有些发红，对一名CNN的记者说："……我知道监狱里有腐败事件的存在，但在进入监狱之前我不知道它已经这么严重了。没能在暴动之前揭露它，我感到无比惭愧。事实上，我的一位同事，丁，正是因为受我委托进入监狱的。我本指望他能搜集到更多关于那家化学工厂的事情，没想到他被卷入了暴动……"

"那家化学废弃物处理工厂是真实存在的吗？"记者打断她的话。

"从我得到的情报来看，它大概是真实存在的，但是当时我并没有直接证据。现在里面一些受到危害的犯人被转移出来，医院正在警方监护下加紧对他们的诊断，只要诊断结果出来，我想很快就有定论了。"

"可是 FBI 现在并未对此表态。他们说您的行动未经授权。"

"……我，"珍妮弗抬起憔悴的面孔，"是的。FBI 并未授权我对监狱展开调查，他们也没有授权我接受这个采访。但是我良心不安，因为丁教授是被无辜卷入这次事件的。"

珍妮弗直直地盯着镜头，用颤抖的声音说："我在此恳求犯人们，不要伤害他，他曾经协助收集监狱腐败的证据，他和你们同一战线，请你们不要伤害一个曾经想要帮助你们的人。我愿意尽我一切能力来查办这个案件，一定会还你们一个公道……"

罗德里格斯不屑地哼了一声："她可真高尚。"

神父没有开口。

罗德里格斯从椅子上站起来，在房间里来回踱步，突然从后面抱住了埃切维利亚。

"……我想和你在一起，弗兰克，我太想和你在一起了。如果我不是 MS-13 的罗德里格斯，而你不是'红蝎子'……"

"我们说好不提那个名字的。"

他耳旁，一个冷酷无情的声音响起来。

罗德里格斯松开手。

神父叹了口气，向后伸出手，抚摸他的脖子。

"卡姆，我们会在一起的。我利用教会基金为 MS-13 洗了五年的钱，每次经手我都会偷偷存一点下来。这些钱足够我们生活下半辈子的了。"

罗德里格斯张了张嘴，还没说话，大门被敲响了，丁疲惫的声音传来:"我能进来吗?"

六年前,查德·赖被联邦法庭判处终身监禁,并且不得假释。具有明显亚洲血统的这位高学历囚犯,外表风度翩翩,戴着一副黑框眼镜,看起来就像一名高级知识分子。然而,他策划的集体服毒事件中,总共有九十八人死亡,包括十八名儿童,最小的死者只有三岁。在长期灌输末日说与死后成仙的歪理邪说之后,他引导教徒们服下了可以让人"坐化"的仙药,事后被发现那是氰化物。随后,查德·赖逃离祭坛,把教会账户里的款项提取一空,准备逃往泰国。他在机场被逮捕,并且以一级谋杀罪名被起诉。

根据皮涅里迪尼的说法,第一监区的社交关系有限,查德·赖对他同监区的狱友们并不多么欣赏,认为他们不是疯子就是智障,是一群喜欢躲在暗处自慰的变态狂。而皮涅里迪尼,是他极少数的朋友之一,原因也很简单,皮涅里迪尼是个正常人。

查德·赖喜欢在第一监区的角落里玩一个网球。把黄色的网球扔到墙上,反弹回来再捉住,再扔过去。就这么简单,他能玩一下午。然而有一次,他失手了,网球咕噜噜滚到了一口枯井里,赖就这么弄丢了他最喜欢的玩具。

然而,过了不久,有一天,赖突然对皮涅里迪尼说:"你看到那个网球了吗?"

当时,他们在三楼清扫厕所,赖指着窗外的海面,皮涅里迪尼看见,那里有个黄色的小点,正在海面上载沉载浮。

从此,赖就迷上了这件事。他撕下书页做成纸船,然后把它们丢进排水管,观察它们能否出现在海面上、出现在哪里的海面上。他坚持观察了整整一年多,最后告诉皮涅里迪尼,星月监狱的前身是1930年的一家精神病院,那时候的下水道管子都很粗,他认为那口枯井,能够直接通往外面,只要顺着水管逃出去,就能泅渡到对岸。

皮涅里迪尼对此并不相信，赖却对此深信不疑，并且付诸实施。他不知如何策动了第一监区的那些疯子，说服他们只要暴动就能找到逃生的路。然而暴动之后，赖却神秘消失了，只留下一具穿着他囚服的尸体，那是一名被他徒手勒死的狱警。

"然后呢？那个枯井在哪儿？"

罗德里格斯急切地问。

"他不肯说，"丁疲惫地说，"他说，如果要他指认那口枯井的位置，那就要带他一起逃。"

神父点了点头，说："可以。把他带出来。"

丁走回房间。

在丁走后，罗德里格斯看见神父向他飞速使了个眼色，他迅速明白了其中的意义。罗德里格斯从抽屉里拿出一把手枪，交给了神父。

四个人沉默地走在监狱的黑夜里。因为罗德里格斯的命令，所有监区不得在院子里亮灯，他们只能凭借一点微弱的月光才能看见前方的路，四周黑沉沉的建筑物像沉默的怪兽，从四面八方窥探着他们。

"你没跟赖一起逃，但是这么多年也没出卖他，倒是挺讲义气的。"罗德里格斯最先打破了沉默。

"那当然。"皮涅里迪尼有几分自得，"我当时没想到他居然真的能跑出去，谁知道那下水道是什么情况，也许会把人活活闷死在里面呢？但是我知道他活着逃出去了，他给我寄过东西。当然，用的是假名，但我知道那是他。"

"他寄了什么？"丁问道。

"一把非常漂亮的折扇，上面有很多我不认识的字，我问了别人，据说是中文。所以我觉得他一定是逃到中国去了。"皮涅里迪尼站住脚，用手指了指，"喏，就是那里了！"

其他三人同时站住，向他手指的地方看去。黑暗中，一个锈迹斑斑的井盖，在荒芜的灌木丛中静静地等待着他们。

"盖子好像有锁……"

罗德里格斯骂了句脏话，掏出手枪走上前去。

这时，一声巨响传来，有那么两三秒钟的时间，脚下的地面像地震一般抖动，西边天角隐隐有火光亮起，闪电般骤然炸裂在空中，转瞬即逝。

行政楼的方向传来骚动声。

爆炸声刚响起来时，四个人本能地身子向下一矮，有些惊慌失措地看着西边。神父抬眼看了一下腕表，啐了一口："……狗东西，他们强攻的时间提前了！"

话音未落，刚才起一直沉默着的皮涅里迪尼突然扑上来，去夺罗德里格斯的手枪，后者一时不察，被推倒在地上，两人扭打在一起。然而，他们的争斗还没持续十秒钟，埃切里维亚已经掏出怀中的手枪，对着皮涅里迪尼的后脑开了一枪。

罗德里格斯用力推开压在身上的尸体，狼狈地从地上爬起来，抬手又给他补了一枪。

"别浪费子弹，卡姆！"神父呵斥道。

罗德里格斯暴躁地擦了一把溅在脸上的血液和脑浆，抬手对井盖上的锁开了一枪，子弹炸开了老朽的锁头，他一脚踢开井盖，黑黝黝的井口露了出来。

罗德里格斯向下看了一眼，突然抬起手枪，黑洞洞的枪口对准了丁。

"……谢谢你所做的一切，教授，包括启动那台笨机器。"罗德里格斯露出一个狰狞的微笑。

枪声响起。

埃切里维亚放下了手臂，长长地出了一口气。

他转头直视着丁一惟，眼珠一动不动，视线凝固在他脸上。那张具有明显混血儿特征的俊美面孔上毫无表情。

"教授，请转告缄默女士，弗朗西斯科已经还清了他欠下的债务。"

远处，一枚闪光弹带着尖啸声划破夜空，在行政楼前的院子上炸出一片灼目的白光。

【尾声】

6月28日凌晨，纽约州政府接到了埃切利维亚神父的电话。电话中称，暴动首领卡梅隆·罗德里格斯已经死亡，余下的犯人愿意无条件投降，请特警队停止强攻。由于担心这是囚犯的陷阱，特警队要求囚犯们首先释放所有人质。这一要求得到了同意。

监狱大门外，探照灯把这座孤岛与大陆连接的唯一桥梁，照得灼如白昼。

有媒体的直升机在众人头顶盘旋。因为曾经被犯人击落过一架直升机，因此警方严厉警告媒体，不能靠近监狱，他们只能从半空中直播这惊心动魄的一刻。

桥梁尽头，手持防暴警盾的特警严阵以待，他们身后是一字排开的装甲车，救护车在后面不远的地方闪烁着警示灯。无线电声和警笛声时不时响起，与海浪声一起，被击碎在环绕这座监狱的沉默崖石上。

很快，监狱的大门有了动静：一个方便出入的小侧门被打开了，一队人质双手抱头，鱼贯而出，从桥上走过来。

"慢慢地走！"特警队的扩音器对着他们喊道，"迅速奔跑将被击毙！慢慢地走过来！"

在特警队与媒体的双重监视下，大桥上的人质们双手抱头，像一队行军蚁般，缓慢地走到了桥的对面。

特警队迅速包围了他们，对他们进行搜身，以防犯人在他们身上捆绑炸弹。

搜到丁一惟的时候，一个特警队员在他西装内袋里摸到了一个长条物，猛喝了一声："这是什么！"

"不是武器！是把折扇！"

丁一惟长长地出了一口气，回首望着那座矗立在海中孤岛上的灰色混凝土堡垒。

"这是个纪念品。"

（番外：星月篇，完）

馔工厂® | 紫焰

出品人：许　永
责任编辑：许宗华
特邀编辑：计双羽　王菁菁　王佩佩
封面插画：刘　倩
装帧设计：郭　子
印制总监：蒋　波
发行总监：田峰峥

投稿信箱：cmsdbj@163.com
发　　行：北京创美汇品图书有限公司
发行热线：010-59799930

创美工厂
微信公众平台
　
创美工厂
官方微博